PIN AI
PIN PIN

拼拼爱

尼莫小鱼 著

重庆出版集团 重庆出版社

图书在版编目(CIP)数据

拼拼拼爱/尼莫小鱼著.—重庆:重庆出版社,
2012.5
ISBN 978-7-229-04689-7

Ⅰ.①拼… Ⅱ.①尼… Ⅲ.①长篇小说-中国-当代
Ⅳ.①I247.5

中国版本图书馆CIP数据核字(2011)第251080号

拼拼拼爱
PIN PIN PIN AI
尼莫小鱼 著

出 版 人:罗小卫
责任编辑:刘 嘉 郭莹莹
责任校对:郑小石
装帧设计:艾瑞斯数字工作室 clark1943@qq.com

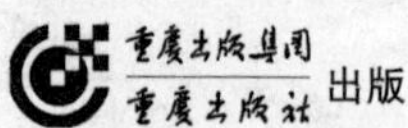

出版

重庆长江二路205号 邮政编码:400016 http://www.cqph.com
重庆市伟业印刷有限公司印刷
重庆出版集团图书发行有限公司发行
E-MAIL:fxchu@cqph.com 邮购电话:023-68809452
全国新华书店经销

开本:720 mm×1 000 mm 1/16 印张:17.75 字数:259千
2012年5月第1版 2012年5月第1次印刷
ISBN 978-7-229-04689-7
定价:28.00元

如有印装质量问题,请向本集团图书发行有限公司调换:023-68706683

PIN AI
PIN PIN

拼拼爱

尼莫小鱼 著

重庆出版集团 重庆出版社

图书在版编目(CIP)数据

拼拼拼爱/尼莫小鱼著.—重庆:重庆出版社,2012.5

ISBN 978-7-229-04689-7

Ⅰ.①拼… Ⅱ.①尼… Ⅲ.①长篇小说-中国-当代 Ⅳ.①I247.5

中国版本图书馆CIP数据核字(2011)第251080号

拼拼拼爱

PIN PIN PIN AI

尼莫小鱼 著

出 版 人:罗小卫
责任编辑:刘 嘉 郭莹莹
责任校对:郑小石
装帧设计:艾瑞斯数字工作室 clark1943@qq.com

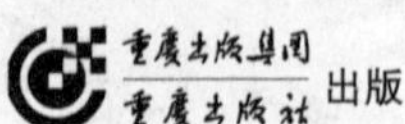

出版

重庆长江二路205号 邮政编码:400016 http://www.cqph.com
重庆市伟业印刷有限公司印刷
重庆出版集团图书发行有限公司发行
E-MAIL:fxchu@cqph.com 邮购电话:023-68809452
全国新华书店经销

开本:720 mm×1 000 mm 1/16 印张:17.75 字数:259千
2012年5月第1版 2012年5月第1版第1次印刷
ISBN 978-7-229-04689-7

定价:28.00元

如有印装质量问题,请向本集团图书发行有限公司调换:023-68706683

PIN AI
PIN PIN

PIN AI
PIN PIN

第一章 遭遇无礼“口吃男”

“别看我只是一只羊，羊儿的聪明难以想象，天再高，心情一样奔放……”

手机铃声循环播放着，主人丝毫没有接电话的意思，仰头“咕噜噜”了几声，“噗——”一口白牙膏沫吐在了台盆里，化妆镜前一张才睡醒的面容滑过一抹坏坏的笑，小白沫子还沾在唇上，夹紧的喉咙里便跳出了“悦悦语音”：“对不起，您拨打的电话暂时无人接听，请稍后再拨。”

哎，房东又来讨要他的房子了，急啥啊，等我苏悦悦落实了工作再说。拿起大毛巾擦了把脸，苏悦悦从睡衣兜里拿出手机来，打开电话准备看看时间，忽而，惊呼了一声：“不是吧，居然是小猫！”

利索地按了个回拨键，手机那头已是小猫埋怨的声音：“悦悦，你干吗呢，半天不接我电话，我都快到你家楼下了。”

“你又不是不知道，房东老催我还给他房子呢，他说他儿子要结婚，老两口买的新房给儿子结婚用了，他们自个儿要回来蜗居。切，啃老族，我就是不搬不搬就不搬。”

“好了好了，人家结婚啃老族关你啥事儿，你又不是居委会大妈。”

“什么大妈?！我可不是大妈，我要成外企白领了。”

苏悦悦把手机调成了公放，在局促的卫生间里把早已准备的衣服换上了身，冷不防“啪”的一下，手机被袖子甩入了马桶。

“哎呀——”

一声惨叫，苏悦悦放大的脸倒映在马桶水里，小猫的声音吞没在“清澈如镜”的水中，剩下的只是苏悦悦的哀悼声：“手机啊手机，你去得好惨呐。”

手机跟了苏悦悦一年半了，那还是第一次上班前买的，买的时候可是克服了“囊中羞涩”的尴尬，点着爸爸那儿剥削来的钞票给付的，不过，那也是她最后一次剥削爸爸的钱，之后，她就开始独立自主，养活自己。

旧的不去，新的不来，苏悦悦反反复复地安慰了自己，终于用一双筷子将手机的“尸体”夹了上来。

不一会儿，门铃声便响了起来，苏悦悦立刻跑到门口，眯眼瞧了瞧，小猫已经到了门口，花容月貌上的两弯眉蹙得可是很紧。小心翼翼地打开门，苏悦悦抢先赔罪道：“报告我的小猫美人儿，手机刚刚牺牲，未能及时反馈信息，请多多包涵。”

小猫是苏悦悦大学最要好的同学章茵妙，读书的时候就和学校大了两届的帅哥师兄谈了恋爱，没想到那位师兄是个隐富，一毕业，家里就给了大笔的钱让他开设计公司，加上他本身极有能力，待到小猫毕业，师兄便向她求婚。于是，小猫还没有踏上工作岗位，就直接当起了全职太太。

大伙都羡慕小猫，但又妒忌小猫，结婚的时候，小猫请了寝室所有的同学，只有苏悦悦去了，还包了个一千块的大红包。小猫知道苏悦悦没什么钱，刚工作的时候置装费、交际费、租房费都要付好多，总共工资也就只有一千八百块，所以，就冲着这点儿，小猫就打定了主意，把苏悦悦当做一位可持续发展式的好朋友。

今天，好朋友要去签约一家世界五百强企业的工作，她自然要为她开趟车，给她添点面子。以前苏悦悦面试的时候，小猫也问过，只是苏悦悦说要低调，现在终于聘上了，那就不需要低调了。

“手机在哪儿牺牲的？”

见苏悦悦朝自己做了个鬼脸，小猫便关心起她的手机来。只见黑色镜框后的那双丹凤眼眯了条缝，手往厕所一指，道：“马桶。”

“马桶？！”

"好了,已经捞出来了,不过,只是残骸。"

小猫正要安慰,苏悦悦却已自顾自地到了卧房,在这一室一厅的地方,卧房离大门的地方相当近。苏悦悦拿了个化妆包,这里面放着这一年半载里自己买的化妆品,基本都是中低价的,只有两样是高级的,那还是小猫给送的。因为小猫说隔离霜和卸妆液最贴近皮肤,所以得用好的,高档的,于是,她略显简陋的包包里也算是添了两件宝贝。

"我化妆的技术好了不少吧?"

"还成。"

小猫不敢恭维苏悦悦的化妆技术,只是碍于苏悦悦是个极有自尊心的女孩儿,便也不直接反驳,每次就是给点意见:"改明儿陪你去买个暗色点的眼影吧。"

她不好说这蓝色的眼影把苏悦悦脸上唯一的缺点——丹凤眼给放大了。说实话,苏悦悦是个天生的美人胚子,挺挺的鼻子,精巧的瓜子脸,粉粉的唇内牙齿皓白。就眼睛吧,是丹凤眼,要是放在古代,那可是美女,可她投胎现代,那就是一遗憾。

其实,苏悦悦也知道自己是单眼皮,所以借着自个儿是近视眼的光,戴了副黑框眼镜遮掩缺点。现在小猫说要买新眼影,她心里头想想,倒也有几分道理,毕竟要去的是外企,衣服或是化妆自然要更成熟稳重些,免得被人看不起。

经过一番折腾后,苏悦悦化妆完毕,用一次性手套掰开手机取出SIM卡揣在包里后,与小猫说要出发。两人才一起去往今日的目的地——JS集团华东区总部大楼。

JS集团华东区总部大楼位于A都市最为繁华的地段,以步行在这儿人士的衣着打扮、步履速度来衡量,绝不亚于香港中环的水平。小猫将自己的奔驰Smart停下后,苏悦悦下了车,还未待整下大衣,寒风一阵,将领子给掀了起来。

身后的小猫没有看清楚苏悦悦的尴尬,只是探头大声道:"我去附近逛逛,一会儿打你电话。"

苏悦悦还没来得及吼住小猫,Smart就在她眼前消失得无影无踪。真是的,难道忘了自己的手机已经牺牲的事儿了吗?

打电话,打啥电话呢?

苏悦悦埋怨了两句,低头拉着飘起的领子,大步往大楼南门迈去。"嘭"地撞上一庞然大物，眼镜也跟着歪了过去，好不容易扶正，苏悦悦细细地瞧了瞧，却见庞然大物居然是个一米八模样的男人，长得潇潇洒洒，虽然肤色有那么点古铜色，但一副半框枪色眼镜倒是添了不少文气。不过，苏悦悦却不管，一个男人撞了自己，居然还不道歉，心里一气便道："你怎么撞我？"

"啊？我，我，我，没……"

男人说话呈口吃状，苏悦悦倒也不买账，伸过脑袋，又一次仔仔细细地打量了下帅哥，没好气道："撞人了居然还不道歉？"

"我，我……"

"我什么，没素质。"

鉴于自己还要去签劳动合同，苏悦悦懒得与他多费口舌，就当自己倒霉撞了堵墙，擦过男人的臂膀朝男人后头走去，却听见不远处有人喊道："小姐，大楼偏门在修，麻烦您走东面的正门。"

嗯？自己走错门了。

苏悦悦利索一转身，却见男人还在原地，伸手指了指东面道："门在，那，那边。"

那边，那边，也不知道是不是故意耍自己。苏悦悦朝英俊男人白了一眼，大步地越到男人前面，朝着东门走去，男人愣愣地看了两眼，也跟着朝东门走去。

苏悦悦来过几次，虽然偏门因为检修关了，不过大楼里头却没有任何变化。JS集团华东区总部大楼有十部电梯，其中两部是货梯，其余八部有六部是每层均可停，另外两部是直通十八层以上。根据JS集团的组织架构，整栋二十五层写字楼，十八层以上是华东区总部办公室，下面所有楼层除却部分楼层租赁给代理商之外，分属于各个分公司，几乎每一个分公司都有独立的几层，而分公司的工厂，都在郊区或是周边城市。

苏悦悦要去的是JS集团华东区的一家通讯工程公司JSCT，站在电梯前，她与另两人一起等候。

"嬴帅哥。"

电梯门是镜面的，苏悦悦清晰地看到身后另一部电梯前站着刚才见到的无礼男，一衣着时尚的女人"啪嗒"着高跟鞋站他一旁，喊起了他。

"扑——"

淫帅哥。

苏悦悦一捂嘴笑了起来，没想到人没素质，取的名也够雷。不过，幸好不是和自己一个楼层。也不知道JS集团大楼怎么会出现这等素质的人，幸好，与他不搭界，要不然，她苏悦悦和这样的男人在一起工作，一定会在鄙视他的同时顺带鄙视自己。

"早啊。"

哼，见着美女了，立马说话也利索了。电梯一到，苏悦悦在进门前鄙夷地看了下无礼男的背影，心中暗骂。

第二章 JS集团等于奸商集团

到十六层的时候，苏悦悦在接待处的沙发坐了好一会儿，书架上关于JS集团的杂志又换上了新的，苏悦悦随意地翻了翻，喝了些热水。说实话，前台的服务很是到位，仅仅是一个等候，便能让人感觉是大公司作风。苏悦悦一直在民营企业做，虽然偶尔也与外企打交道，但和外企还有很多差别，像JS集团这类外企中的领航者，在很多细节处反映出其传承近百年的企业文化。

约莫一刻钟后，苏悦悦被一位从未见过面的年轻女人领到了人事部旁的一间小会客室，继而，年轻女人开口道："苏小姐，我是JSCT的 HR Officer（人事专员）Amy，你的资料我们已经全部收到，这份就是我们的合同，一式三份，你签完后，我们会盖章，生效后的合同，一份公司归档，一份归你，另一份要上交人事局。"

"那我看看。"

苏悦悦接过劳动合同仔细地看了起来，最重要的就是两样，一是抬头（title），二是工资。

"什么?！三千五?！"

苏悦悦顿时瞪大了丹凤眼，用力推了推黑色镜框，想要看个清楚，只是镜片那端的数字并未改变：3500元，前头还有俩字儿——税前。

不都说世界五百强又强又有钱吗？怎么工资竟只有这么丁点儿？JS集团，奸商(JianShang)集团，居然欺骗了自己的感情，自己的精力。刚刚还在憧憬未来的苏悦悦忽而从兴奋的高点摔到了谷底。当初可是满怀希望来应聘，不说过五关斩六将，那也是请假来面试了四次，每一次都能看到身旁的竞争对手如秋风落叶一样被扫了一批又一批。早知道才这么点儿工资，她苏悦悦犯得着拼命挤地铁倒公交车来竞争这个号称“世界五百强JS集团PT分公司合同管理专员”的岗位吗？

还有，今天她可是特意让小猫用她的拉风Smart送自己来的，让她知道自己搞半天才拿这么点儿薪水，那不是个笑话么？

“你有什么问题吗？”Amy见苏悦悦愕然的模样，捏着笔的手似要攥起拳头，不由得问了起来，只是话语间，不乏漠然。

“工资是税前三千五吗？”

苏悦悦还抱着一丝幻想，是不是拿错了合同，Amy却直截了当地再次肯定道：“苏小姐，合同上写得很清楚。”法式指甲在合同上划出道淡淡的印痕，3500元后还书有“年终奖金为两个月工资，按年终实际绩效考评结果核发。公司补贴交通费15元/日，午餐费10元/日，其他福利根据当年通知核发。”

“我当时面试的时候填的期望工资可是五千元呐，这和我填的期望工资差好远。”

苏悦悦终于忍不住爆发了小宇宙，只是面对苏悦悦的质问，Amy并没有像她想的那么着急回话，反而拿起合同又看了一眼，不紧不慢地耍起官腔道：“苏小姐，这个岗位最高工资就是这个价位，你要是有什么疑问的话，我可以请肖主管和你谈谈，不过……”

“那麻烦你请肖主管和我谈谈吧。”

苏悦悦想反正来了，自己就破罐子破摔，直接找领导谈谈，因而未等Amy把话说完，她便“粗鲁”地打断了，也算是不满情绪的表达吧。当初，JS集团下这家叫做PT的分公司面试时提出要马上上岗，所以自己被告知过了面试后，就激动地向老东家辞职了，谁知道他们居然坑蒙拐骗了自己的感情，手续都办全了，入职体检也做完了，问过工资是多少，说和自己的期望差不多，挨到真正签劳动合同时才以文字的形式告诉自己“税前三千五”。税前，还是个税前，别看一个小小的“前”字，差别不小呢！

Amy愣了下，面前的眼镜妹倒是挺厉害，自己不过说说，她居然还真的要见肖主管，撇了下嘴，悠悠地站起身道：“你等等吧。”

于是，人便离了小会议室。

小会议室没有窗子，空调一打，更显得有些闷热，苏悦悦又看了眼劳动合同，心里很不是滋味。自己又不是刚刚出道，好歹在两家公司做过了，怎么讲，都有一年半的工作经验了。再说了，不是说合同管理专员吗？这劳动合同上写得清清楚楚，英文抬头可是“Specialist”，什么叫Specialist，那是专家的意思。之前和自己爸妈打电话说要跳槽的时候，她还夸耀过一番，说这是世界五百强企业的好工作，一定会是高薪水、高福利、高名声的“三高企业”，那会儿，爸妈还一个劲地说自己有多能干。现在倒好，自己不是往脸上贴金，而是在贴粉，把自己脸皮再打厚一层。

也不知道公司给另一个人开了多少的工资？当初面试的时候，公司说要招两位的，苏悦悦想，自己要是能和这个肖主管谈谈，或许还能争取点权益。

只是，Amy嘴里的肖主管迟迟没有露面，苏悦悦刚开始还不以为然，但二十分钟后，心中便生了疑窦：莫不是她在耍自己玩？

恰在这时候，一位穿着灰色套裙的中年女人开门进了会议室，胖嘟嘟的脸，看上去很平易近人的模样，苏悦悦还在打量中，中年女人已经伸过手，开口道：“你好，我是Ella Xiao，人事部负责薪资管理的主管。Amy 刚才和我说你对合同有些疑问，我想我们可以好好谈谈。”

见传说中的肖主管递手过来，苏悦悦也站了起来握手。

肖主管立刻递了眼色给Amy，Amy很利索地关上了门。局势立刻成了二对一，说实话，刚才爆发的小宇宙因为等待与局势的变化而小了不少威力。尤其是肖主管那气场，那暖和的手掌，那温柔的话语，简直就能把她的愠怒给揉得粉碎。

“你是对工资有疑问吧。”

苏悦悦的话语权被肖主管的先发制人给剥夺走了，憋在喉咙里的话愣是缺了不少力道：“是这样，我之前在‘期望工资’那一栏写的是五千块，现在贵公司给我的是三千五，这好像少了很多。我现在工作的这个单位也有三千块，福利也不少，算下来比贵公司的还高一点。”苏悦悦说的是实话，因为在那家民营企业做进出口工作，按照公司里的默认规则，每个人的基本工资虽然是一千六，但有不少福利可以通过发票等别的形式来冲账。

“苏小姐，我想你可能是第一次和外资企业打交道吧，之前几轮面试，我因为在北京开会，所以也没赶得上参加。关于我们公司的薪资福利体系，我想我有义务好好地向你解释一下。”

肖主管把劳动合同翻到了工资那一处，与苏悦悦解释道：“我们JS集团在中国已经将近二十年了，算是投资较早的一批外资企业。在最近的五年中，我们JS集团每年都获得行业最佳雇主的称号，这是为什么呢？”

肖主管和蔼一笑，那唇虽不性感，也不媚人，但勾出的却是一轮让苏悦悦佩服的冷静与沉着。比起自己老东家那个老板姐姐顺带做做的人事经理要强上很多倍。到底是外企，人的气质都是不同的。

苏悦悦还在佩服中，肖主管继续起她的解释：“因为我们JS集团不仅仅注重员工的工资，同时还注重员工的发展，我们每年都会给有潜力的员工各种培训，在年底的时候，员工和上司间会有深度对话，这样的对话不单单是上司对下属一年工作表现的反馈，更是员工向上司表达自己想法的时候。苏小姐，我在JS集团已经有十年，在这十年里，我亲眼看到很多像你这样优秀的人才在我们JS集团各分公司发展得非常好。你还年轻，当然，站在个人角度来讲，你的工资确实不高，但我相信，你来应聘我们公司的时候，并不是为了钱吧？年轻人，斗志昂扬的时候，不要因为一点点金钱上暂时的不满意，而错过一次提升自己的机会。”

这话越来越说到苏悦悦的心坎儿上，记得当年大学毕业前的就业指导会上，学校学生处的老师就是语重心长的，只可惜自己年轻不懂事，要发扬民族精神，非要去个民营企业，哎，结果连撞了两块石头才发现民营企业够民营，除了自己人能够不工作升职加薪，外人干死干活了，年底就给你加个一两百块。要不是自己的英语还不错，好歹也是个名校毕业的，怕是混上好几年都没有三千的工资。

第三章 学“韩信”忍辱负重

苏悦悦还在想，肖主管把合同又往苏悦悦面前送了送，温柔道：“别人不说，就说合同管理部门的部门经理Kevin Song宋逸浚吧，他在JSCT工作六年，就已经是部门经理了。大家都是苦过来，不经历点，怎么成呢？再说，前两年经济危机，如今刚刚形势好些，工资自然开得不高。到年底的时候，你可以和Kevin谈，他是个非常容易相处的部门经理，我相信，他会帮助你规划好工作。”

说心里话，苏悦悦对宋逸浚的印象确实不错。面试的时候，他曾经作为部门经理出现过一次，苏悦悦特喜欢他的声音，非常有磁性，和电视台里的主持人一样。当然，宋逸浚的气质与穿着也颇有“外企型男的范儿”。一丝不苟的衬衣加领带，贴身西装完美地勾勒出他英挺的身姿，袖口处添了公司Logo的袖扣，淡淡的香水衬着他的气质。这种装扮，苏悦悦在以前公司是从来没有见过的，毕竟以前的同事和领导都属于“不拘小节”型的。

“怎么样？”

苏悦悦还在沉思，肖主管又开了口。苏悦悦开始动摇了，动摇得还很厉害，自己都辞职了，如果没有辞职倒还好说，如今生米都放炉子上煮了一半，不煮下去的后果只有一条，就是失业，再找工作。

房东的房子要收回去了，自己就是再厉害，最终还是得搬出来，找新房子又得付三押一，房东那房子当初是从自己一个师姐那儿过手过来的，自然价格是便宜得很，现在这价几乎是找不到了。如果自己没了工作，怕是以后连房子都要租不起了。

语文书上不是说过吗？天将降大任于斯人也，必先苦其心志。古代有个韩信，胯下之辱都能忍过去，自己先在JSCT做上，有份保障再说，他日有了好方向再说。

“好，我签。”

想到那首古训，思及韩信，苏悦悦突然爽气地说了句“签”。闭上眼睛签吧，果然，在肖主管的微笑中，三份劳动合同立刻签了下来。肖主管很是满意地与苏悦悦道：“欢迎你正式加入JSCT。”

“谢谢。”

“下周一，你来公司的时候，Amy会把做好的胸卡和名片交到你的手上，同时也会带你去新办公室。”

“嗯，好。”

肖主管把合同交给了Amy，客气地与苏悦悦道别，甚至还为苏悦悦开门，苏悦悦想自己已经成了肖主管的同事，这点事儿还是自己来吧，于是赶紧上前道：“我自己来。”

“呵呵，小苏，你有英文名吗？”

小苏？

一下子感觉又亲近了些，苏悦悦立刻道：“读书的时候有，叫Sue。”

Sue，和自己姓一模一样，苏悦悦觉得挺好，只是不太用而已，现在要顺应企业文化，自然也要把这名字给叫上。

“哦，Amy，记得做名牌的时候给做上。”

“知道了。”

苏悦悦从JS集团PT分公司楼层出来按电梯的时候深深地吸了口气，下周起，自己就在身后这家世界五百强企业工作了，不容易呐，虽然被大大地忽悠了，可最终自己还是接受了残酷的结果，原想着要和肖主管讨价还价，没想到非但半毛都没谈成，反而被她给说服了。哎，没办法，谁让自己弱势呢，谁让自己确实看中了人家的金字招牌呢？得，自己就是蚁族一员。

“叮——”

电梯刚好从高层下来，苏悦悦便走了进去。

“嗯?！”

事儿还真这么巧，电梯里居然是无礼男，不过无礼男的身旁是位老外。从上面楼层下来的，苏悦悦想着上面怕是华东区总部的人，且不论无礼男是不是去巴结人家老外，自己还是少和无礼男计较为妙。

无礼男见着苏悦悦却是主动地笑了笑，一旁的老外跟着对她笑了笑，苏悦悦面部僵硬地抽搐了下，也笑了笑。

一部电梯三个人，也不知都在笑什么，只是大家都展示着自己的微笑，苏悦悦半咧着嘴，心想，这大概也是企业文化吧：傻笑。

电梯到了底层后，苏悦悦走了出来，虽然不过是十几秒的事儿吧，但也真够郁闷的。苏悦悦下意识地整了整衣服，老远就听见小猫的深情呼唤：“悦悦，签了吧？多少钱？”

“嘘……嘘……”

丹凤眼果然是小，接连挤了好几次眼，小猫都没有看到，直到涨红着脸疾步到了小猫跟前，才低声埋怨起来：“轻点儿声，这可是人家总部大楼。”

“哦，对对，我们上车再说。”

“对了，你怎么又回来了？”

“我呀，开出去好远了，才发现没有停车位，转悠着又回来了。再说了，我突然想起你没有手机嘛，还是在这儿等你了。”

两人走着走着，往南边走了过去，大厦南边的停车场是为短暂逗留的客人留的，每小时收费十元，每过一小时收费为八元，苏悦悦有些不好意思，不过小猫并不介意。捎上苏悦悦就往外开了去，收费的保安见着小猫这样的美人可是殷勤得很，立刻打招呼道：“走啦？”

“嗯。”

“以后多来。”

“那是当然，我小姐妹往后在这儿工作。”

说着，小猫拉过一旁的苏悦悦炫耀起来，保安探了探身，总算看清了黑框眼镜后的那张脸，似有惋惜，却又强颜欢笑道：“一看就是才女。”

哼，一看就是才女，苏悦悦鼻子哼哼，才女不就是没有样貌么？真是的，以貌取人。

车开在路上，小猫问起苏悦悦来："说吧，到底多少钱？"

"别提了，提了我就来气，忒郁闷。"

"郁闷，不是世界五百强吗？我刚才仔仔细细地打量了一番，进出大楼的人不少都是穿着名牌的，不说是奢侈品吧，至少也是高档品。"

"真的吗？我可不认识那么多高档品，反正呀……"苏悦悦抿抿唇，继续道："我就知道自己工资才三千五，还是税前的。"

"三千五，税前的？四分之一个Gucci包包，还不是当季的。"

"喂，别把我的工资和那种丑得不堪入目的包包相提并论。"

"哟，幸好，我知道你不喜欢Gucci，所以才说Gucci的嘛。"小猫特了解苏悦悦，为了避免她们之间的矛盾，时常把不伤害感情的话题拉出来谈。

"哎，我得找房子了。"

"你想通了，不做居委会大妈了？"

"瞧瞧你说的，我只是看不惯堂堂一男人，让爸妈住旧房子，自个儿却住新的嘛。每次房东来收钱的时候，都在我面前夸耀自己儿子怎么怎么能干，我看，这不叫能干，叫'忒能干'。"苏悦悦故意拖了调调，如此好表达自己的鄙夷。

"好了，现在靠工资能买上房的人可不多，你就别唠唠叨叨的。"

"那也是，要都像我这样的工资吧，就是不吃不喝，一年估计也就那么一点几个平方。"苏悦悦想自己幸好不是男人，如今男人都得买房，要不然这社会上的女人看不上，往后就是光棍的命。就拿自己来说吧，虽然打心眼里看不起整天想坐宝马的女人，但多多少少也得找位能给个窝的男人吧。不管金窝银窝，能有个狗窝也好。

因为苏悦悦要找房子，小猫就陪着苏悦悦一起找了大半天，范围越来越大，可目标也越来越渺小。不知道是不是房价太高的原因，如今的房租可是高得离谱，一室一厅的价格居然要到了两千五。苏悦悦掰过手指头，两千五的话，她估计得天天不吃不喝才成。所以，她得放大视野，小猫看得出苏悦悦的心思，主动提出得往外环找，苏悦悦心想，这往外环找了，租金是便宜了，可上班不是痛苦吗？现在租的地方在中环靠近外环的地方，来JS集团大厦上班如果换地铁倒车的话得一个小时十分钟到一个半小时之间，要是去了外环，那不是意味着起码要一个半小时以上嘛。

JS集团上班时间是九点，倒推算一下，那自己得七点多就出门，出门前，女人还得花费至少半小时以上，这么讲来，那就得六点多起床。

“悦悦，干脆你住我那儿吧，我那儿有的是空房间，往后我天天送你。”

“别——别别！”苏悦悦一摆手，小猫家能住吗？那可不能住，人家小两口住的豪宅，自己去干什么？这想法亏小猫能想得出来，权当她是好心吧，苏悦悦得立刻把好心掐灭在萌芽中。

“那咋办？刚才你都说了下周一得上班，还有一个礼拜，得抓紧找了。”

“上网找！对，上网找，之前，我一同事就是上网找的，反正上网我是包月的，在家找比你在大街上烧汽油的强。”苏悦悦正在阐述自己理由，突然一拍大腿惊叫：“哎呀，我得买手机！”

小猫险得被苏悦悦吓得把车开上人行道，小声埋怨后，陪着苏悦悦去她家附近的电子城买了个新手机。苏悦悦不讲究手机的款式，能打电话发短信就成。苏悦悦把前任手机卡换上后，上手机网络下了首《别看我只是一只羊》做铃声。小猫说她怎么就长不大呢？都二十五岁的人了，还用《喜羊羊，灰太狼》的歌。

苏悦悦不以为然，多大年龄，人都得乐观。A都市的压力指数绝对挨得上世界前端，要在这样的都市残喘生活，没有点儿乐观主义阿Q精神，人容易忧郁早衰。

夜晚的时候，苏悦悦请小猫下了趟馆子，虽然不高档，但也吃得挺欢，小猫虽然在家中是被宠到了天，但和苏悦悦一起下下小馆子，也挺幸福的。

像苏悦悦一样的朋友，她真的就找不到第二个了。

第四章 精装修=精简装修

饭过之后，苏悦悦让小猫先回家了，天晚了，虽然A都市的治安还不错，但一个女孩子开着Smart在路上也容易招人眼球。吃饭的时候，人家的富老公打了两次电话来问，苏悦悦自然知道是什么意思，所以就更催着小猫回家。

待到自己回到租住的家时，看到上头贴了张条，取了下来到屋里好好瞧瞧，结果上头写了好大几字：见后请速回电。落款：房东。

苏悦悦想自己到底只是房客，虽然心里骂骂咧咧，但其实也是同情房东。用新手机拨通了房东的电话，好一番讨价还价之后，房东自知是毁约在先，便给了苏悦悦半个月的缓冲期，并且免了这半个月的房租。苏悦悦挂了电话后庆幸，幸好当时自己多个心眼签了份合同，要不然，自己非得睡到大街上喝西北风。

从晚上九点到十二点，苏悦悦都在网上找房子，由于房价攀升带来的租房市场的猛烈反应，苏悦悦终于放弃了在中环内寻找房源的最后一丝希望，好不容易在离现在住处更往南十五公里的外环线找到一处一室户一千七的房子。

看那中介放的房源信息很是中意，立刻联系了上面的中介，对方说还有房源。苏悦悦很是高兴，那是一处才五年的小区，算是新小区，网上说原来那是个垃圾填埋场，所以卖价和租金都不好。苏悦悦想，垃圾填埋场又不是坟场，没啥大不了的，只要物美价廉，那就成了。不过一千七没有后，自己的钱就更紧张了。

苏悦悦拿了纸笔，仔仔细细地算了算，地铁转公交的价格，约莫是十二块。这样的话，自己的交通费用几乎就没有剩余。看样子以后要更加节衣缩食了，爸妈虽然不需要自己的钱，但苏悦悦每个季度都打一千块回家，另外，她还资助了山区的一个孩子，每年的书费、杂费、住宿费也有个六百元。苏悦悦想，自己既然一时冲动地选择了JS集团，就得勇于承担。其实，哪怕她不去JS集团，这间屋子也得还给房东，找房子的事也是势在必行。

第二日，苏悦悦一早就起床去看房子，中介领到那儿的时候，苏悦悦就喜欢上了那小区，因为是造了五年的房子，里头都是小高层，苏悦悦想这一千七开得还真不高。

“苏小姐，我们进去看看吧。”

苏悦悦想，中介说的是精装修，也不知道是什么样的精装修法，待到进入房子的时候，她才顿悟：精装修=精简的装修。

房子的房型是挺好，卧室朝南，有一飘窗，只是卧室里没有空调，也没有床，放在中间的只有一张一米八宽的大床垫，靠墙边的地方像模像样地放了一小电视机，苏悦悦推着镜框仔仔细细地看了看，那都啥牌子电视机？生产这品牌的厂好像前几年就倒闭了，八成是从哪里收来的吧。

欺骗，这是绝对的欺骗！挂着美丽的羊头，卖的可是连皮包骨头的狗都不是。苏悦悦一转脸，死死地盯着中介，原本厚脸皮的中介被她盯得发憷，心虚道：“苏小姐，你盯我看干啥？”

“精装修？！精装修！呵呵呵呵呵……”

苏悦悦突然笑了起来，笑得中介很是紧张，慌忙打量起面前的主顾，谁知苏悦悦绕过了他，直接看起卫生间，终于，在一览众房间后，她突然驻足，猛地回头道：“你家是精装修吗？”

“我家？”

中介愣了愣，怎么看个房子说到自己房子上去了。苏悦悦却不紧不慢道：“你娶老婆的时候也是精装修吧？”

“你，你这什么话嘛？”

“实话啊，整个一房子里，一桌子四凳子，一 二手电视机，一床垫，一衣橱，一马桶，一

灶头，一淋浴房，一单缸洗衣机，一单门矮冰箱，还有……”

苏悦悦用手指了每一处，最后把手指向了自己的鼻子，中介倒是好奇了，这精装修房里的东西，面前的女人已经都说完了，还有什么？

未料苏悦悦继续道：“一葱头，一黑中介。”

苏悦悦又把手指向了中介，中介立刻道：“说什么呢？！说那么多话不就是不想租吗？！我这房可是吃香的，不想租就别租。”

“一千五，一千五我就租，超过这数，我就不租！”

“去，你去租一千五的吧，我一会儿还有客人要看呢。”中介下了逐客令，苏悦悦挑眉出了门，寻了一旁的地儿，把包一放，往上一坐。

“你干吗呢？”

中介见苏悦悦这架势，立刻警觉地问道，苏悦悦坐着道：“没什么，看看你这房有多吃香呗。”

“喂，我说你吃饱了没事做啊。”

“你说对了，我是吃饱了没事做。”

苏悦悦故作赖皮状，中介倒也没辙，只是骂骂咧咧地兀自走了，苏悦悦想，按照这情况，一千七能租掉的可能性是极小，不过，如果价格在一千五左右，她还是愿意的。平时看电视的机会并不多，至于空调，反正现在是冬天，她有一个超市买的小暖风机，原本是放在浴室用的，如果真搬这儿，就可以派上大用场了，至于其他家电家具的，她就凑活着用吧。只是这床，她倒是需要配个床架。

事实证明，苏悦悦的执著是对的，中介在一天内带了六个人来看房，没有一个人愿意租，相反，在看房的时候，客人们总会看一眼苏悦悦，看完房，不是骂上两声，就是直接走。间隙的时候，房对门的主人回来过一次，见着苏悦悦在那儿便问是不是找人的，苏悦悦答不是，她是来租房的。房对门的主人便说自己也是刚搬来半年，这房子好像已经挂中介那儿好久了吧，都没租出去。苏悦悦问这房是不是有不妥，房对门的主人说房子倒是挺正气的，就是不知道为什么租不掉，曾经见过一次房东，说在这小区有两套房子，这套原来是自己住的，现在自己住了另一处。

苏悦悦谢了人家，继续等待起来，直到五点多的时候，中介又来了一次，给了个价：“一千六。”

苏悦悦狠狠地来了句：“不二价，一千五！”

看中介回来找自己，就知道自己绝对能够得到这房子，果不出她预料，最终她以“一千五百块，付三押一”的形式得到了房子，中介给房东打了电话，说是签约，只是对方说自己在上班没有时间，于是，租房合同就由中介来解决了。

周五的时候，苏悦悦终于把家给搬了，原本搬家公司是她自个儿请的，但搬家那天她忙着指挥工人别乱扔自己的家当，没有顾上付钱，小猫便帮着给了。搬完后，苏悦悦拉着小猫要还钱，小猫说搬家跳槽，自己都没有送过礼，这是应该的。

最后，苏悦悦拗不过小猫，只能厚着脸接受了。

周末的时候，苏悦悦把床架买了，终于，搬家，跳槽，这一系列的事在一周内全给办了。夜晚的时候，苏悦悦坐在飘窗上，望起外头的皓月，不知什么时候，自己也能买上这么一套房子？

那时候，人就该没有了漂泊的孤独感了吧。

第五章 “长征”般的上班路

周一的时候，苏悦悦起得很早，因为这是她第一天去JSCT上班，虽然路线图是一早规划好的，但真正的实践却是第一次。A都市的地铁总是挤得厉害，最要命的是，不需要扶扶手的地铁达人总能在夹缝中拿出在地铁站免费领的报纸看起来，而像苏悦悦这样功力尚浅的人，只有被报纸边角刮到的份儿。

倒公交的时候，苏悦悦是排队上去的，一上车，她就拼命地往中间挤，因为下车的地方就在中间，倘若不挤的话，一会儿她就下不了车。本来自己是个文明人，可如果在上班高峰的时候文明，留给自己的就只能是迟到。苏悦悦可不能迟到，所以，她就只能不文明。

到达JS集团华东总部大楼的时候，苏悦悦仔细看过，一共是一小时四十分钟，光是上个班，居然就用了那么长的时间，这都够坐高铁跨越三个城市了。不过路上的那点儿事，很快就被第一天上班的激动感给代替了。

苏悦悦到前台等候的时候，沙发上已经坐了一位和自己年纪差不多的女孩儿，女孩儿穿了件浅米色羊绒衫，手里抱着件皮面羽绒服，苏悦悦知道这是今冬流行款，因为小猫也有一件，价格可是不便宜。

“来啦？”

一分钟后，Amy来到了前台，满脸堆笑的模样似乎与签约那日有些不同，苏悦悦立刻站了起来，正要迎上与自己这位新同事聊上两句，可Amy却越过她走到一旁的女孩前，只见女孩儿笑着起身道："来了五分钟。"

"刚接了个电话，所以就晚了。"Amy继续与女孩说着话，苏悦悦正想如何插上一句为自己挽回些面子，Amy突然发现了她似的，来了句："Sue，你也来了？"

她分明是看到了自己，偌大一沙发就坐两人，能认不出自己吗？苏悦悦低低地"嗯"了一声，心想，该不是自己那天在签合同的时候和她结下了梁子吧？

Amy将她们领到IT部的时候，与一位叫做Jimmy的男人打了招呼，说是新人到了。Jimmy从桌上拿过单子，看了眼道："两台电脑都好了，过半小时左右，小锐就会送去。"

"麻烦你了。"Amy谢了Jimmy，转身与一旁两位新人介绍道："这是我们IT部管固定资产和硬件的主管Jimmy。"

"我是Chris Ru 茹安心。"

苏悦悦再次慢了八拍地跟着道："我是Sue，苏悦悦。"

多多少少，苏悦悦都没有适应把自己称做Sue，总感觉好像在喊自己的姓一样，很是别扭。

Jimmy点头笑了笑，算是认识了两人。Amy则继续领着她们往另一头走去，经过茶水间的时候，恰巧遇上一位黑色衬衣的男人从里头走了出来，手中浓郁的咖啡香一直钻入了苏悦悦的鼻子。

"Kevin，瞧瞧，我把你的人都带来了。"

苏悦悦定睛一看，果然是宋逸浚，她如今的主管，听Amy说了句"你的人"，苏悦悦立刻意识到一旁的茹安心就是另一位招进合同管理部门的人，只不过自己似乎并没有在面试的时候看到过她。见她没有开口，苏悦悦立刻抢先与宋逸浚打起招呼："早啊，Kevin，我也挺爱喝卡布奇诺的。"

才说完，Amy与茹安心闷声笑了下，苏悦悦不知她们在笑什么，只是目光停留在宋逸浚刀刻般的面庞上，心想自己运气其实还真不错，有个这么养眼且又有品位的上司，将来干起活也不会觉得枯燥。

"很高兴你们能加入我的团队。"

宋逸浚微微一笑，与面前两位新人握了手。几人这才一起去往合同管理部门，经过物流部的时候，一位三十多岁的女人与宋逸浚打起招呼："Kevin，你的Liberica白咖啡豆总能勾引我。"

"呵呵。"

哦，原来是白咖啡，不是卡布奇诺，怪不得她们要笑自己。这也难怪，自己就喝过卡布奇诺，还是和小猫在一起的时候喝的，一般情况下，她就喝速溶的，谁搞得清楚还有白咖啡一说，咖啡不都是深色的吗?

宋逸浚有自己一间单独的办公室，半透明玻璃的，苏悦悦一眼就能看到尽头，巴掌大的地方，不过这也没什么，谁让大楼在黄金地段呢，寸土寸金。能有自己的办公室，已经是非常厉害的了吧。

放下咖啡杯后，宋逸浚把苏悦悦和茹安心介绍给了部门的人，目前他的部门有十几个人，小半是男性，大半是女性，苏悦悦和大家握手后是一个都没有记住，谁让里头的人都是称呼英文名，她还没反应过来，大伙都已入了座。

"合同管理部门成立两年多，在JSCT里面，连同你们两位新加入的成员和我，一共是十四位，另外的几位在JSCT北京，重庆，杭州，南京办事处，直接向我汇报。"

"哦。"

茹安心只是静静地听着，倒是苏悦悦每逢听到些新鲜事儿都得"哦"上两声，之后宋逸浚把她们领到了各自的座位，继续道："公司最近几年壮大得很快，所以座位有些拥挤，不过，条件还是不错的。一会儿Amy会带你们去各个部门转一圈，我还有会要开，就不陪着了。"

"OK，没问题，你去忙吧。"

茹安心展了甜美的笑容与宋逸浚说道，而苏悦悦却还在打量自己的座位。这就是她未来要工作的地方了，一张楠木色转弯的大桌子，上头放了一部精美的电话与一些崭新的文具用品，最让她心潮澎湃的是挡板玻璃上的字"Contract Management Specialist 合同管理专员 Sue Su苏悦悦"。

"你们可以把包放这儿，公司很安全。"

宋逸浚离开前对两位新人关照了句，看着苏悦悦才缓过神看自己，微笑道："这里空调温度很高，外套穿着的话，一会儿出去容易感冒。”

“哦，对对对。谢谢你提醒我。”

苏悦悦本不觉得热，但宋逸浚这么一说，她倒开始觉得额头确实有些冒汗，周围的人都只穿着薄薄的毛衣，甚至和宋逸浚一样只穿衬衣的人也比比皆是，而她却穿得活脱脱如一只冬熊。尴尬地笑了笑，苏悦悦把衣服放到了不远处的衣架上。再回头的时候，她连宋逸浚的背影都没有瞧见。

Amy带着两人把全公司上上下下所有部门转了一圈，这一次，苏悦悦彻彻底底地被什么Ann啊，Billy啊之类的英文名给搅得头晕了。另外，她还看见了公司总经理Roger，那是一位年纪有些大的老外，具体是什么国家的，她激动之余没有听得清楚。倒是总经理那种特别有亲近感的笑容与鼓励，让苏悦悦觉得很是温馨，记得那一次肖主管也是给她这么个感觉。大公司的不凡气度或许都是靠人展现的吧。

三刻钟后，苏悦悦和茹安心回了自己办公室，苏悦悦的桌上多了台电脑，崭新的，二十二寸液晶屏。这是苏悦悦用过最好的电脑，之前公司的电脑是CRT的，也不知道是更迭了多少个主人又轮上了她。总之，能使用到新电脑，苏悦悦就特别开心。

“你是苏悦悦吧，这里是电脑的登陆密码，你上去后就要改密码，另外邮箱也需要修改初始密码。”

一位年轻小伙子不知从哪里蹿了出来，苏悦悦被吓了大跳，紧接着，小伙子就开始为她进行了演示操作：“SAP的账户还需要一周，所以，你暂时还用不了，这个是虚拟账户，你可以熟悉一下……”

“你是小锐吗？”

苏悦悦还在拼命地用笔记着小伙子的吩咐，一旁却已站了茹安心。小伙立刻放下演示的鼠标，直起身子道：“是。”

“我的电脑好像不是管理员权限。”

茹安心的座位与苏悦悦的差一条小走廊，几乎可以算是平行的，苏悦悦跟着茹安心指的方向看去，这才发现茹安心的电脑是台笔记本。苏悦悦有些纳闷，她的职位也是合同管理专员，怎么她的是笔记本，自己的却是台式机？

当然，苏悦悦已经很满意自己的台式机。小锐看了眼笔记本，微笑道："公司的管理员账号只有我们IT部有，当然，也有部分经理、主管有管理员权限，其他的员工都没有权限。不过，这不会影响工作的，如果你要装什么软件的话，可以和我联系，我分机是207。哦，对了，我和苏悦悦说完就过来，她这个台式机比较复杂些。"

"哦，那好吧。"

听茹安心的口气，苏悦悦知道她不是很满意，其实，一般电脑也没什么软件要装的，大不了就是什么聊天软件或是下载软件，以前公司都是不允许装的，因为老板总说"请你来不是聊天娱乐的，是来干活的。"那时候，苏悦悦也特别忙，一个人干两个人的活，所以，她也没有时间聊天，更没有时间下载。

小锐又和苏悦悦讲了很多之后，才去了茹安心那儿，苏悦悦开始熟悉起自己的电脑来，说真的，她非常喜欢自己的电脑，为了防止自己把刚改的密码忘了，苏悦悦特意用黄条记了下来放在屏幕上。

"怎么什么都不能装？"

第六章 他姓嬴，不姓淫

茹安心话虽然语调不高，可这样的怨叨在苏悦悦耳旁却响了不下四次，直到小锐和她嘀咕了好些话，茹安心才静下来仔细地记录。

快到中午的时候，宋逸浚开会回来，见到苏悦悦和茹安心已经回了座位，便给了两人各自一份入职培训计划书，告诉她们，接下来的两周时间都是培训，具体的培训计划都已列在表里。

“今天中午我们一起去水云轩，我请客，欢迎两位新同事。”

宋逸浚拍了下手，提醒每一位部门同事，苏悦悦很是高兴，第一天来，上司就请客吃饭。而且还讲明是为欢迎自己和茹安心的。水云轩是家粤菜馆，格调优雅，菜以精致著称，当然，相对应的，也是不菲的价格。

“财年刚过，我们就迎来了两位新同事，我相信未来一财年，大家能够做出更好的成绩。”

因为中午会餐不宜喝酒，宋逸浚为大家点了橙汁，说完话后，就抬手示意大家一起碰杯。“乒乒乓乓”，杯脚把转台碰得响极。一位年龄和苏悦悦相仿的女孩说道：“Kevin，年底尾牙的时候，我们部门会不会评上优秀团队啊？”

“是啊，透露透露嘛，我听人说，今年的优秀团队每人都有两千块的奖金，外加团队旅游。”

另一个女人也跟着接上了话。

“看样子，你们消息都比我灵通。”宋逸浚摇摇头，摊手耸肩表示很无奈的样子，立刻引来了一桌人的笑。

“Chris，Sue，我们Kevin最爱开玩笑了。”

“我可不是开玩笑，我说的都是大实话，能不能评上优秀团队，大伙儿总是在年后有股冲劲，至于前头，咳咳……”

“头儿，别这么说我们，我们挺努力的。”

“呵呵……”

“呵呵……”

苏悦悦笑得露了牙，这顿午饭吃得可真是轻松，尤其是宋逸浚，初看的时候就觉得是个好上司，现在再看，还真是好上司。苏悦悦正跟着大伙傻笑，冷不防给桌上的饮料杯汤勺钩到，里头的橙汁一下溅上了衣服。

“快擦擦。”

苏悦悦作为今日的主角之一坐在了宋逸浚的身旁，宋逸浚见她打翻了橙汁，立刻问服务员要了小毛巾递给苏悦悦，苏悦悦很是尴尬，赶忙道：“没事没事，这衣服反正也便宜，回家洗洗就好了。”

“再怎么说也是溅了橙汁，你去卫生间洗洗吧。”

“也好。”

宋逸浚关心苏悦悦，如此，周围的人也都放下了手里的筷子关注起她来。苏悦悦觉得尴尬，慌忙说“好”后起身去了洗手间。

嗯，怎么没水？

洗手间外的水龙头居然感应不出水，苏悦悦一急，“砰砰”地敲了几下水龙头，水龙头下端突然伸来一手，往底下毫不起眼的红色感应器那儿放了下，水一下就涌了出来。

“谢——”

苏悦悦正要说谢，抬头一看，两眼愣了愣，那不是上周把自己给撞了的无礼男吗？他怎么也在水云轩吃饭？有的时候，事情就是这么巧，苏悦悦的另半个“谢”字还在嘴里，无礼男冲自己微笑道："这个，比较，比较，隐秘。"

"嘿嘿。"

苏悦悦也跟着抬头朝他笑，只是这笑纯粹是为了笑，把嘴咧开，喉间发两声颤音。

"绍杰，你也在这儿吃饭？"

两人同时回头，却看见宋逸浚已经踱步到了他们跟前。

"是，你也是？"

苏悦悦瞥眼看了下无礼男，他是不是在忽悠自己？怎么见着宋逸浚就不口吃了呢？宋逸浚点头后，问道："你们认识？"

苏悦悦摇摇头。

"绍杰，这位是苏悦悦，我部门的新同事。"

苏悦悦见宋逸浚第一次用中文介绍自己，想来是照顾无礼男的口吃，心里觉着他是个甚是细心的男人，冲着他的介绍，便也客气地对无礼男微笑了下。

"嬴……嬴……嬴绍杰。"

苏悦悦真想立刻躲入洗手间里"哈哈"大笑两声，奈何他却伸手来握，自己也只能屏住笑，顺应礼节地握了下。

"嬴是，是嬴政的嬴。"

"呵呵，绍杰他是华东区总部通讯技术部经理。"

原来是嬴政的嬴，不是淫虫的淫，苏悦悦暗笑，不过她未曾想过面前的男人居然是华东区总部通讯技术部的经理。

人不可貌相。不过，除却他对自己的一次无礼，说实话，他的外貌与衣着确实非常夺目，比起宋逸浚来，并不逊色。只要他不开口，绝对是一精品男人。只可惜，他若开了口，贴上的美女估计会少了大半。

"咳咳，小姐，麻烦让一下。"

一位中年女士从洗手间走了出来，想要洗手，却见两个男人和一个女人在洗手池前聊了起来，怪异地朝着他们看了看，终于憋出句让开的话。苏悦悦下意识地说了句"不好意思"，随后让出点地方，与面前的两个男人说道："回去吧。"

小团体这才散了去。

午饭之后，回到办公室，苏悦悦想起中午嬴绍杰说话的样子就觉着好笑，“嬴是，是嬴政的嬴”。这话，真的好似要辩驳自己不是淫虫的淫。

“Sue，下午两点有培训，一起吧。”正笑着，一旁茹安心已喊了自己。苏悦悦赶忙答道“哦，好呀。”

“你一个人对着电脑傻笑干啥？”

“有吗？没有吧。”

苏悦悦赶紧抿了下唇，掩饰起来。

“对了，你车停哪儿了？”

“我没车。”

车？苏悦悦可没有车，汽车，电瓶车，还是自行车，她都没有。她只有公共交通工具，公共汽车+公共地铁。不过，苏悦悦想，茹安心该是有车的吧，不然她也不会问自己。

“哦。”

茹安心有些狐疑，继而用她大大的眼睛打量了番苏悦悦，回了座位。

“Chris，你开车上班的吗？什么车啊？”

坐在Chris斜对面的女孩转过身，趴在隔离挡板上，问起茹安心。苏悦悦知道那女孩就是刚才吃饭时插话的女孩，名叫于小佳，英文名Jill。

“不是什么好车，很普通的。”

“普通的车也有好几种，比如说现代，福克斯，斯柯达，凯越，宝莱，高尔夫，还有二奶车Polo。”于小佳一口气说了很多车，看茹安心的目光没有认同，便将最后一种车型给报了出来。茹安心见她说完，低声回道：“TT。”

“哇，TT，和Kevin的车一样呐！”

TT是啥车，苏悦悦对车没研究，于小佳说的几个牌子，她倒是听说过。茹安心有些尴尬，埋头继续看起电脑来，倒是于小佳却还在喃喃：“奥迪TT，我的梦中情侣。”

“噗……”

刚随手拿起杯子喝了一口，水险些给喷在屏幕上，要不是宋逸浚出现在茹安心身旁，苏悦悦怕是真的要野蛮一回，好好大笑一番。

“公司楼下的专用停车位好像已经满了，不过公司里很多人总出差，不把车停里头。在公司南偏门那儿有个停车场，价格便宜，条件也不错，没有专用停车位的都停那儿。”

“谢谢你。”

“我帮你留意下吧。”

“Kevin，你要有了消息，能给我个短信么？”

“没问题。”

茹安心的话酥酥软软的，是男人都听着舒服，苏悦悦想她一定不是靠工资过日子的吧。能开上奥迪的车子，穿得又那么好，该是家庭背景不错。

下午两点的时候，茹安心喊上了苏悦悦一同去参加培训，培训的内容挺丰富，只是茹安心却是困意连连，待到三点多的时候，已经偷偷地打了好几个哈欠。都说哈欠是会传染的，苏悦悦坐在茹安心的边上，也跟着打了好几个哈欠，只是她不如茹安心那般会掩饰，打哈欠的时候正巧被培训的同事兼临时老师Joy逮了个正着，碍于大家头天培训，不好意思说她，便说道：“下午了，大家都会比较困，内容也有些枯燥，不如Break十分钟再继续。”

Break十分钟？

坏十分钟？

哦，是休息十分钟吧。苏悦悦再次觉得自己英语学得有点土。

“Sue，你也困么？”茹安心与苏悦悦一同去茶水间的时候，问了她。

“还好，只是起得早，今天路上就花了我一个小时四十分钟。不过，你没这烦恼吧？”苏悦悦推了下眼镜回答道，眼睛则在盯着茹安心操作咖啡机，说实话，她早上就想试试巨型咖啡机了。

“开车也累，幸好我家过来才十多公里。”

“你是本地人吧？本地人说话都好听。”

“呵呵，瞧你说的。对了，你要嫌上班麻烦的话，可以在搭车网上找你家附近的人搭车，便宜又方便。”

“搭车网？”

茹安心接过自己的咖啡，与苏悦悦道："以前我也……"苏悦悦还探着脑袋等候茹安心的话，谁知她却不说了。可苏悦悦却好奇了，像她这样开奥迪车的女人难道也用搭车网？

"你们在谈搭车网吗？我就是在搭车网上找的车搭。"说话的是和她们一起培训的财务部新人小徐，做会计工作。听两人在谈搭车网，便也插上了话。

"真的？你给我个链接吧，回头我看看。"

"好啊。"

苏悦悦第一天在JSCT的工作并没有想象中的忙碌，或许是因为刚刚入职，大部分的时间花在了培训上。不过，新的环境让苏悦悦觉得挺舒心，好奇心也没有减退，各种英文术语的说法，让她还得有段消化的时间。

第七章 与口吃男讨价还价

下班的时间是五点半，苏悦悦准时关了电脑回家。比起早上，下班高峰并不弱，甚至持续的时间还要长些。等到回小区的时候，已经晚上七点半，足足比早上还多了二十分钟，菜场的摊儿都给撤了，苏悦悦连根菜叶都没买着。

回家后，苏悦悦只能煮了方便面来果腹。如果长此下去的话，除非去超市买好菜囤上一个礼拜，否则就别想再吃上米饭。不过，这也不是办法，因为屋子里的冰箱是单门的，里头放不了太多的东西。

“对了，租车网。”

苏悦悦忽然想起搭车网的事，从包里翻出纸条，仔细看了看。对，如果自己能找个车搭搭，或许就不用这么累。

苏悦悦觉着自己的运气不错，租了个性价比很高的房子，又有了份新工作，所以，说不定她今晚上网就能找到个搭车的伙伴。鉴于网络还没有通，苏悦悦便起身去了外头的网吧。

月色下的街道有些冷清，虽说不过是初冬，但温度却是低得牙齿打颤。苏悦悦搓了搓手，双手合十地对月祈祷：“老天爷呀老天爷，一定得保佑我找到车。”

到网吧的时候，里头尽是烟味，苏悦悦很讨厌，直捂着鼻子在一角落找了台电脑。搭车网的信息非常多，内容也良莠真假不知，不过，苏悦悦很快就摸索出了一条路，先是把条件输入，继而对比真实性。

“美丽花园？啊……美丽花园！“苏悦悦大呼了好几声，继而，双手合十地谢起了老天爷，一定是刚刚在路上对月祈祷的时候，被老天爷听到了，所以自己才在这么大的范围内搜到了美丽花园有去往JS集团华东区总部大厦的华丰路“求搭车”信息，要知道这可是几率多么小的事情，这能让她不兴奋么？想到此，苏悦悦不由激动地又捶了两下桌子：“真好！”

“喂，你有毛病啊！”

“切！”

苏悦悦边不屑一旁打着泡泡龙的大男人，边与搭车网上留信息的人用聊天工具联系起来。

“你好。”

苏悦悦客气地打了两字，对方也跟着打了两字“你好”。

“请问，你是从外环那个美丽花园区去到市中心的华丰路吗？”

苏悦悦再次想要确认，对方很简洁地答了句：“是。”

这下，苏悦悦便不客气地把所有的问题都列了出来：“你是男的还是女的？车子是什么？有上保险吗？多少钱一个月？包接送吗？空调会常开吗？……”

待到问题全部发送了过去，对方居然没了声音，苏悦悦愣愣地瞪着屏幕看了好一会儿，可聊天栏里却没有半句话。

“该死的！骗子！”

“砰砰砰”，苏悦悦又连捶了几下桌子，一旁的男人正瞄准泡泡龙的子弹，被苏悦悦这么一吓，一颗子弹打到了歪处，气不打一处来地骂起苏悦悦：“你神经病啊！四眼妹！”

“喂，你在骂谁呢？！”

苏悦悦本也在火头上，听那男人骂自己四眼妹，立刻就不甘示弱地回击，周围的人本都在玩游戏看电影，听到有人吵架，纷纷回头来看。网管见状也忙着过来相劝，男人本也不在理，结了账骂骂咧咧地离开了网吧。苏悦悦心想，刚还觉得自己运气好，没想到是个假运气，等那男人走后，她也想离开，聊天框里却突然跳出了话：“对不起，刚才在处理些私人的事，要是方便的话，一会儿十点的时候，在美丽花园小区三幢前的锻炼器材处面谈。”

“切，居然现在才回，我也晾你会儿。”

苏悦悦恶作剧一般，也不回话，也不看网页，只是死死地盯着右下角的时间。对方或是有些奇怪，便又添了句："还在吗？"

苏悦悦这才慢悠悠地答道："哦，不好意思，我刚在处理些私人的事情，所以没看到你说话，好吧，见面再谈吧。"

"哦，单程一月六百元。"

不是说待会再面谈吗？这人咋突然开了单程六百元的价格，苏悦悦并不理会，直接把对话框给关了，无视之。让他开的六百元见鬼去，一会儿见了面，一定把价格砍得血淋淋的。

从结账到走回小区，苏悦悦看了看手机，时间刚刚好十点。三幢就是自己那幢，靠保安处很近，苏悦悦到那儿的时候，那儿站了两位阿姨，神神叨叨地在聊物价飞涨的事情。

"怎么还没来？"

忽而，身后传来一个熟悉的声音，熟悉得她一听就想笑。

"苏，苏悦，悦悦。"

好好的名字被他拆成了好几片，苏悦悦转过身，目光恰与男人星辰般眸子里的光糅在了一起，同时起了疑惑，亦同时有了短暂的宁静。

"你，你怎么，在这儿？"

"等人呐，你呢？"

不知是不是因为月色独有的银白总能激起男女间莫名的一些吸引，苏悦悦居然温柔地问起了嬴绍杰。嬴绍杰手里拿着个文件袋，笑了笑："我也是。你，你住，住这儿？"

"嗯，刚租的。"

"我，我也住，这儿。"

"哦，我们一起等吧。"

"好。"

头回，苏悦悦等人的时候居然还有个帅哥陪着，只是由于天冷，小区的凳子像冰似的不能坐，两人只能在风里头站着，直到站了十分钟后，苏悦悦突然意识到什么，侧身指起一旁的男人道："我是不是在等你啊？！"

"我，我猜，猜也是。"

“那你猜了也不和我说，真是的，刚才呀，说什么私人事情，晾我半天，我还以为遇上一骗子呢，敲了网吧的桌子，居然还和人吵架！气死我了。”

“你家没，没网络？”

“还没装呢，我租的房东不知道是个什么抠人儿，全权交给了中介。哼，还说是精装修房，其实是精简装修。啥都没有，别说是网络了。”

“哦。”

“就三幢，喏，六层那间。”

“哦。”

“幸好我从一千七砍到了一千五。”

“唉，少，少了两百呐。”

“少两百才好呢，对付黑心中介，黑心房东，我最有办法了。”苏悦悦很是得意，然而嬴绍杰却在一旁道：“其，其实一千七，也不贵。”

“我工资少，一千七的话，我都没有钱了。对了，你好歹也是我同事，刚给的价格也忒狠了吧，居然开我六百一个月！”

“汽油，贵。”

“喂，你好歹也是堂堂的JS集团华东区总部的通讯技术部经理吧，汽油肯定都有报销的。”

“没报销，有，有点，点油贴。”

“好啊好啊，你有油贴就更该少收我了。说实话，你忍心吗？一个大经理的还要我这小喽啰的钱，按理，你得免费载我去。”

“你，你也有，交，交通费。”

“嬴绍杰！”苏悦悦瞪大了眼睛，丹凤眼瞬间成了橄榄状，虽然个子比嬴绍杰矮了不少，可她踮起脚来却也正巧够指着嬴绍杰的鼻子骂。原本在不远处聊天的两位阿姨好奇地瞅了好会儿，继续聊了起来。

“有你这样的男人吗？！看中我一个姑娘家的钱！”

“你交通，交通也三百多呢。”

嬴绍杰的语声是低了不少，为了避免与苏悦悦再大嗓门地扯，找了边上的凳子把手里的文件拿了出来。可苏悦悦却不依不饶地追上他，问道：“怎么成了三百多，不是四百多么？”

“算，算工作日的。”

“啊？”

苏悦悦心里的算盘再次落空一半，原来不光是民营私营企业会设陷阱，世界五百强也会设陷阱，那交通费和午餐费肯定都是按工作日给的。这一下，她要砍了搭车费的心可是更铁了。

“保险单，4S店，店的保养手册，还，还有……”

“我给你四百，你搭我上班，怎么样？”

看他埋头排起单子的样子，很是一本正经，苏悦悦蹲在他身旁继续磨起了价格。谁知嬴绍杰却也不松口：“六百。”

“四百。”

“六百。”

呀，一还价居然口吃都没有了，苏悦悦直咬牙，这男人的口吃是不是瞅准了机会犯的。自己已经挺让他的了，居然还和自己说六百，分明就是个小气鬼，抠门男人。

“不成，我只给四百。”

“低，低于，六百，不成。”

“嬴绍杰，你怎么这么抠门呐，我要是不搭车，你一毛都没有，我搭你的车，你还有外快赚。平白无故多四百不好吗？！多好的投资回报率。”

苏悦悦才缓下的语气一下又提了起来，嬴绍杰并不理会，见苏悦悦不看单据，便兀自地又埋头把单据收好。

“你别不理我呀。”

苏悦悦想他也真沉得住气，生意都快谈崩了，居然开始慢条斯理起来，该不会是不理自己，早早地完结了没有结果的谈判吧。

“六百。”

半响，他居然还是死咬着六百不放，苏悦悦终于忍不住溃堤道：“嬴绍杰，我告诉你，你要真要我六百块，我一定到你办公室贴大字报，让大家都知道你要我六百块钱！”

“喂，你，你轻点声。”

赢绍杰一下站了起来捂住苏悦悦的嘴，一旁的两位阿姨鄙夷地看起了两人，其中一位喃喃低语：“哟，这年头做小姐也喊那么响。”

苏悦悦一愣，什么做小姐？她这是搭车。凭着自个儿的性格，能让人随意玷污了清白吗？苏悦悦要大吼，只是嘴却被赢绍杰暖暖的手捂了个严实。狠狠地咬他，可他却还捂着，连声“疼”也不喊，倒是笑着和阿姨们讲：“我，我女，女朋友开玩笑，开玩笑。”

两位阿姨盯着赢绍杰打量了会儿，低声道：“走了走了，很晚了。”不管不顾的，也就散了去。

“六百，我，我搭你来回，来回的。”

“说，谁是你女朋友！！”

赢绍杰刚松手，苏悦悦就狠狠地朝他瞪眼，瞪着瞪着，目色里的火竟慢慢地弱了下去。原本，周围还有那么些细碎的声音，现在，就剩了两人，什么声也都听闻不见了。

“我，我说的，你别当真。”

“五百来回。”

“六百，来，来回。”

“来回的，每天都得来回，要是少了一天，得退我。”苏悦悦不知为何，觉得耳朵热了起来，不知道自己的脸是不是也跟着烫了。

“好。”

“抠门的家伙，明天几点？什么车？多少号？”

“明天七点，七点四十分，门，门口，黑色Polo，有擎天柱的图……”

“二奶车？”苏悦悦打断了赢绍杰的话。

赢绍杰半眯起眼睛看着她，显得有些不知所云。苏悦悦瞧那目色很是暧昧，而自己的脸却也更热烫了，要不是因为夜色遮掩，怕是被面前的男人都看了去，赶紧说道：“好了，我知道了，晚安吧。”

具体的话，她也不问了，急急地就往自己的楼那儿跑，赢绍杰看得有些茫然，然而看着月夜下的那抹背影，不由得扬起嘴角，微笑起来。

第八章 收钱做“活雷锋”

第二天一早，七点三十八分的时候，苏悦悦便已在门口等候嬴绍杰的黑色Polo。因为今天她可以搭车，自然穿的衣服也比昨天要好些。白色大衣，玫红围巾，将她衬得清爽美丽。

“嘟——”

黑色Polo 很快到了苏悦悦身旁，车窗落下的同时，露出嬴绍杰的模样，如往常一样，俊逸若晨日。苏悦悦却是郁闷，昨晚上回家后，脑子里还是他的影子，睡觉的时候居然还梦见与其讨价还价，害得她本可以睡晚一些的，结果还是在浅睡中早早地醒了过来。

“早。”

嬴绍杰示意苏悦悦可以上车了，只是车窗外的女人径直走到后门，拉开后坐了上去，嘴里还叨叨：“我坐你后面，人家说最安全的位置就是司机后座，我坐出租车都这么坐。”

“哦，我，我开车很稳的。”

“你自个儿说很稳，我咋知道稳不稳。”

苏悦悦皱着鼻子，在嬴绍杰背后做了个鬼脸，恰巧全部入了后视镜，嬴绍杰暗暗一笑，开动车子。

“对了，我得月底才付你钱。”

“好。”

嬴绍杰说了好后，苏悦悦便也没什么话，车子里有些暖暖的，应该是他早开了暖气，这

会儿靠在座位上，倒也可以舒坦地眯上一个多小时。

“迟到了，迟到了。”

“啊？迟到啦，迟到啦？！”

苏悦悦正在美美地做着白日梦，耳旁忽而响起了声音，噌的一下，脑子立刻从睡眠状跳跃到清醒，嘴里激动地问着话，手里的包包也跟着滑到了地上。窘迫中，她却听到了一声“呵呵。”

扶了下眼镜，苏悦悦见着嬴绍杰的笑脸，才发现自己居然上了他的当。

“喂，你干吗吓我？！！”

“我，我……”

嬴绍杰张口要辩解，苏悦悦却凑过脸狠狠威胁道：“再吓我，我就扣你一次钱，扣完为止。”

这丫头的脾气一点儿都不小，嬴绍杰其实是想提醒她该醒了，公司到了，可她却睡得正欢，情急之下就施了小计，吓吓她，结果反倒是自己讨了没趣。

“对了，你怎么没到就停了。”

“我的停，停车位让给别人了，所以，就，就停这儿。”

苏悦悦望了望周围，这该是之前宋逸浚与茹安心说的停车场吧，在南偏门的。听嬴绍杰的话，原来他该是有自己停车位的，只是为什么要让出来？十之有八九是拍什么人的马屁。

“一点点路，偏门可以，可以走了。”嬴绍杰以为苏悦悦还在想初遇他时南偏门关着的事，便立刻解释起来。

苏悦悦被他一提醒，心想还是上班重要，毕竟车子上的钟已经显示了八点五十分，拾起包，开门走了出去。嬴绍杰见她出了车子，便也走了出来锁上门。

“Eric，你现在都停这儿啦？”

不远处一位胖墩墩的男人朝嬴绍杰打起招呼，嬴绍杰立刻道：“是，挺近的。”

“这位小姐……我怎么没看到过？”

苏悦悦走在前头，胖墩男人从她身后打量了番，与嬴绍杰问道。嬴绍杰淡笑道：“JSCT的同事。”

"你也真够雷锋的。地下停车位给了财务的大肚婆，这上班还带个JSCT的同事。"

男人正表扬嬴绍杰，苏悦悦突然刹车回头，想要开口道："我付他钱的。"可话到嘴边的时候，看到胖墩男人朝自己怪异地端详，立刻又转了过去，嘀咕起来："雷锋，切。"

对大肚婆雷锋，对她苏悦悦可是一点儿都没有雷锋。苏悦悦迈步进了楼梯，也不理会身后的人怎么说，倒是嬴绍杰说了句："五点，五点半走。"

每回都说到关键地方就得断一下，苏悦悦憋着笑了会儿，等起电梯来。

"Sue。"

"哦，Chris早啊。"

"今天穿得挺漂亮。"茹安心正赞起苏悦悦的打扮，苏悦悦眯眼笑了笑。茹安心见她笑了，于是又添了句："你怎么来的？"

"我啊？"

苏悦悦转过头，只是身旁却没有了嬴绍杰的影子，明明刚刚在自己身旁的，却一下子又不见了身影，而那胖墩的男人却正巧看了下自己。估计那家伙是落了什么东西在座位上吧，不然怎么连个影子都没有了。

恰在这时，电梯到了，等候的人一一进了里头。苏悦悦的答案便也吞入了口中。今天的主要任务依旧是培训，和茹安心两人待到中午的时候才回到了办公室。因为昨日是宋逸浚请客，今日的饭就成了自由活动，自掏腰包。

"对面那个韩国菜还不错，不如我们去那儿吧。"茹安心对于小佳与苏悦悦做了提议，于小佳碍于面子并没有驳斥，可苏悦悦却知道韩国菜的价格不菲，犹豫之间，正要随意找个借口，冷不丁听到宋逸浚走出办公室喊自己名字。正巧能为自己寻个借口可以不用去，苏悦悦立刻说道："我先去Kevin那儿了，你们去吃吧。"

"也好。"

茹安心显得有些不开心，只是脸色上并未明显地表露，拉上于小佳便离开了办公室。苏悦悦正要去宋逸浚的办公室，却见他已经走了出来，过来的时候还特意看了下周围，似乎有些话语不方便让别人听到。

"你找我？"

苏悦悦先开了口，心里有些紧张，毕竟是领导找自己，而且还要寻个没人的时候。只见

宋逸浚微抿了下唇，步到苏悦悦跟前，说道：“早上来有没有发现少了抽屉钥匙？”

“抽屉钥匙？是啊，我好像落在家里了。”

一早来的时候，苏悦悦的确没有找到钥匙开抽屉，但因自己电脑是台式机，包放外头很安全，便也没有太在意，更何况去培训了一上午，就更忘了这件事。宋逸浚现在一说，自己倒想起来了。只是没有记性这样的缺点被领导知道总不是什么光彩的事，所以说话的声音也小得很。只是话才说完，宋逸浚却已摊出了手中的钥匙。

“怎么？怎么会在你手里？”

“幸好我发现得早，昨天帮你拔了，还有，你电脑上的密码条也是我早上再帮你贴上的。公司每周一都做信息安全检查，这些都是和公司信息安全检查有关，被抓到的话，会很麻烦。瞧你，钥匙和密码两样都是重点检查对象。”

“啊？信息安全？很麻烦的意思是不是要扣工资？”

苏悦悦头回听说还有这样的规定，这么长的密码，她一时记不下来才写的，而至于钥匙，她压根就觉得不是什么重要的事情。

“第一次是口头警告，第二次才会罚钱。所以，你还有两次机会。”

“哦。”苏悦悦心存感激，毕竟是宋逸浚多给了她一次机会，对于她这样的新员工而言，已经是莫大的恩惠了。伸手从宋逸浚手中拿了钥匙，尴尬地咧嘴笑笑。宋逸浚顺口问道：“到哪儿吃饭？”

“我也不知道。”

“外面有点冷，不如去公司食堂吃吧。”

“公司有食堂么？”苏悦悦只知道有午餐补贴却不知道有食堂，宋逸浚见她好奇的模样，立刻回答道：“当然有，价格正好是补贴的钱，不过，菜比较单调，没那么多人去吃罢了。”

“哦，原来是这样啊。”

怪不得公司有十元的补贴，原来都是有出处的。苏悦悦想，所谓的交通补贴还是午餐补贴，多半都是经过了公司精巧的计算得出的，冠以福利的美名，用来招揽员工忠心的一种手段罢了。其实，真正能靠这一块补贴工资的并无可能。当然，如果没有这些福利，所有的钱还得自己出，所以，仔细想想，也算是不错了。

“走了，再不走，连最没有人吃的菜都被吃了。”

宋逸浚的眼里总是溢着柔和的阳光，苏悦悦很喜欢这样的眼睛，更想找一个有这样眼睛的男朋友。记得大学的时候，自己还曾暗恋过一个男生，只是“颇有恋爱经验”的小猫说女孩主动的话，爱情不能长久，被人爱总比爱人的要享受。反正自己也没有什么恋爱的经验，苏悦悦当时就信了小猫，可是，那个男生最终还是被个女生给“骗走”了。所以，苏悦悦总结了一句话：经验只是个人的，不是通用的。

与宋逸浚一起来到公司的食堂，苏悦悦发现食堂的人并不少，或许是因为天气转冷，大家都不愿意走动的缘故，所以，大家就懒惰地选择了这儿。

“那家伙居然也在。”

苏悦悦一眼就看到嬴绍杰已坐在不远处和好几个同事一起用餐，心想他这么抠门，肯定是不舍得到外面去吃。正想着，宋逸浚在她身旁道：“吃面还是饭？”

“你吃什么？”

“吃饭。”

“那和你一样吧。”第一次在食堂吃饭，为了避免尴尬，苏悦悦决定选择和宋逸浚一样的饭菜，其实心里还是挺偏向吃面的，毕竟冷冷的天，吃上一碗面该是很暖胃的。

“一会儿打下你的员工卡就会有记录了。”

“嗯。”

宋逸浚交代了苏悦悦，而苏悦悦却无聊地看起了周围，恰遇上嬴绍杰不经意地侧目，看到她，远远地打了个招呼，继而，他周围的同事也跟着朝自己这边看过来。苏悦悦戴着眼镜，一眼看到嬴绍杰饭盆里的饭堆得老高老高，再看他的同事纷纷看着自己，心里不由得骂骂咧咧：哼，和猪一样能吃。

嬴绍杰果然是很能吃，等到同事走了，他竟又去要了半盘的饭，宋逸浚见嬴绍杰还没有吃完便朝着他那儿走去，苏悦悦跟在他身后咬牙低语：别去别去。

结果，人还是跟着宋逸浚坐到了嬴绍杰的对面。

“队挺长。”

嬴绍杰笑着和宋逸浚说，宋逸浚点点头，倒是嬴绍杰使劲地扒拉好些饭，竟然迅雷不及掩耳之势地又把餐盘里的饭给吃完了。

苏悦悦不由偷笑道："你吃得挺快。"

"嗯，我，我先走了。"

嬴绍杰吃完后，立刻离开了桌子，宋逸浚的眼中闪过一抹莫名的色彩，继而笑了笑与苏悦悦道："我们吃我们的。"

第九章 18元米线贿赂事件

苏悦悦想嬴绍杰还真是不给面子，虽然和宋逸浚的关系看似挺好，但他们一坐下，他就吭吧了一句话转身便走，这似乎也有点过了吧。回想刚刚排队的时候，他还看了自己一眼，反而坐到他面前了，连个正眼也都没了，苏悦悦猜想是不是嬴绍杰怕他赚自己六百块钱的事情被宋逸浚知道遭笑话，故而，立马就走人了。

因为嬴绍杰走了，宋逸浚随意地扯了两句后便默然地吃起饭。待到和苏悦悦回办公室，除了两位先回的同事外，基本也没有人看见他们一起吃了午饭。然而，下午培训的时候，茹安心却问起苏悦悦中午是不是和宋逸浚吃饭了，苏悦悦点头后，茹安心便也没有再问什么。

下班的时候，苏悦悦到了停车场，可停车场里却没有黑色Polo。苏悦悦想拿起电话打给嬴绍杰，却忽然意识到自己并没有他的手机。今天是搭车的第一天，他怎么能放自己的鸽子呢？苏悦悦狠狠地咒骂起他来，于是下定决心不走，她就非要看看这男人是怎么不厚道。要是知道他真放了自己鸽子，那就有他好受的了。

时间一刻刻地流走，夜色因为都市霓虹灯的亮光而未有浓厚的暗沉，反而，显得更添了些活力，对面大厦的灯光时不时地扫过苏悦悦，让娇小的身体显得有些单薄。

“讨厌的家伙。”

苏悦悦搓了搓手，等了他四十分钟，周遭往来的人群偶尔看看她，只是碍于不相识，没好意思搭上两句话。

“苏……苏……”

一听这接连两字都喊不出个“悦悦”，苏悦悦便知道欠骂的人来了，转过头死死地盯着来人，要不是眼睛不够大，火力还不足以直接喷射到嬴绍杰身上，苏悦悦真想一下子火烧了他。

“对，对不起，我，我出去办事。”

“办事？！你车呢？”

“停，停对面，对面了。”嬴绍杰指了指对面马路，因为刚才开车过来的时候没法调头，于是就将车停在了对面，苏悦悦本就气，听到自己还要跟着他走那么远的路，心里就更气了，也不顾在停车场还有人经过，立刻道：“嬴绍杰，你就是故意气我对不？我在这儿，大冷天的等了你四十分钟，不，是四十五分钟，你倒好，定定心心地来吭两句，然后说汽车在对面，还要我走过去。哼，你安什么心了？”

“我，我，我真的出去了，真的，没，没你电话，本想告诉你的，悦，悦悦，我真的……”

淡古铜色的脸在路灯下泛出些红晕，窘迫地想要解释，可不知道为什么，这越解释就越乱，越乱就越被苏悦悦抓了正着，红着脸道：“谁让你喊我那么亲热的？”

“这儿同，同事多，我，我请客，吃，吃晚饭，赔罪。”

好不容易，嬴绍杰抓住苏悦悦也脸红的时候插上去话，人立刻站到苏悦悦的身后催促她快走。虽然JS集团大楼大部分的员工已经走了，但还有些员工在公司加班，偏门停车场的车也还没全开走。嬴绍杰的提醒也非没有必要，苏悦悦埋怨了两声，倒也乖乖地跟着嬴绍杰。

走天桥后转了两个弯，到了一大型购物中心，苏悦悦心想他该是真的要给自己道歉，那么抠门，为了六百块钱都要和她啰唆半晌的男人领她到这么奢侈的地方吃饭，看样子挺有诚意。

“下面。”

“哦。”

嬴绍杰走在前面，苏悦悦跟着上了自动扶梯，待到快落地的时候，大美食广场的横牌子瞬间落入了眼帘。苏悦悦刚眉梢带喜，立刻又凉了半截，原来他的诚意就是这样的。不过也罢，大美食广场也能寻到不错的菜，既然是他请客，自己也会不客气的。

日本菜，好久没有吃日本菜了，对了，还有碳烤，那也是苏悦悦的心头好，只是她还在忍着口水的时候，英俊高大的男人却已兀自往前走，走了倒也罢了，居然还特意加快了脚步。苏悦悦甚至连喊住他点单的机会都没有挨上，就三步并作两步地尾随他到了一家米线店。

“对，两碗。”

前面的对话她还来不及听，嬴绍杰却一个结巴也不打地要了两碗。见她来了，立刻道：“过，过桥米线，我们，去，去坐着等。”

过桥米线？苏悦悦眼中的两点光就差没聚成了一点，目光随意地扫了下价目表：本店特色过桥米线 15元//小碗， 18元/大碗。

呵呵，苏悦悦真想好好敲下自己木鱼般的脑子，怎么就相信起他这样的抠门男人会很阔绰地给自己买顿好的。

“来吧。”

她还站在原处，嬴绍杰却用勾人邪魅的笑招呼自己去坐，苏悦悦鼻子里哼哼，走了过去，嬴绍杰小心翼翼地用纸巾把桌子椅子擦了干净，嘴里继续道：“你白衣服，别，别弄脏了。”

“你可真好。”

苏悦悦话里有话，但嬴绍杰似乎并不在意，反而笑眯眯地又让她坐。苏悦悦气愤地“噔”地坐了下来，半晌没有吭出个字。

“你们点的米线在这儿。”

两人一时没有话的时候，米线店的伙计把两碗米线端了上来，苏悦悦是小碗的，而嬴绍杰是大碗的，盛着生食的小碟子也依次放到了桌上。嬴绍杰把自己的鹌鹑蛋倒入了苏悦悦的小碗里，说道：“女生，吃，吃这个好。”

苏悦悦才想要说他两句，瞬间被他细小的动作给感动了些许，到了唇边的话立刻改道：“你真够意思，请我吃米线，还吃小碗的。”

“早，早饭要吃好，午饭要，要吃饱，晚饭，饭要吃少，所以……”

“所以你中午吃那么多，像只猪一样。”

苏悦悦立刻想起中午他一下吃了两盆的米饭，居然还能道出些歪理的，嬴绍杰听苏悦悦毫不客气地说自己吃得多，撇撇唇，显得有些不好意思，低声喃喃：“不多，不多。”

“嬴先生，你该还要加一句‘多乎哉？不多也。’的话吧。”

“呵呵……”

“呵呵……”

嬴绍杰与苏悦悦不约而同地笑了起来，其实，嬴绍杰从苏悦悦的眼中看得分明，她真是等久了才埋怨自己的，要说恨，那是绝对不会有，清澈的眸子里，那潭碧水似未曾被世俗沾染。说真的，要是换了别的女孩子，怕早已发飙走了。不像她，还能和自己坐下来好好地吃上碗米线。

天很冷，红红的鼻子告诉自己她显然已经冻坏了，吃米线的话可以赶掉些寒气，所以进大厦的时候，就直奔了目的地。苏悦悦非但冷，也确实饿了，三下五除二地，也没有考虑吃相问题，就直接把米线吞下了肚子。

“对了，今天由于你迟到，所以晚上的车钱不给了。”

回到车上的时候，苏悦悦振振有词地说道，嬴绍杰也跟着答她：“晚上的，是，是搭送的。”

“哼，我才不管是不是搭送的，反正你说了是来回六百一个月。”苏悦悦正说着，嬴绍杰想要回过头辩驳，却被苏悦悦给立刻制止道：“别回头，好好开车，从现在起剥夺你回头说话的自由，知道吧，如果你不把自己的生命当回事，那就得记着你后面还活生生地坐着条生命。开车这么胡来怎么可以？对了，我搭你的车都没有份正式的协议。”

苏悦悦想租房也有合同，这搭车多少比租房的风险来得要大，彼此间虽然是同一集团、不同公司的同事，但命可是她自己的，自己可不能把自己的命交托给一个旁人。嬴绍杰见苏悦悦一个人在后面嘀咕，主动建议起来：“我起草，嗯，一份。”

“你起草，我就被动了，明显该我起草才对。”

“果然是，合，合同管理部的。”

嬴绍杰倒还记得清楚自己是什么部门的，苏悦悦也顺势问起嬴绍杰的手机，两人在分别的时候，已经把手机记了下来，如此一来，往后如果有什么变动，大家就可以用手机提前告诉对方。

接着的日子里，嬴绍杰没有迟到过，更没有放过苏悦悦鸽子，两人在两周的时间内，熟悉了不少。苏悦悦在公司里接受培训后，在晚上回家的时候，还可以问嬴绍杰些问题。虽然他口吃，但对于JS集团里的流程却很熟悉，苏悦悦在他的引导下，对于公司的架构也越来越清楚。

当然，两人熟络起来的关系并没有妨碍搭车协议的签订，而且，苏悦悦的条款也一边倒地倾向了自己。嬴绍杰看着协议的时候，开口说了句："霸王，霸王条款。"

苏悦悦却是驳斥："这是消费者维护自己权益，也是保护意识的体现。"

在搭车协议中，苏悦悦以消费者的角色把自己定义为甲方，而嬴绍杰则自然而然地成了乙方。乙方要负责甲方上下班接送，价格为每月600元（含税），倘若由于乙方原因，导致甲方上班迟到或下班买不到菜，造成的直接经济损失由乙方承担。甲方每月底交给乙方搭车费，若期间有出现上述问题，甲方将直接从搭车费中扣除。此合同有效期为甲方在JSCT上班期间。

嬴绍杰勉勉强强地答应了苏悦悦，但对于苏悦悦末尾支付方式说银行转账却提出了现金的要求。苏悦悦可不答应，说是银行转账才有记录，这样才能代表嬴绍杰真的收到了钱，但嬴绍杰却只要现金。两人就这么杠着，杠了两天后，苏悦悦终于还是选择妥协。因为嬴绍杰在这两天总是不说话，平时听嬴绍杰说话口吃的样子还真惯了，当他连着两日只是开车与自己生闷气后，苏悦悦倒觉得得让让他了。毕竟，苏悦悦在搭车的事上，是真占了便宜。

"好了，别生气了，一大男人非要和我小姑娘争个支付方式。"

"不，这，这是原则问题。"

"好了，我都让你了，还原则问题。今天我已经够郁闷了，坐车上还要听你唠叨。一会儿到家门口，你签字画押吧，我已经签过了，一式两份，你一份，我一份。"

"什，什么事？"

第十章 怪异的流产风波

“哎，原以为合同管理专员是个挺好的工作，现在发现就是和做订单没什么差别嘛。你说当你发现现实和梦想差好远，你的心情能好吗？这能不郁闷吗？”

“女，女孩子，做做那个，挺好的。”

嬴绍杰边开车，边说着，两天不说什么话，说起疙疙瘩瘩的话来，苏悦悦还真舒服了不少。不过，在苏悦悦看来，自己的工作能力并不差，原以为合同管理专员是用来审合同的，却没有想到只是做合同的，而真正审合同的却是合同控制专员，英文抬头“Contract Controller”。虽然之前，苏悦悦对公司的组织架构已经熟悉了不少，但对于具体的抬头称谓却并不了解，直到今天人事部把她和茹安心加入公司的通知及合同管理部门组织架构的更新表发给大家的时候。苏悦悦这才了解，自己是金字塔最底端的人。

这一点，就连宋逸浚都从来没有和自己说过，或许在他的眼中，这事儿该是她苏悦悦来之前就了解的。

“马上，要正式，正式工作了吧？”

“嗯，听了好些天的培训，也该到自己用的时候了吧，只是都没有在正式系统里操作过SAP，不知道会不会有问题。”

“你，聪明，细心点，就可以了。”

嬴绍杰安慰了苏悦悦，之后两人又扯了些别的话题，直到回了美丽花园，嬴绍杰才在协议上签字画押。苏悦悦收起了协议，而嬴绍杰则放到自己车上，两人道了再见后，各自回了住处。

吃完晚饭，苏悦悦正看着电视，却听见手机铃声响了起来："别看我只是一只羊，羊儿的聪明难以想象，天再高，心情一样奔放……"一看屏幕，原来是小猫打来的电话，立刻压低了电视声音，接了起来："小猫美人儿，你找我啊？"

"我无聊，所以打电话给你啊。"

"我可不逛街，继租房、搭车后，我决定近三个月都不逛街。"虽然小猫还没有说话，苏悦悦却很敏锐地洞悉了小猫的意图。小猫自从毕业后嫁人，根本就缺乏了在学校时的理想与奋斗的精神。虽然，被现实屡屡击垮，但苏悦悦至少还在社会的激浪中勇进，而小猫却总是安逸地享受，久了，人就会空虚。一到无聊的时候，就立刻想去逛街。以往，苏悦悦都陪着，虽然不常出手买东西，但偶尔也会花掉些钱。

外面的世界总是充满了诱惑，衣架鞋架上也都摆满了勾引眼球的漂亮产品，苏悦悦不能说自己是一个毫无欲念的人，毕竟，她还没有到看破红尘的境界，所以，为了保住自己的荷包，宁愿选择在家待着做"居里夫人"。

"你不怕自己发霉吗？"

小猫有些失望，本想约苏悦悦一起去玩，可她拒绝得却是这么快。苏悦悦听到电话那头的语调一下没了欢快，马上调转话题道："小猫，不如，你明天上我家吃饭，又省钱，我也不会发霉。"

"上你家？"

"对啊。"

"哎，多麻烦啊，要不你到我家，我让阿姨烧饭。"小猫想苏悦悦家本就没有什么好玩的，去她家还多添麻烦，不如做东让她来自己家。说实话，半年前搬家后，她都没有喊上过这个死党到自己家玩过。现在有了主意，喊她到家里来玩正是时候。苏悦悦一听倒也来劲，以前小猫住的高层大户，她是去过，不过搬到别墅后，她就再也没有去过了。于是，立马答应了小猫："嗯，也挺好，就干脆去你家吧。"

周六一早，苏悦悦谢绝了小猫开车接送，自己坐了公共交通工具去往小猫住的地方。那儿果然是一派富人居住的景象，虽然青山远隔，虽然绿水没有那般潺潺，但别墅区进进出出的豪华车辆分明地显示了里头居住之人的身份与地位。

小猫为了避免尴尬，与苏悦悦通了好些电话，最后在保安室等了五分钟，终于把拎了一大袋子苹果的苏悦悦给等了来。

“哎呀，我来做刘姥姥了。”

“瞧你说的，和你说我来接你，你非要自己走，瞧瞧，还拎苹果来。”小猫心疼地轻拍了下苏悦悦的背，接过她手里的苹果，沉甸甸的。苏悦悦却说：“有什么累的，参观大观园当然要显得有诚意，再说了，这种冰糖心的苹果好，我特意去买的。你呀，每天早上一个苹果，记得，每天早上一个苹果，金苹果。”

“知道知道，这道理还是我给你讲的，你倒反起来教育我了。”

“嗯？好像是你和我讲的。”

苏悦悦做了窘窘的鬼脸，与小猫一起进了高档小区。小猫家位于南面，两人走了好一会儿后，才到了那儿。刚要进门，正巧遇到小猫老公——帅哥师兄林子文正从车库里开出奥迪Q7。苏悦悦挥手打起招呼：“林大帅哥，我怎么一来你就走了？”

“悦悦啊，真是不好意思，我公司里有些事，所以得立刻赶过去。哎，让人操心的事儿太多了。”

林子文降下侧窗与苏悦悦道歉，苏悦悦自然能够理解，林子文是公司的老板嘛，自家的生意当然得看好，就好比自己的老东家一样，公司大大小小凡是涉及经济命脉的，恨不得每一把手都是自己人。林子文是家里的独子，所以，压力定然更大。

“和你开玩笑呢，我和小猫有闺房话，你一个大男人，还是忙活去吧。”

“那好，我先走了。”林子文说完后，朝小猫温柔地笑了笑道：“妙妙，我一会儿到公司就给你电话。”

“嗯。”

小猫甜甜地“嗯”了一声，两人眉目间浮过一丝暧昧，苏悦悦立刻笑了起来：“喂，你们别当我面亲热，我可妒忌死了。”

“你妒忌啥？” 小猫拍了下苏悦悦，撅嘴说道。

"咋？我孤家寡人，能不妒忌吗？"

"子文，听听，我小姐妹还孤家寡人，你要有什么好的人，记得给她留意了。"小猫冲林子文递了句话，林子文立刻领会了妻子的意思，连忙答"嗯"。

"讨厌！不和你们小两口说话，我这如花似玉的姑娘得好好享受我的单身生活呢。"苏悦悦皱起鼻子，往台阶上迈了两步。林子文与小猫这才真的道了拜拜。

"阿姨，麻烦你帮我把这苹果放好吧。"

"好的。"

进屋子后，暖暖的热气迎面而来，小猫和苏悦悦说直接穿拖鞋就可以了，因为地上有地暖，绝对不会凉。苏悦悦听说过地暖，但却没有真正见过，只知道地暖虽然非常暖和，但也很费电。一般人家也不会这么破费天天开着，小猫是享受惯了，她在家要不开，一定不舒服。

"我领你四处看看吧。"

"对哦，领我这个刘姥姥好好看看。"

小猫的别墅是四层的，一共三百五十平米，上头有个大大的晒台，刚打开晒台的门，"汪……汪汪……"一只穿着蓝色毛线衫的雪纳瑞朝着小猫跑来，苏悦悦愣了愣，看着小猫一下抱起雪纳瑞边亲，边说道："哎呀，我把小浴缸留在晒台了。小浴缸，妈妈抱。"

"你什么时候养的狗啊？"

这事儿，小猫从来都没有和苏悦悦说过，苏悦悦知道其实每个人都有属于自己的生活，小猫抱着适才还很调皮此刻却装作很乖的雪纳瑞，与苏悦悦说道："没几天呢，我和子文经过一家宠物店，它老对我看，看得我心疼，随后，子文就买了。"

"那你怎么叫它'小浴缸'呀？"

"嘿嘿，它呀，不知道为什么老喜欢往我家浴缸里跳，第一天回来，就跳凳子上，随后又跳到了浴缸里，因为我的贵妃浴缸很滑，它愣是没有出来，害我找了好一会儿，听到它叫后，才发现了它的踪迹。"

小猫摸了下小浴缸的头，继续道："是不是呀，小浴缸？"

"哎，师兄可真是疼你，不过这下好了，家里一只猫，一只狗，猫狗大战。"苏悦悦故意扯了扯嗓门，小猫却腾出一手拍了下苏悦悦："瞧你说的，看你这样子，非得找个男人制服你才好。"

"别，我可不要，就是要男人，也找电视里灰太狼那种，被我制服的。"

苏悦悦拔腿就跑，小猫立刻追了上来，这一幕就若当年苏悦悦发现林子文写给小猫的情书，如飞了箭一般从学校宿舍楼四楼跑到了楼底，引来了管理员大妈的一顿斥责。

"悦……悦……"

忽而，小猫跑着的脚步停了下来，在楼梯的弯道，整个人像突然失力一般，扑通倒在了地上。

"小猫？！小猫！！——"

苏悦悦转过身冲了上去，倒在地上的小猫脸色煞白，手颤抖地捂着小腹，小浴缸早已跳出她的怀抱，惊恐地在一旁看着主人。

"痛……"

"阿姨！阿姨——"苏悦悦把小猫从地上扶靠到自己怀里，大声地喊起阿姨，顺势打起120。

"怎么啦？怎么啦？哎呀，怎么会这样？"阿姨急急忙忙地跑了上来，却见女主人躺在苏悦悦的怀里，而苏悦悦则在向急救中心报着地址。

"啊……痛……"

第十一章 不为人知的夫妻关系

尖锐的惨叫声顿时响彻了别墅，苏悦悦极尽自己的努力克制心底的恐惧，紧紧地握着小猫倏然冰冷的手。小猫因为痛，死死地捏着苏悦悦的手，指甲也跟着嵌入肉里。

“子……子文……”

“小猫，别怕别怕，有我呢，救护车一会儿就到了！我帮你打电话给子文。”

“他……他开车……别……别打……”

小猫牙齿打颤得厉害，却还念念地让苏悦悦别打电话给林子文，生怕他开车的时候分神。苏悦悦眼睛里的泪直打转，都到这份上了，她还挂念子文的安危，可这事儿能不告诉林子文吗？小猫咬着牙齿孱弱地摇头。苏悦悦心疼得很，只是使劲地用自己的双臂抱着小猫。

血，终还是透过小猫的裤子流到了地板上，苏悦悦猜想她或许流产了，这是她第一次经历如此情景，说实话，她害怕，极度地害怕，看着小猫流血，就好像自己的血液跟着流了出来。

“滴嘟——滴嘟——”

第一次，苏悦悦感到生命原是这么脆弱，救护车的担架把小猫抬上了车，自己究竟是如何跟着上去的几乎已经不在记忆中。人晕晕乎乎的，就感觉周围一下嘈杂，一下闷得没声，直到忍不住打了林子文的电话，这泪就突然溃堤般地涌了出来：“子……子文……”

“悦悦，你怎么突然打我电话了？”

他的周围很安静，苏悦悦也顾不及他是在路上，还是到了办公室，只是努力遏制自己的紧张继续道："小猫她，她流产了，在第五人民医院。"

"什么！我马上就到。"林子文刚惊恐地吼了一句，苏悦悦听到一旁有个低声的话语："子文。"

接着的，她便再也没有听到只字。

医院混杂了大堆的人群，排队抑或是等待的人群看着小猫被抬进去的担架，苏悦悦跟在后头，直到被勒令在外头等候。医生谩骂地指责起奄奄一息的小猫，更是把苏悦悦骂得厉害："你们做家属的不吃饭的啊！都是脑子不清楚的人！"

苏悦悦心里愈加地自责，如果自己没有和小猫追来逐去，小猫一定不会流产，自己是罪魁祸首，不是吗？自己为什么要去小猫家？为什么要和小猫开玩笑？厚厚的门那边传来小猫的一声惨叫，苏悦悦害怕地想要捂紧耳朵，里头的护士却走了出来，冰冰冷冷地问："打过几次胎了？"

"打……胎？"

"你到底是病人的什么人？怎么什么都搞不清楚？病人的男人呢？"

护士的话依旧冰冰冷冷，苏悦悦缩了下鼻子道："在，在路上了。"

"什么时候到？！"

"我也不知道。"

苏悦悦抬起镜框，抹了下眼泪，回答护士，护士便又进了里头。小猫的叫声从门那头传了出来，苏悦悦紧张地捏紧了拳头，手机恰在这时响了起来。

"你快到了么？小猫她……你……"

"是，是我，你发生什么，事了？"

手机那头并不是林子文的声音，而是嬴绍杰的，苏悦悦再看了眼手机，果然是嬴绍杰的电话，咬唇抹了下泪，鼻子瓮瓮道："没什么。"

虽然她说了无事，可啜泣的声音依旧轻易地传入电话那头男人耳朵里，嬴绍杰在电话那头忙问："你哭了？"

"没，你找我什么事？"

“你，别哭，你在哪儿？”

“我真没哭。”

说的时候，苏悦悦又抹了把泪。从小到大，她都一直开朗外向，读大学到工作，即便再艰难，都未掉过半滴泪，可此时此刻，她却恐惧得失了方寸。女人有天生脆弱的一面，苏悦悦从未感觉自己也有无助的此刻。如果真的有人在她的身旁，不管是谁，她都会拉上那人的臂膀好好地哭上一回。

“在哪儿？我，我急事找，找你。”

电话那头在短暂的停顿后，又问起苏悦悦，苏悦悦这才低喃：“第……第五人民医院。”

他有什么急事并不重要，苏悦悦在回答他问题的时候甚至有些木讷与机械，只是说完后，嬴绍杰便挂了电话。

二十分钟的模样，林子文匆匆地赶了过来，而小猫也在这时被推了出来，脸色惨白，面容布满了汗水，鬓旁的发丝紧紧地贴着，见着林子文只是断断续续地说了句：“对，对不起。”

人说不出话，泪却从眸角处流了出来。

林子文紧紧地握着小猫的手，直到进了病房安顿下来。病房是他托人给找的，因为找了关系，医院的医生护士突然变得慈眉善目起来，连说话的语气也开始低声下气。林子文去办了好些手续，苏悦悦却低着头，始终不敢正视小猫，直到小猫抬手“嗯……”了两声。

苏悦悦才走了上去，自责道：“小猫都怪我不好，要不是我跑，要不是我去你家，你就不会有事，你骂我吧，都怪我不好……”

小猫孱弱地无力回话，只是摇摇头，用手轻微地拍了下苏悦悦，苏悦悦知道，她不怪自己，也不怨自己，然而就是不怪不怨，自己的心就更难以安下。

“悦悦，我来照顾妙妙，你也累了，回家休息吧。”

林子文再回病房的时候，见到苏悦悦守在小猫身旁，温和地劝苏悦悦回家，小猫也在一旁点头，但苏悦悦却不肯，口中颤颤地与林子文说：“要不是因为小猫要追我，她就不会……”

“别这么说，要不是你及时打了120，又找到我，妙妙还不知道怎样呢？要怪只能怪我这个做丈夫的不细心，平时没有关心妙妙。”说着，林子文坐到了小猫身旁，从苏悦悦手中接过了小猫并不暖和的手，继续道：“好了，你先回去吧，我也不方便送你，以后赔罪了。”

“子文，小猫。”

苏悦悦摇摇头，林子文再次安慰：“悦悦，这事儿，你别放心里头，和你没关系。回去吧，不然，妙妙心里也不踏实。”

反复地劝说下，悦悦离开了病房，在关上门的刹那，泪水迷蒙了眼眸，里头小夫妻两人的影子已看不清晰。

“苏……悦，悦。”

身后，嬴绍杰突然出现在苏悦悦的身后，惶惶然地，苏悦悦并没有在意，只是往后退了一步，冷不防踩上了紧跟上来的嬴绍杰。嬴绍杰不偏不倚地把胸膛贴上了她的背，低声道：“我……才，才找到你。”

“你找我什么事？”

苏悦悦这才意识到是嬴绍杰，转过身问起对方，嬴绍杰看了眼苏悦悦，从怀里摸出包纸巾，抽出一张递了过去：“擦擦吧。”

苏悦悦本想推却，但却本能地接了过来擦起模糊的眼睛，嬴绍杰轻拉过苏悦悦的身子到了一旁：“你坐，坐会儿。”

什么话都没有讲，什么事也没说，人一下子又走了开去，待到苏悦悦把泪抹干，鼻涕也清干净的时候，嬴绍杰才回来，手里拿了包创可贴，一手还剥起了一片：“我，我手干净的。”

苏悦悦还愣着的时候，手被嬴绍杰给兀自地拉过去贴起创可贴，原来，手背上尽是小猫掐出的血痕，因为当时心里着急，苏悦悦竟没有感觉到疼。嬴绍杰贴的时候，很细心，没有贴着肌肤的地方，还用指背轻轻地点上两下。苏悦悦缺乏依靠的心一下像寻了个柱子，有了可以靠的地方。

“谢谢。”

他细心贴完后，苏悦悦低声谢他，随后才问：“你这么急找我什么事？”

“哦，刚在，在汽配市场，看到有卖装潢，就，就那种毛绒的垫子，问，问问你颜色。”嬴绍杰认真地回答苏悦悦的问题，苏悦悦却没有心思管这些事，在她看来，小猫的身体才是最重要的，嬴绍杰的黑Polo里装什么样的垫子，并不重要，更何况车子是嬴绍杰的，自己的意见最多也就参考。

“你朋，朋友吗？”嬴绍杰指指里头，苏悦悦点了下头。嬴绍杰不再吭声，他不知道苏悦悦发生了什么事情，只是看着苏悦悦似变了一个人，平时很是开朗，很有主见，现在却一下如水做的女人，止不住的泪水，止不住地让人心疼。

“那，那我选，选白色的吧。”

嬴绍杰转了话题，苏悦悦只是埋头。久久地，苏悦悦就这么坐着，嬴绍杰不知道说什么，便也这么坐着，直到一个小时后，林子文从病房里出来，见到苏悦悦依旧坐那儿便走了过来：“悦悦，你怎么还在这儿？”

“子文。小猫她怎么样了？”

苏悦悦慌忙地起身，一把抓住林子文的衣袖，林子文看到了嬴绍杰，猜度不出他与苏悦悦之间的关系，只是尴尬地与嬴绍杰点了下头，安慰起苏悦悦来：“没事，妙妙睡了，你也回去吧，很累了。”

“真的对不起，我不知道会发生这样的事。”

“悦悦，和你没有关系，你回去吧。我得去医生那儿。”林子文边说边向嬴绍杰递眼色，坐在一旁的嬴绍杰立刻起身到苏悦悦身旁，把她拉了回来：“我送她，你忙吧。”

林子文这才离开病房门口去往医生那儿，嬴绍杰继续拉着苏悦悦往外走，苏悦悦的步子几乎是随了他往外走，虽不情愿，但也没有反对。

到了车上后，嬴绍杰落了车锁，往美丽花园开去，开到路中间的时候，才开口对苏悦悦说：“其，其实，你别放心里。”

“都是我的错，我能不放在心上吗？要不是我和小猫玩闹，她也不会流产。”

“她，她流，流过产，子宫壁，本来就薄，你就是不和她玩，玩闹，她也会流产。”

嬴绍杰陈述的话语很是平淡，苏悦悦却在后排难以安坐，她觉得嬴绍杰是在污蔑小猫，虽然护士也曾提过流产的事，但在她的记忆里小猫从来没有流过产。小猫和林子文是恩爱的一对，小猫怎么可能流产呢？

第十二章 眼镜妹的坚强性格

“你别胡说，小猫是我最好的朋友，他们夫妻恩爱，从大学的时候就谈了。怎么会流产？”苏悦悦很想为自己的朋友辩驳，虽然流产并不是什么见不得人的事，但她却非常执著地认为一对让人妒羡的恩爱夫妻是不会有流产的事。

“我是听，听护士讲的，在等，等你的时候。夫妻间的事，你就是，就是好朋友也不一定，什么都知道的。”

“总比你知道。小猫她很善良，子文在大学的时候就追求她了，他们两人一直都很好，从来不吵架，子文特别让着她，她也特别顾及子文的感受。”

“别人的家事，就他们自己，自己最清楚。”

嬴绍杰可不理会苏悦悦的感性分析，继续地说着自己的观点，苏悦悦懒得与他说，独自撅嘴看起了窗外。车水马龙，路上的行人抑或是车辆并没有因为他们身旁某个人的点滴事情而有变化，就好似地球绝对不会因为多了谁，少了谁，或是谁在痛苦中挣扎而停止它的转动。嬴绍杰的话语，起初在苏悦悦的心里还有些逆反，但细细想着，却又有很多的道理。

记起今天她去小猫家，林子文匆匆出去时说的话语，又想及小猫出事的时候，反复让自己不要去和林子文讲，再记起自己打林子文电话，他身旁莫名出现的女人声音，虽然很轻，但能够听到语气的温柔。

小猫是善良纯洁的，在苏悦悦看来，一个刚毕业就留在家里的人该是比她还要来得纯净无染。只是她和林子文之间，难道真的和嬴绍杰说的那样有外人不知的事情吗？如果是，她一个弱弱的女人又如何面对？可林子文在大学甚至到现在，都对小猫这样很好，丝毫没有比大学那会儿差劲，他又如何会那般待小猫呢？

“你要买，买菜吗？”

“我？”

苏悦悦紧张地绷着神经，丝毫没有饥饿感，直到嬴绍杰提醒自己买菜，才觉得有些饿了，再想嬴绍杰到医院的时候也快到午饭时间，却还陪着自己饿肚子，多少过意不去，便对嬴绍杰说道：“菜我昨天买了好些，你还没吃吧，干脆到我家去吃吧。”

“你，你家？”

“是，谢谢你帮我买了创可贴，还送我回来。”苏悦悦抬手苦笑了下，嬴绍杰却接过话道：“还是去，去我家吧。你精神不太好，早上的事影响，不小。”

“你家有吃的吗？我家里还有菜。”

说来，她都不知嬴绍杰的家是什么样子的，贸贸然地去一个认识不过半月的男人家似乎并不太好，然而对方却并没有察觉不好，反而反驳道：“我，我也有菜，可以吃，火锅。”

“还是不要了，我家方便点。”

其实，到谁的家，两人都是孤男寡女共处一室，只是苏悦悦在心底里还是觉得自己的住处有些保障，有的时候，女人总是用自己的判断在衡量一些理性的东西。嬴绍杰是个理性的男人，他是不苟同苏悦悦的话，在她刚发完话后，就添了句评论：“你家，我家，我们，我们家……”

“喂，不是我们家，你家是你家，我家是我家，怎么变成我们家了呢？真是的，好了，不和你玩绕口令了，你去停车，我住的地方你也认识，一会儿你过来吧。”

苏悦悦没好气地打断了嬴绍杰的评论，从车子里出来，嬴绍杰不作声，开车去往停车场。苏悦悦则回了自己家，没有等到收拾停当，嬴绍杰居然已经按起了门铃。

打开门后，苏悦悦还没有说上句：“你的速度真快。”

嬴绍杰带了个电磁炉加锅子，又拎了好些菜，就进了客厅。熟络地走到客厅里，放在了桌上道：“收拾得挺干，干净的。”

“你干吗？带这些干吗？”

“不用烧，吃，吃火锅。”

“哦。”

苏悦悦的心思依旧牵挂着小猫，嬴绍杰的行为只是让她有了小小的惊愕，惊愕之后又恢复了常态。

“你吃海鲜酱，还，还是辣酱？”

“辣酱吧。”

苏悦悦擦着桌子，顺便又进去倒了两杯水出来，嬴绍杰的动作很快，锅子，水，底料，不过一会儿的工夫就悉数到位，娴熟地做起家务的样子，颇有些家庭煮夫的模样。

“你把衣服脱了不冷吗？我去把暖风机拿出来。”苏悦悦见嬴绍杰脱了外套干活，立刻转身去了房间拿暖风机，嘴里则继续唠叨：“这个房东特别抠门，和你可是有得一比，连个空调都没有。”

“没，没事，吃了火锅就不冷了。”

嬴绍杰有些窘迫，见苏悦悦拖着暖风机出来，便就招呼她赶紧坐下来吃。火锅的热气很快地弥漫了房间，吃着吃着，身子便暖了很多。苏悦悦也是爱吃火锅的人，只是不知是因为自己饿过了头，还是心静不下来，总觉得火锅的味道没有平时那么好吃。

“别想这，这么多了。真，真和你没有关系的。”

“吃完了，我再打子文的电话问问。”

苏悦悦放心不下小猫，心里藏了块石头，早上那场景又历历在目，自然地，脑中的话题与言语都会和这事儿千丝万缕地缠着。嬴绍杰低低叹了口气，并没有说什么。

吃完火锅的时候约莫已是三点半，苏悦悦说要收拾东西打电话，可恍恍惚惚间，竟把手放到了锅边，生生地被滚烫的金属边给灼烫。

“啊！完了，一个大泡。”

保护措施似乎都来不及做，指头上就已经鼓起一泡，皱眉盯了会儿，苏悦悦咬牙道：“我去用针挑开来。”

“不疼吗？”

嬴绍杰立刻上一步，拦了苏悦悦的路，苏悦悦不解地抬头看他：“都烫泡了，不挑开怎么行？明天还得干活呢？上两个礼拜都是培训，好不容易要正式到用武之地了，能让自己的手指受伤吗？与其这么鼓着，不如挑破了包起来。好了，别挡着我，我去拿根针挑开来。”

“你别乱挑，万一感染到怎么办？”

“嗯？”

苏悦悦猛地瞅起嬴绍杰，好奇道：“你不结巴啦？”

“没，我，我只是关心下你。”

嬴绍杰撇过脸，可苏悦悦却跟着他撇过去的脸看：“你是不是装的？”

“我，我收，收拾去。”

“刚说话挺溜的。好了，我去挑水泡了。”苏悦悦绕过嬴绍杰，去了厨房拿针，嬴绍杰因为适才的尴尬没能拦得住苏悦悦，只是听着女人在厨房里闷闷地叫了一声疼，这心也就跟着咯噔了一下。

“还挺疼的。”

厨房里，苏悦悦大声地说着，手利索地包了下指头又走了出来。

“还疼？”

“当然疼了。不过没事儿，戳破了，一会儿就好。这样，打字不会疼嘛，Kevin说正式开工的工作量不少的。”

“哦。”

嬴绍杰杵在原地，苏悦悦却说：“好了，我去洗洗你的锅，然后你带回去吧。”苏悦悦正伸手拿锅去洗，嬴绍杰的手却刚刚落在了她的手背上，一时间，周围的气氛似乎起了些暧昧，却又更多地添着尴尬，眼镜片后目光不由得交汇，继而又各自寻了一旁避开。

“我，我来吧。”

他的话语很温和，温和得就如他的掌心一般，苏悦悦噌的脸一红，手一下也跟着抽了回来，说道：“谢谢。”

嬴绍杰拿了锅进厨房洗了起来，苏悦悦却瞅着镜子里的自己，自己这是怎么了？居然动不动地就脸红，虽然反复地说自己是吃了火锅才红的脸，但心里却明白，或许是从来没有和

一个男人那么近，才惹起了自己的羞怯。

不过，这个嬴绍杰可真是奇怪，别人都是急的时候口吃，而他急的时候似乎又不那么口吃。其实，他什么都挺好的，人长得高大帅气，干起活的样子又细致，可就是两点不好，抠门，外加说话口吃，当然，抠门是最大的缺点。苏悦悦斜了下身子，看了眼厨房，恰遇上嬴绍杰也回头看外头，冷不防目光撞在一起，没来得及收回眼神，就听嬴绍杰说了句："好了。"

离开苏悦悦住处的时候，嬴绍杰打量了周围的房子，又问苏悦悦手如何了？苏悦悦称没事，嬴绍杰便提锅回了自己的家。

下午到晚上，苏悦悦几乎每两个小时都会打电话给林子文，虽然林子文反复地和她说小猫没事，已经可以进补些汤了，她还是决定周日的时候再去医院看小猫。夜晚，苏悦悦每每合眼，就想起造成血淋淋的一幕，心里的恐惧不由得涌了上来，直到十点的模样，嬴绍杰给自己发了条短信："放了盒牛奶在你厨房的冰箱里，热一下喝了可以帮助睡眠。"

那家伙安了摄像头吗？居然能知道自己失眠？冰箱里的牛奶该是他来的时候偷偷放的吧，没想到还有这个心思。苏悦悦从床上爬起来的时候有些冷，但喝了热牛奶后，果然有了些睡意。

慢慢地，静下心，竟也睡了。

第十三章 合同管理部门的锋芒

周日的时候，苏悦悦一早便去了医院，然而，令她吃惊的是，小猫竟然已经出院了。问及护士小猫这样的身子怎么能够出院，护士冷眼看了看她答道：“我又不是医生，我怎么知道，病人要求出院就出院呗。”

苏悦悦一听就来气，想要和护士吵上两句，但心里惦记小猫的情况，忍了忍火气，打电话给林子文。林子文的手机是关机的，苏悦悦担忧小猫身体累不方便接电话，便就给林子文发了短信，站在医院住院部门口等了许久后才离开。

这一天，苏悦悦到了晚上的时候才收到小猫来的短信，说是自己已经没什么事，所以回家休息了，让她也不要太过担心，身体好了后再打电话给她。苏悦悦想或许小猫是真的身子虚弱，或许她心里还是怪自己，不知不觉地，担忧间又再次涌上了份自责。

周一上班的时候，嬴绍杰见苏悦悦一早没什么精神，便在上班的路上试图开了两次玩笑，然而，平时大大咧咧的女孩儿却似乎把笑容丢了，整个人丢了魂一样，说话有一搭没一搭的，直到到了JS华东总部大楼，分道扬镳去往各自楼层前，才算说了句拜拜。那白皙的脸庞也像挤牙膏一样挤出点笑容。

“Chris，Sue，一会儿Shelly会花半个小时给你们讲下工作，你们好好干，有什么问题可以问Shelly，或者问我也可以。”宋逸浚一早便和苏悦悦、茹安心简单地说了下工作安排，随后，回办公室拿了笔记本便离开了。

走过苏悦悦身旁的走道，淡淡的香水味扑入了鼻子，苏悦悦尚未反应过来究竟是茹安心用的香水还是于小佳的香水，就听于小佳花痴般地说了句：“哇，老板今天又用了寄情香水，真是好闻。”

“是啊，但人家的香水又不是用给你闻的。”Shelly踩着高跟鞋，走到了于小佳身旁。Shelly是合同管理部门合同控制的主管，也便是小领导。于小佳自然不敢高声，只能在一旁附和道：“我知道，大大领导今天来嘛。不过老板本就英俊帅气，就是不用香水也同样是我们JSCT第一帅哥。”

“呵，你眼里就一个帅字，别的可是装不下了。”

Shelly话语中虽有调侃意味，但苏悦悦一个新人都能感觉到走道里站着的这个女人分明有些妒忌的意味。

“我去忙啦，你也忙吧。”

于小佳没好气地坐回了位置，Shelly则让茹安心和苏悦悦去了部门小会议室，道：“今天我把你们的工作分配一下。”

Shelly长得很高挑，年纪已过三十五，若不是于小佳和苏悦悦说过，苏悦悦根本就不会猜出Shelly的年纪。她保养得非常好，衣着和谈吐也显得很时尚，尤其是她平坦的小腹，丝毫不会让人感觉她已是一位七岁孩子的母亲。

“你们前些天已经培训过，我也不用重复了，我们JSCT有七个事业部及两个服务部，目前Jill、Ray、Iris在做着七个事业部及两个服务部的事，所以，工作量非常大，很多事情都没有办法按时完成，根据我和Kevin商量下来的意见，Chris，你负责第五事业部，Sue，你负责两个服务部。我们之前对所有的合同进行过工作量分析，这样的分配该是最合理的，当然，未来如果有什么变化的话，我们可以重新调整下。”

苏悦悦想，既然已经知道自己要做这类的工作，那就做吧，以之前了解到和培训师讲到的，SAP是世界顶级管理系统，所以能够学会SAP的冰山一角，对自己未来的发展也是有利。苏悦悦想，自己若真不喜欢JSCT，或是做得不开心，将来也可以凭借在JSCT的经验和SAP的知识寻到份更好的工作。

Shelly继续为两人讲着具体工作，苏悦悦记得很认真，而茹安心似乎并不上心，Shelly忍不住挑眉道："Chris，好记性不如烂笔头。"

"哦。"

虽然应了一声，可茹安心眼里却是不屑，Shelly把那细微的眼神抓个正着，正要说她，外头却有人敲门，也不等Shelly应声，便推门进了小会议室。

"啪——"

一本小尺寸文件夹被狠狠地扔在桌子上，苏悦悦还没有记完最后一个字，被这突然的一声响吓了大跳，只是责怪的话语还没跳出牙缝，就见进来的男人劈头质问起Shelly："这个合同有什么问题吗？啊？你们合同管理部门干吗吃的？一个合同做了两个礼拜，两个礼拜还没有批。你说说，这是什么问题？！"

"是吗，Edward，有两个礼拜了？"

Shelly慢条斯理地回答，似乎对方的怒火丝毫没有令她生畏，反而被称作Edward的男人见Shelly装腔作势地与自己打起太极，火气变得更大起来："Shelly，别说我不提醒你，这个客户是我们潜在的大客户，我们服务部将来的大客户，如果被你给搞砸了，我可是没好话和老板说。"

服务部？

苏悦悦心里一凉，这就是自己往后要打交道的对口部门，没想到还未搭上工作关系，就来个如此火暴脾气的男人。Shelly见Edward抬了老板出来，轻哼了一声，说道："我们JSCT潜在的大客户多了，你这客户不给我们首付款，我们凭什么要答应他的合同。另外，我们Kevin在项目协调会上已经和事业部、服务部老大都说过了，基于公司现金流控制的原因，没有预付款的合同，我们合同管理部门绝对不会批准。"

"那是上个财年的事情，上个财年账都关过了，现在是新财年，新财年就可以签！"

"谁说的？你有公司的指令吗？"

Shelly拿起手上的合同，还给Edward，趁Edward还在犹豫中，冷语道："如果没有呢，你现在要么就拿回去让老板特批，要么找我们Kevin开个后门。喏，给你。"

"Shelly，你这么做分明是为我们服务部设槛！"

"Edward，你这句话就说得不好听了，我是合同管理部门负责控制的主管，做什么事总不能逾越公司的规定吧。我说的两条路可都是行得通的，对了，以后小吴审核完你的单子后，会交给这位新同事，既然你来了，那就认识下，她叫苏悦悦，英文名Sue。”

Edward死死地闷着口气，这头Shelly却笑盈盈地喊上苏悦悦，说是让两人认识下，苏悦悦在Shelly的暗示下，伸手去握，Edward气极地朝Shelly一吼：“公司就是养了你们这些不干活的人。”

“嘭——”的一声，门被狠狠地甩上。苏悦悦伸在半空的手被Shelly转过的身子给挡了下，这才缩回来。

“公司还白养活了班胳膊肘朝外拐的销售。”

Shelly低声咒骂了下，继续说道：“Sue，别去理这样的人。我们继续讲工作上的事。”

苏悦悦讪讪地回到座位，心想自己已经挺牛的了，没想到山外有山，楼外有楼，原来外企部门间的吵架竟是这么赤裸裸。乒乒乓乓地还摔门扔文件，这在以前公司都是没有的。大不了就是有人在背后打打小报告什么的，吵架都吵不起来，毕竟公司是私营的，中层不是亲戚就是朋友，能吵吗？会吵吗？

半个小时的会，不知道是因为中间的插曲缘故，还是其他原因，Shelly用了二十分钟不到就讲完了。苏悦悦回到自己桌前的时候，还云里雾里的，小吴就走了过来对她说道：“我整理一下手头的文件，下午给你。”

苏悦悦点头，新工作就得特别卖力，不卖力的话，又怎么能立足呢？虽然刚才Shelly的态度，苏悦悦不敢苟同，但她也看到了合同管理部门似乎也很强势，连销售都不放在眼里。以后工作的话，自然就要轻松些。

宋逸浚开会开了很久，直到中午的时候都没有回来，因为前些日子中午花的钱多，苏悦悦决定就在公司大厦的食堂吃饭。进电梯的时候，里头有三个女人，正在说着。

“Kevin真是强。”

“就是，Edward就是个倒霉蛋。”

“好了，别说了。”

三个女人中一位颇有些年纪的女人看了刚刚进电梯的苏悦悦，皱了皱眉，递过眼色与其他两人提了醒。苏悦悦知趣地往角落里挪了挪，直到电梯停在了食堂楼层，才微笑着走了出来。肚子有些咕咕地叫了，食堂里的饭菜卖相虽然没有那么诱人，可味道却勾人得很。苏悦悦迈上大步就往里头走去，才进门，脚下一滑，人"砰"地就摔在了地上。

冬季的瓷砖不知为何变得异常坚硬，苏悦悦本能地尖叫了声"唉哟"，迎来的不是大家的帮忙，反而是众人的目光。大庭广众的地方，急吼吼地走进去，自己还没有注意到食堂门口悬着的"小心地滑"，竟就这么摔了，果然是摔得没人同情。

反而，自己就好像小丑一样，被人看来看去。镜框斜挂了下来，眼睛看得模糊，远远地，似乎有人朝自己走了过来，只是还没有看到是谁，身子便被拉了起来，耳旁还有温柔的问话："摔疼没？"

"呃？"

歪过脖子一看，搀着自己的竟然是宋逸浚，自己怎么就这么背呢？还没有吃上饭，就和瓷砖亲吻上了，这亲吻上也就罢了，居然还被自己的老板看到，看到了要是自己爬起来也好，可偏偏还是自己的帅哥老板给扶起来的。苏悦悦揉起自己的臀部，低声道："我，我没事，谢谢。"

"瞧你走路都困难了，我扶你到一旁休息下。"

宋逸浚扶着苏悦悦进了食堂，寻个角落拿了把软些的凳子，苏悦悦艰难地坐了下来。只是臀部贴着座位时候的那个痛，她恨不得立刻跳起来。

"想吃饭还是面，我给买。"

"不用了，我能买，也带卡了。"

苏悦悦想要起身，肩膀却被宋逸浚给轻轻地压下，温和带花的笑靥更是让她看得有些不好意思，连选择都未做，就听宋逸浚的决定："还是帮你拿饭吧。"

苏悦悦连个"嗯"字都没有开口，就看到西装笔挺的背影朝着队伍而去，眸角处却正巧看到嬴绍杰的一抹影子。他在食堂里吃饭呢？刚才自己摔倒了，是不是他要走过来的，不对，一定不是他走过来。自己摔了好一会儿，若是他走过来，也该早到了。像嬴绍杰这么能吃的人，怕是和猪一样吃得欢，对于自己摔跤的事情，可能连个影子都不知道。宋逸浚却是不同，温和的笑容总能让苏悦悦觉得很亲近，他丝毫没有领导架子，而想起于小佳说的八卦，宋逸浚是JSCT的第一帅哥，苏悦悦心里蓦地生了些慌乱。

第十四章 内忧外患的工作环境

“现在好点了吧？”

“好多了。”

吃完饭后，宋逸浚没有顾及任何人的目光，扶着苏悦悦回了办公室，然而，办公室不同食堂，这儿的人，苏悦悦都认识，同一部门人投来的目光自然也会更具杀伤力。且不说宋逸浚的动作有些暧昧，一手扶着自己臂膀，一手扶过肩头，就是别人不考虑这些，却也会觉得上下级的关系很好，怕是好到可以包庇工作的样子。

合同管理部门的人，有人抬头看了两眼，有人一直盯着他们两人，直到宋逸浚离开苏悦悦的办公桌旁后，盯着看的目光才从苏悦悦身上撤开。

“你怎么了？”茹安心问道。

“吃饭的时候摔了一跤，痛死了！”

“真不小心。”茹安心先是评论了一句，继而探过身问道：“Kevin也在食堂吃的？”

“是啊，可能觉得开会下来晚了，所以就上食堂吃了吧。”

“哦。”

茹安心若有所思地答了句，于小佳却拉了转椅到走道间，压低声音道：“听说今天早上，就在你们开会时冲到会议室的Edward上去告状。结果正巧遇到Kevin的靠山，哈哈哈，还没有开口，就被教训了下来。活该！敢和我们老板作对？也不看看在和谁作对？”

于小佳说话得意洋洋，分明有种借势凌人的模样，苏悦悦有些不太懂，究竟谁是Kevin的靠山，正要问于小佳，小吴拿着大沓的文件走了过来。于小佳立刻坐在转椅上回到了自己的轨迹中，默不作声。

小吴不屑地看了眼于小佳，继而对苏悦悦说道："Sue，这些文件是需要入系统的，你把它们一个个输到系统里吧。全输完后，文件都要签字，随后按项目和客户交给采购部。"

"哦，大概什么时候做完？"

"随便你，你自己把握，上面都有产品采购时间。"

小吴有些不耐烦地和苏悦悦说，苏悦悦听得出那口气，以前的公司里也老有这样没耐心的人，尤其是新人到的时候，总觉得新人或是年轻人就是自己未来的竞争对手，所以，总有点隐在心里的妒忌。

"我自己看吧，有问题再问你。"

"OK，我先去忙了。"

苏悦悦的客气，小吴并未领情，不再理会自己审核的合同，兀自地回了自己座位。苏悦悦翻开文件，印着黑字的纸一张又一张，大部分都是英文的，只有偶尔的几份技术资料写的是中文，最要命的是合同中所有需要输入系统的物料居然有几十上百个之多。像这样的合同，苏悦悦数了数，一共有四十六份之多，瞥了下日期，最早的合同也是三个礼拜前的了。苏悦悦想起之前Edward的话，倏地感觉外企的工作效率，不，是合同管理部门的工作效率并不如自己想的那么高。以前在民营企业，反倒是效率高得很，老板一规定什么，下面的人立马地做起什么来。

"叮……"

桌上的电话突然响了起来，苏悦悦接起电话，便听见那头是个女孩的声音，有点沙哑，语调还算客气："是苏悦悦吗？"

"是，你是？"

苏悦悦瞅了眼来电显示，上头是内线电话，只不过号码非常陌生而已。

"我是服务部的May，是这样，我们服务部F37092A的合同你做到系统里面了吗？采购说在系统里查不到合同信息。"

"哦，我刚拿到合同，还没有来得及看呢，刚才好像……"苏悦悦正解释着情况，然而电话那头的声音却大了起来："什么？！你怎么还没有看啊，很长时间了，都三个礼拜了吧。"

"不是啊，我……"

"你不是来了三个礼拜了吗？怎么刚拿到？哎，你们合同管理部门做事一直拖拖拉拉的，现在好了，加了个人速度更慢了。真是的！"May埋怨了声，继而又威胁起苏悦悦："你今天能做好吗？麻烦快点做吧。客户要是收不到东西，一定会投诉我们的，我们JSCT服务部可是面对客户的，搞不好的话，很严重的。"

"哦，我……"

苏悦悦刚要说一定会做好的话，结果May已经把电话挂断了，苏悦悦撇撇嘴，对着挂了的电话说道："怎么这么没有礼貌？"

电话说到一半挂掉的行为在苏悦悦看来是非常没有规矩的事情，May的语气和态度，再次让苏悦悦觉得自己未来合作的对象一定都不是善茬，要不是像Edward一样的爆脾气男人，就是像May一样做作而没有礼貌。

苏悦悦翻过文件夹终于发现了May所说的合同，这个合同确实已经有三个礼拜了，而小吴在批准栏里的日期却是半个礼拜前，也就是说即便苏悦悦没有做，这合同在小吴的手中也已经放了有两个半礼拜。按照之前她了解的，合同管理部门招聘了两个专员就是因为人手不够，没想到还真的就那么"紧缺人手"。苏悦悦往材料清单一看，整整三页，总共一百七十个物料。

也就是说苏悦悦要将这些物料通通地建到系统里。忽而，苏悦悦脑子里闪过一个念头，既然这合同是服务部做的，那小吴那儿肯定会有电子版本的，有了电子版本的话，肯定要方便得多。

苏悦悦起身就去找小吴，然而走到小吴那儿的时候，却发现小吴正欢快地逛着网络小店，对于自己的到来，丝毫没有在意。

"小吴，你有服务部这些合同的电子版本吗？"

"啊？……哦，是你啊？"

小吴有些小小的惊诧，只是很快就用平静的脸色掩饰了自己内心的慌张，抬头道："有是有，不过有些是Word版本，有些是Excel版本，哦，对了，还有PDF版本的。"

"那你能发我邮箱吗？我做起订单来可以快点。"

"有很多的，而且我每天很多邮件，不定都能记得清楚。"小吴懒得做那些事儿，刚还在网络小店淘得起劲，被苏悦悦不知趣地给打扰了，本就心情欠佳，听她要自己做事，自然更是推诿。

苏悦悦推推眼镜，说道："你该有文件归档吧？"

"文件归档是有，可文件那么大，我也没有办法传给你吧。"小吴把电脑上的网络商店网页给最小化后，继续道："好了，我一会儿传你邮件。"

"那我等着。"

苏悦悦回头走的时候，听见小吴低声埋怨了句："烦死了，拎不清。"

凭苏悦悦以往的脾气，她真想立刻骂两句小吴，可刚来公司没多久，自己的领导宋逸浚又待自己不错，要是和同事吵起来，怕是给他增加麻烦，所以，吞了吞火气，回到座位等起邮件。不出五分钟的时间，小吴的邮件如流水般地涌来，苏悦悦一封一封地打开，寻找起文件来，约莫二十分钟后，小吴打了个近距离电话给苏悦悦，说是所有的邮件都给她了，让她自个儿去查吧。苏悦悦自然一个个细查，终于在茫茫邮件的海洋中，找到了合同。

只是，这份合同居然是PDF版本的，苏悦悦刚找到邮件时的兴奋一下凉了。得罪了小吴，要来了这么多的邮件，结果居然是PDF版本的，也就是说自己还得给May打电话要份Excel版的。迟疑了一会儿，手搁在听筒上，终于选择了按下。那头接起电话的时候，还在和别人聊天，直到苏悦悦说了两声："是我，Sue。"

"哦，你有什么事吗？合同做好了吗？要是做好了，你和采购部说吧。"电话那头的声音似乎很是开心，周围也是笑声连连。苏悦悦想，刚刚还是很急的样子，现在却是这么无所谓，似乎连和她好好了解合同情况的意思都没有。虽然如此，苏悦悦可不是一个随随便便马马虎虎处事的人，清了下嗓子道："你有那合同的电子版吗？物料的电子版。"

"电子版？我不是都给小吴了吗？我这儿没有了。"

"小吴那儿只有PDF版本的，你那儿有其他版本的吗？比如Excel什么的？"

“哦？是PDF的么？”

May的声音有些疑惑，苏悦悦听到几声键盘的声响，继而又是May的话语：“不好意思，我这儿也是PDF的，源文件找不着了。”

“能再帮我找找吗？”

“我看过了，真的没有，你要不去找IT解决吧，我没办法。”

May的口气很无奈，只是苏悦悦知道她是不愿意找罢了，既然她不愿意，自己就是勉强也是白搭。今天是自己正式工作的第一天，没想到自己部门还是其他部门的人就给自己生生横了个槛。虽然并不高，但也打击了自己的积极性。

苏悦悦打通IT的电话后，又再次地被IT的理由所挫败。她想要下一个可以释放PDF文件的软件到电脑，而IT却说这是违反公司规定，会被软件公司起诉用盗版软件。苏悦悦想以前公司下了那么多都无所谓，为什么JSCT就不行？IT的同事只是淡淡一笑，说外企都是这么规定的。

这话，反倒显得苏悦悦有些土，甚至没有知识产权的概念。也罢，她就是土鳖出身，既然所有的人都不施以援手，她苏悦悦只能自食其力，哪怕自己是土鳖，自己是笨鸟，那也可以有出头的日子，有腾飞的机会。

臀部时不时地因为与凳子摩擦而觉着疼，但苏悦悦却一坐坐到了五点半，一百七十个物料，每个物料有17个字母，除此之外，还有大量的录入工作。苏悦悦认真地做着，丝毫没有觉察时间从指缝间溜走。

“你还在加班？”

“加班？几点了？”埋头打字的苏悦悦被宋逸浚的话语打断了，她这才发现走廊隔壁的茹安心，斜对面的于小佳，周围所有的人都走了。看看电脑右下角的时间，竟然已经五点半过了。

“你住哪儿？看看我们顺不顺路。”

“我住……”苏悦悦正要说出自己的住处，突然脑子里浮现嬴绍杰等候的样子，一拍桌子道：“糟了！你先走吧，我还要忙会儿。”

第十五章 偶像级部门经理

宋逸浚有些迷糊，苏悦悦拍桌子说“糟了”的样子分明是有约会或是有安排，可半晌出来的话竟是说自己还要忙一会儿。也许，她是不好意思和自己说，所以就编了个谎。

“好了，不妨碍你约会，我走了，拜拜。”

“不是啊，不，不是男朋友。”

宋逸浚已经走到了门口，身后却响起苏悦悦的反驳，回头看了眼戴着黑色镜框的女孩儿，淡淡一笑，便出了门。

“口吃也会传染。”

苏悦悦看着宋逸浚离开时的那个迷人背影，嘴里嘀咕自己的傻愣，不知道是不是和嬴绍杰处久了，人也跟着口吃了。苏悦悦对着挡板上的玻璃，借着灯光拍打了两下脸庞，果然和他一样有点傻愣。

五点四十分了，那傻人没有给自己电话，看样子也是下班晚了，苏悦悦兀自地解释起来。不过，今天是自己不好，收拾电脑和文件后，苏悦悦故意装作很是惭愧的样子，耷拉着脑袋去往停车场。路灯下的停车场里，车子并不少，黑色Polo因为擎天柱的图案显得分外耀眼。苏悦悦拖着不太利索的步子挪到了黑色Polo车前，正要演场戏解释自己的迟到，车子里头的人却一下子出来，二话没说地把后车门给拉开了。

车子已经热过，里头的暖气一下扑了出来，苏悦悦纳闷，啥时候这家伙也开始豪爽起来了？

“进，进去吧。”

路灯下男子的样子就若童话中的王子，只是出口的话语却把这温暖浪漫的场景给生生地破坏了，苏悦悦眨巴了两下眼睛，见自己不用演戏装可怜，便立刻钻进车子。

只是这身子钻了，臀部的痛也跟着来了：“哎哟。”

“怎么啦？”

“上车再说。”

今天在公众场合已经出了一次丑，现在总不见得对外头这位口吃的帅哥大喊自己屁股疼吧。嬴绍杰“哦”了声，关门进了驾驶座，顺手也递过一个瓶给苏悦悦道：“拿，拿回家涂，涂一下，挺好的，是马来西亚的追风油。”

“你怎么知道我摔了？中午，被你看到了？”

苏悦悦拿过瓶子，狐疑地问起嬴绍杰。他果然是见死不救，事后诸葛亮型的，知道自己倒霉也不来搭救下，缺乏男人该有的风度。

“你，你用完了后，记得还，还我。”

“你还没回答我问题呢，抠门，就知道没这么好心，用了还得还。”苏悦悦瞪了瞪嬴绍杰，把瓶子拽在手里，心中暗暗道：嘿嘿，回家全用完，还你个空瓶子，小气鬼。

“这，这个牌子挺难找的。”

“诸多借口，反正还你就是了。”

嬴绍杰分明就是在逃避自己的问题，苏悦悦想该是这男人觉得自己不如宋逸浚那么仗义，这才想尽法子说其他的事。看在他还给自己药酒的份上，就算勉勉强强地饶了他，静静地靠在车座上，干了一天的活都没有觉得什么，现在突然轻松了，反倒身体的各个关节都酸痛了起来。

“今天工作，还忙，忙吗？”

眯着眼睛的时候，嬴绍杰突然关心起她的工作来，苏悦悦打了个哈欠，回道：“忙，好一堆破事呢。”

“有，有人难为你吗？”

“被你一语道中。”

“你刚去，只要，只要没破到底，底线，就别和，和人吵。”

“你是在教我处事之道？”苏悦悦倏地直起身靠到嬴绍杰的座椅后，如同FBI一样问起来：“说，你在JS多久了，对JSCT了解多吗？能帮我理理混乱的脉络。”

“七年多。不太，了解。”

“七年了啊，真长。”

“不，不长，这是我第三家，工作单位。”

苏悦悦趴在座椅那儿，细细地观察起嬴绍杰的皮肤，肤质真的很好，几乎看不到细纹。不知道他几岁了，在JS工作七年，算上之前的，该也到了而立之年吧。一人独自思忖，嬴绍杰则看着反光镜里那副若有所思的面容，强忍笑意。

这丫头不知道在想什么，扑着热气也就罢了，对着自己看这么久，连他都觉得不好意思，可清澈的眼眸却似乎挪移不开了。

好不容易，苏悦悦叹了口气道：“你还真熬得住，待了七年多，结婚还有七年之痒，你居然在一个公司干了七年多，这萝卜坑都被你捂出多少根萝卜了。说吧，你是不是JS的童工？”

“童，童工？什么童工？”

“童工就是年纪轻轻就出来做事，这都不懂，我以前经常被人说是童工的。”

苏悦悦撇唇，也不知道开车的男人是真不够风趣，还是故意调侃自己，人朝后仰去，又长长地打了哈欠。

“你，你的穿着，打扮像学生。”半晌后，苏悦悦正要睡会儿，嬴绍杰却开了口。

“喂，嬴绍杰，你半天不说话，一说话就打击我。”

苏悦悦边说边下意识看起自己的衣服，其实，这些衣服都挺好看的，怎么说也是韩版造型，虽然有些学生的气息，可也没有嬴绍杰说的那么不堪吧？

“我说的，是，是实话。”

“等我有钱再换行头吧，没钱，啥也干不了。再说了，我还有很多地方要花钱呢。比如说房子，还有比如说你……”

苏悦悦本想说“你个小气鬼”，但话没出口，仅用了含糊的调调给盖了过去，嬴绍杰知道她是在说自己，只是开着车子不接话，直到开至苏悦悦楼下，嬴绍杰才闷声道：“搭车的钱，

钱是有协议的，就和你，租的房子一样，其他的钱都可以省。”

“嬴绍杰，你可真会算。好了，衣食住行，两样都是花钱的，其他得省吧。不过，在我省下来买新衣服前，别老是揭我的短。”

“好，拜拜。”

“拜拜。”

苏悦悦回了自己家，晚饭后又发了短信给小猫，小猫很快回了，说过两天给她打电话，苏悦悦总算松了口气。洗澡过后，用嬴绍杰给的药油擦了擦臀部，倒也舒服得很。因为白天的劳累，睡得也很早。

然而，第二天的战斗并没有因为前一天的冲锋而停歇。才到办公室，连杯子里的水还没有倒上，苏悦悦的电话机就响个不停。

飞快地在报事贴上写了很多字，待到停当下来，时间已经过了三刻钟。苏悦悦看了看桌上的报事贴，自己真的很是佩服自己，一下子写了那么多的事情。虽然轻重缓急各不相同，但自己记录得非常有条理。

“Sue，你昨天加班的吗？”

茹安心侧脸问起苏悦悦，美丽的唇瓣亮闪着动人的唇彩，苏悦悦看着她的时候，突然想起昨晚嬴绍杰和自己说的穿着问题。他那样的男人怕是都喜欢茹安心这样的女人吧？美丽，成熟，又娇柔，很让人疼爱的样子，而衣服又都是名牌，品位也很高。

“Sue，我脸上有什么不对的吗？”

见苏悦悦瞧自己入神，茹安心觉得或许脸上大概沾了什么脏物，边说边准备用安娜苏的镜子照一下。苏悦悦这才觉得自己有些失礼，赶紧笑道：“没，你脸蛋漂亮着呢。我昨天没加班，事情都留今天来处理了，不过那张该死的单子倒是做完了。”

“那就好。我这儿也有十来份合同，不知道要做多久，幸好都有Excel表，比你那些轻松。”

“是啊，我这儿比较繁琐点，不过，可能是我们都还没有熟悉，做做大概就快很多了。”

苏悦悦安慰自己的同时也顺带地安慰了茹安心。茹安心笑笑，未再说什么。

下午的时候，宋逸浚出差了，走之前问了茹安心工作量怎么样？茹安心说还算是可以应付，而当问到苏悦悦的时候，苏悦悦还没有反应过来是领导开口，只是边看文件，边回道：“你等等，我一会儿就好。”

就这样，老板在一旁站着等候了足足一分钟，一分钟后，若不是苏悦悦觉得有人在边上挡了她的光，她也不会抬头看。

“啊！怎，怎么是你？”

一下子，人就从凳子上站了起来，周围的人忍不住偷笑，宋逸浚亦浅浅地笑了起来，菱角般的唇间依稀地露出皓白的牙齿，神态举止煞是好看。苏悦悦的脸“噌”的一下跟红霞似的不知所措的模样，更让斜对角的于小佳憋不住“扑——”地笑了出来。

“你不用这么紧张，慢慢做。这个礼拜我都不在公司，出差的时候，Shelly就暂时管这部门，你要有什么问题可以直接请教Shelly或是打我手机。”

“哦，好呀。”

宋逸浚朝部门的人道了声“拜拜”，拖着一只银色铝框箱子朝大门走去。站着的苏悦悦看了眼宋逸浚的背影，羡慕中，有些仰慕的感觉。他这么年轻就已经成了部门经理，不知道在过往的那些年里，他经历过何样的职场道路？

“Sue，你可真幽默。见Kevin就好像士兵见长官一样，笑死我了，哈哈。”于小佳的笑声打断了苏悦悦的思绪，苏悦悦立刻敛了目色，回头对于小佳说道：“我不过是被吓到了，觉得不好意思。”

“我看你是被老板的帅气给震到了。”

“你呀，又来了。”

苏悦悦没好气地坐下继续录入订单，倒是一旁的茹安心与于小佳聊起来。

“Kevin一直出差么？”

“是啊，总是来无踪去无影，不过，听说这次是去香港开会。也不知道是什么会，神秘兮兮的。”

“香港shopping挺好的。”

茹安心显然对香港购物非常了解，于小佳艳羡的目光边盯着她放在桌上的包包看，边问茹安心道：“你也常去香港吗？”

“还好，不经常去。”

“以前工作忙吧？”

“嗯，有那么点。”

“下次你要去的话，能帮我带点化妆品吗？”

“好啊，到时候你给我单子，我帮你带。”茹安心应了于小佳的请求，于小佳自然很高兴，顺便又夸耀了番茹安心的包包，这才回头干活。茹安心看了眼自己桌上的文件，并不多，只有一本文件夹而已，比起走廊那头闷头录订单的苏悦悦而言，自己要轻松得多，不知道时间久了，这个看似毫无心计的女孩儿会不会有所不满，想到此，茹安心也装起了忙碌的样子。

合同管理部门一下子就静了下来。

第十六章 两个人的秘密

之后的三天，缺乏了宋逸浚的办公室少了份严肃，多了些轻松，苏悦悦虽然没有完全摆脱第一天的忙碌，但也慢慢地熟悉起来，毕竟工作都是熟能生巧的，更何况苏悦悦是民营企业干过的人。在民营企业，女人当男人用，男人当狗用。所以，苏悦悦并不怕事情多，只要能找到头绪，她就愿意去做。

相反，茹安心却有些慢慢地浮躁起来，尤其是简单却又重复的录入工作让她偶尔埋怨。虽然埋怨仅限于私底下，但于小佳却在一旁添油加醋，茹安心便也因为于小佳的“同病相怜”而和她走得更近。

周五的傍晚，苏悦悦下班的时候把药酒还给了嬴绍杰，虽然刚开始的时候想着要把药油用光气气抠门的嬴绍杰，第一晚，她真的用了很多，只是第二天上班的时候，食堂里的门口铺上了防滑垫，两个食堂工作人员说有个帅气却又口吃的男人去和他们理论才放上的。苏悦悦方才知道嬴绍杰待自己并没有想的那么事后诸葛亮，反而这种关心显得很周到，不仅仅可以防止自己以后再次摔倒，别人也同样会避免这样的麻烦。

“用，用的，不多，呵呵。”

嬴绍杰接过药油的时候傻傻地笑了笑，苏悦悦撇嘴道：“怎么？你以为我很坏吗？你借我的，我就得用得一滴不剩？”

“没，没有，我是想你是不是全好了。”

“嗯，全好了，谢谢你。”

苏悦悦说了谢谢，嬴绍杰脸上的笑容亦是灿烂，他没有告诉过苏悦悦自己看到了她摔倒，可惜却没有能够在她最需要帮忙的时候扶起她，他更没有告诉苏悦悦自己花了很多口舌和食堂的人理论。不过，即便如此，车子里的女孩儿却知道他做的一切，只是同样的，她也不愿意告诉嬴绍杰自己已然知道了一切。

“不客气，哦，对了，我，我下周要去北京出差，周，周二，周三，都不在，你要自己，解决……”嬴绍杰正说着，苏悦悦便已“会心”地回他：“知道了，月底扣钱。”

“你，可，可真是……”

“真是什么，我们可是彼此彼此的。”

苏悦悦双臂抱胸地评论起来，她就猜到嬴绍杰想说什么，立刻用话堵住了他的嘴。嬴绍杰尴尬地笑了下，换个话题问苏悦悦小猫如何了。

“小猫坐小月子呢。”

“小，小月子？”

“流产后的调养就叫小月子。对了，小猫说把小浴缸送我。”

小猫在周四的时候给苏悦悦打了个电话，电话中的声音有些难过，说是因为自己身体的缘故，不能再养小浴缸了。周围没有什么朋友，又不舍得把小浴缸还给宠物店，所以就想着苏悦悦能不能替她先养着。苏悦悦一下都没想，立刻就答应了小猫。

“小浴缸？你，你要，要浴缸？”

“哎呀，小浴缸是只雪纳瑞。”

“哦。”

嬴绍杰才点头说了“哦”，苏悦悦便又郑重其事道：“对了，你明天或是后天有空没？”

“周，周末？”

“对啊，周末你要是有空，就送我去小猫家拿小浴缸吧。不过！不过周末不能算两趟，只能算一趟，这样的话，我就扣一天的钱。”

“那，那就明天。”

“好，看在钱的份上，你可答应得真爽快！”

“我……”

“好了好了，不和你抬杠，好好开车，我的命还在你手上呢。”

嬴绍杰才想驳她，却被苏悦悦的伶牙俐齿给掰倒了回来，一下也就把所有的注意力集中在了开车上。

周六一早，苏悦悦就打了嬴绍杰的电话，还在睡梦中的嬴绍杰以为自己错定了闹钟，迷迷糊糊答道：“已经，已经九点半了吗？”手则摸过床头柜的闹钟，张开惺忪的眼眸仔细一看，才七点，大清早七点就把他给喊醒了。他凌晨才看的球赛，睡了不过区区四个小时，居然就被苏悦悦的电话给吵醒了。

然而，苏悦悦却不管，只是一个劲地说：“你咋还没醒？一到周末就是懒虫一条。哪像我，天天都勤快得很。你说我们要不要早点去超市给小浴缸买点什么狗粮，买个什么狗厕所？我估摸着小猫可能会给我些狗粮，但其他的，怕我得自己准备了。”

“超，超市？才七点，超市，超市还没开门呐。”

“所以，我喊你起床，然后梳洗，然后吃点早饭，然后就可以去超市了，然后……”

“好，好，好，我起，我起。”

嬴绍杰郁闷地起了床，应了苏悦悦的要求，八点一刻的时候载上她去了超市，和一早排队进超市买新鲜便宜菜的老人们一起进了超市的门。宠物用品并不便宜，即便是超市这样卖便宜货品的地方，价格都是不菲。苏悦悦本想省些钱，但想到自己对小猫的亏欠，咬咬牙，还是将东西放入了车中，顺便也买了些便宜的蔬菜。结账买单的时候，苏悦悦用了自己的工资卡，上头的钱已经少得可怜，但苏悦悦想自己在JSCT的第一个月工资马上就要到账了，所以，手头也不会那么紧，能让小猫最疼爱的小浴缸过得好，也算是对自己良心的安慰。

“你没有，没有信用卡么？”

买完单，苏悦悦寻了个角落把发票细细地核对了一遍，听到嬴绍杰在一旁问自己，立刻撇嘴道：“我才不做卡奴呢，还有什么房奴，车奴，我一概都不做。”

“好了，我，我们走吧。”

嬴绍杰见苏悦悦又开始了自己滔滔不绝的言论，立刻推起超市的车子去往停车场，正巧听到提着鸡蛋的老夫妻走过身旁，低声谈论起自己和苏悦悦的关系。

“瞧这小两口挺恩爱的。”

“对啊，还挺会过日子，和我们一样呐。”

嬴绍杰因为老夫妻的话突然带过了他过往的辛酸，握着车把的手微微地颤着松了开来，隐隐的痛反复涌动翻腾，这么久了，他始终都无法忘却那件事。

“走了走了，还愣这儿，都快被人说死了。”

纤细的手搭在车把上，红了脸的女人一下夺过手推车往车场方向推了过去。杵在原处的嬴绍杰这才意识到自己忽略了苏悦悦，大步追了上去，忙说道：“我，我来了。”

“喂，嘴长在别人身上，他们说就让他们说好了，再说了，我一如花似玉的姑娘都没较劲，你一男人要这么斤斤计较吗？”

“我……”

嬴绍杰欲开口解释，只是苏悦悦却已命令起来：“快，开车门，我要放东西。”

车再开动的时候，嬴绍杰似是涌上了很多心事，明明绿灯了，却在横线前停车不动，直到后面的车不停地按喇叭，苏悦悦才拍着他的肩膀道：“绿灯了，绿灯了，你怎么了？车坏了？”

“不。”

车子没有坏，只是启动的时候，绿灯又变成了红灯，苏悦悦不知道嬴绍杰究竟为什么变得婆婆妈妈，可他突然的反应却叫自己心生狐疑。到了小猫家的时候，苏悦悦想要让嬴绍杰一起进屋子，但嬴绍杰却一口否定了提议。直到苏悦悦抱着小浴缸出来，嬴绍杰才替她开了门。

“你是悦悦的男朋友吧？”

“不，不是，他是我同事。”

苏悦悦一下挡在小猫面前，替嬴绍杰解了围，小猫耸耸肩，捧起小浴缸的脸蛋不舍地说道：“以后乖点，听悦悦阿姨的话。”

“呜……呜……”

小浴缸似觉着主人要把自己送与他人，耷拉起脑袋呜咽起来，小猫见状，更是忍不住地落泪，苏悦悦立刻安慰小猫：“你要想小浴缸了，就到我家来。外面天冷，你身体还那么虚弱，快点回去吧。”

“你要替我好好照顾小浴缸。”

“我会的，你放心好了。”

苏悦悦轻推了下小猫的手臂，劝她回去，小猫低低地喊了声“哎”，双眉更是蹙紧，苏悦悦忙问：“怎么了？”

“没，没什么，我先回家了。”

小猫往后退了一步，赶紧收了闪躲的目光回往自己家，原本还流连于小浴缸，现在却变得急于道别：“拜拜。”

“哦，拜拜。”

苏悦悦与嬴绍杰向小猫道别，小猫立刻进了别墅，小浴缸在苏悦悦的怀里扑腾了两下，苏悦悦忙摸起它道：“乖点了，我带你回家，给你吃零食。”

“别给，给它吃太多。”

“哦，你养过？”

“做义工的时候，也去过小动物保护中，中心帮忙。”

“嗨，没想到你还挺有爱心的。我还以为你只会睡懒觉，算小账呢。”

“我看球，睡，睡迟了。”

“你看球？那你会踢球么？”

苏悦悦从反光镜里头打量起嬴绍杰，看他一副斯文样，也不像有运动细胞。嬴绍杰倒是应得快：“嗯”，苏悦悦暗想，这家伙还真能吹，一皱鼻子，调侃道：“守门员吧？”

“前，前锋。”

前锋？就他戴个眼镜，还做前锋？也不知他做了前锋后，自家的球门会被灌多少乌龙球进去，想着想着，苏悦悦暗自乐了起来，小浴缸在怀里仰头看起抱着自己的人，呜呜了两声，又埋入了温暖的臂弯中。在它狭小的狗脑袋里，妈妈把它丢弃了，而这个远不如妈妈好看的眼镜阿姨，很快就要成了自己的主人。坐的车都不如以往，它的未来该也会寒碜起来吧。

驾驶座上的男人从回忆中走了出来，完完全全地将思维落到了与身后女人说话的线上，不知为什么，她话语不断的本事真的很强，想要再回顾一点过往的思绪，一切都变得困难。

反而，顺着走，自己的心竟也莫名地开朗了些许。

忽而，嬴绍杰的手机响了起来，苏悦悦见他斜眼，忙说道：“好好开车，别接电话。”

“你，你接。”

“我接？我接合适么？我接……好，那我接吧。”苏悦悦本想推辞，但嬴绍杰手机响个不停，想来打电话的人分外着急吧，正要接起来，嬴绍杰问道：“哪儿，哪儿的电话？”

“哦，67835000，这个是……”苏悦悦边回答，边按了接听键。

忽而，“吱——”，刹车声尖锐地穿过玻璃刺入耳中，苏悦悦尚未拿稳的手机因惯性一下飞了出去，砸到前挡风玻璃，而她抱着小浴缸的身子亦往前撞了过去，小浴缸惊吓地跳脱出来，越上副驾，团成了绒球。

呆了五秒后，手机铃声停住了，苏悦悦这才缓过神来，对嬴绍杰说道：“喂！你干吗？！！”

开口斥起嬴绍杰，然而那男人却是急着拿起手机回拨了过去，兀自地说起电话：“找到滔滔了？好，我马上到！”

滔滔？什么滔滔？

第十七章 一个陌生的孩子

苏悦悦刚要再埋怨两句嬴绍杰莫名其妙的举动，可他却似疯了般，忘却了身后有个女人，也忘了瑟瑟发抖的小浴缸正惊恐地看着自己，只顾着重新挂挡开起了车。车飞快地上到了最后一挡，七十，八十，八十五，九十……

仪表盘上的指针一下越过了市内道路限速，黑色Polo穿梭在道路中，超车的瞬间，左摇右晃，苏悦悦的手不曾脱开把手，那掌心里的汗沁出了一把又一把。

"慢点，慢点，你投胎啊，慢点"，看着车头从一辆辆的车子旁擦过，那仅剩不到十厘米的距离让她的心颤了又颤，可嬴绍杰却是不理不睬，只是注目前方，继续自己逾越交通法规的超速行驶。

滔滔。

究竟是什么人会让看似挺沉稳的他疯狂至此，苏悦悦来不及思考那么多，只知道自己越喊他慢点儿，他便开得越快，直到车子行了半小时后，进入一条小路，拐弯驶入了公安局大院。

苏悦悦愣了愣，虽然"公安"硕大的字在她眼前稍纵即逝，但车子猛地在离国徽不远处的地方停了下来，她再次亲眼见证了自己真的进了院子，公安局的院子。

"砰——"

他来不及与苏悦悦交代一声，毫无绅士风度可言地甩门走了出去，小浴缸呜咽了声，躲在副驾上愣愣地看着车门。

“可恶！”

苏悦悦皱起鼻子狠狠地朝他背影咒骂了声，在她看来，无论发生什么事，人都该有控制力，而男人更该有自持力，很明显，赢绍杰他没有，不顾法规地乱开车子，还对自己这般无礼。

“小浴缸，你没事吧？”

苏悦悦探了下身子抱起愣怔的小浴缸，抚摸了两下它的脑袋，说道：“下次他再这么对我们，你就在他座位上拉便便，恶心死他。”

小浴缸正“呜呜”地钻苏悦悦怀里发嗲，苏悦悦倒开始有些担忧起那男人来，该不是他真的有什么事了吧？

抱着小浴缸，苏悦悦从车里走了出来，忽然，一旁开过辆宝马，停在黑色Polo旁，相形之下，将Polo狭小的身型给完完全全地比了下去。车里走出一位约莫四十来岁的男人，穿着件西装，人很精神，淡淡的香水味随风飘了过来。

“我到了。”

男人戴着蓝牙耳机，低声说了句极平淡的话，苏悦悦微微一瞥，朝着赢绍杰适才迈步而去的大院西面矮楼走去，身后跟着一串脚步声，苏悦悦顿了顿，那男人也是去这楼里头了吧？

正胡乱想着，就听见走廊里头传来了赢绍杰的话：“我会带回滔滔。”

“绍杰，你冷静点，你不是滔滔的法定监护人，你不能这么做。”

“为什么不可以？！他有尽过一个做父亲的责任么？！他没有！”

苏悦悦循着对话声向那传出声音的办公室走了过去，小浴缸因赢绍杰凌厉的问话吓得扇了两下耳朵。苏悦悦想这男人为什么此时此刻说话不带一点口吃，而他这么在意的滔滔难道说是一个孩子么？

“赢绍杰，滔滔是我儿子，请你认清自己的位置。”

突然，苏悦悦身后的男人先于苏悦悦进了办公室，而苏悦悦却似一个不被人注意的小跟班一样，跟在后头进了公安局的办公室。白墙蓝漆衬得整个屋子有点肃杀的味道，苏悦悦有些不自在，只是她的不自在却被面前两个男人的争执打消得全无踪影。

第十七章/一个陌生的孩子

“于枫，你……你尽过做父亲的责任吗？！”嬴绍杰全然无了以往的斯文，转过身，二话没说，一把揪住了那个被他叫做于枫的男人领子，厉声骂道。

于枫面色冷然，将嬴绍杰揪着自己领子的手用力推开，转身对一旁正要劝架的警察道：“许阳，滔滔何时可以回来？孩子在那儿过得苦，别让他坐火车了，坐飞机吧，你们的差旅，他的费用，我都会承担的。”

“于枫，这事儿还得当地公安局安排。”

警察许阳拉过嬴绍杰，挡在两个针锋相对的男人中间，对于枫说道。于枫皱了皱眉头，“嗯”了声，嬴绍杰却并不安于此，立刻道：“许阳，我今天就去接滔滔回来。”

“绍杰，所有的事情都得走程序，你不能只顾着自己。”

“你们走你们的程序，滔滔坐火车，我就坐火车，滔滔坐飞机，我就坐飞机。”许阳还在说着，嬴绍杰却打断了他的话。在他的心里，滔滔就极重要，而因为当年那件事，他强烈的责任感中又添了更多自我强迫与内疚的成分，他需要去保护这个孩子来救赎自己。哪怕是丁点儿，他都想弥补。

“绍杰，为了滔滔能够平安回来，你不能这么意气用事。况且，刚刚我已经说过了，所有的手续需要监护人办理，你不是滔滔的监护人，所以，这事儿必须得由于枫签字确认。”

“我是滔滔的舅舅，我就有这权利！而你，自从滔滔出生到现在就没有尽过半点做父亲的义务！”嬴绍杰不管不顾，推开许阳，狠狠地骂起于枫，话语中字句的厉声将周围众人的目光一并引了过来，因为门敞开着，斜对面的办公室走出两人，看了两眼。而嬴绍杰身后不远处，抱着小浴缸的女人看着面前的男人亦不由得打了个冷战。他骂人的样子好凶，话语凌厉，完完全全和平时成了两人。

他是滔滔的舅舅，那就是说滔滔是他姐姐的孩子，那他姐姐呢？苏悦悦揣着小浴缸还在想，只是短暂闪过的念头被于枫雷打似的话给击得破碎：“嬴绍杰，你放尊重点！当初要不是你，滔滔能被人贩子拐走吗？是，我是和你姐离婚了，但我依旧有监护权！你姐过世了，我就是滔滔的唯一监护人！”

“你！”

嬴绍杰大步一跨，推开拦在两人中间的许阳，想要挥拳，许阳毕竟是警察，一把又将比他高上半头的嬴绍杰给揪回了身旁，狠狠地拽住了，斥道：“你这是干什么？！”

“没有我和你姐，你连上大学的钱都没有，现在倒朝我叫嚣起来了！你有什么资格向我叫嚣！啊？没有尽过做父亲的责任，我儿子被人贩子拐跑！是谁让他被拐的？”

于枫整了下领子，不屑地冷哼了声。嬴绍杰怔怔地站着，曾经，自己和面前的男人围坐一桌吃着同一个女人做的饭，曾经，他在自己读书缺钱的时候给予了经济上的补助，曾经，他拍着自己的肩膀告诉自己一个男人该如何承担责任。可是，曾经的过往成了破碎的记忆，自己，连同这个道貌岸然的男人，姐姐生命中最重要的两个男人碾碎了姐姐一辈子的幸福，甚至，她的生命。

夺人的气势突然从抛物线的顶端落到了谷底，适才还喷着火苗的眼眸填上了薄薄一层氤氲。姐姐，他的亲姐姐，无限温暖的笑容浮动在脑中，倏忽地，憔悴惨白的模样放大在他眼前。

于枫。

滔滔。

她失去了她的爱情。

她失去了她的儿子。

家庭，分崩离析在她的面前，她终是没有承受住，病着，病着，就再也没有好过，或许，当一个人所有的寄托一下成了空，她就慢慢地堕入了空洞无助的旋涡，直到旋涡最终将她吞噬。

“姐……”

他呢喃了一句，鼻翼微红，一幕幕的往事如把锥子般将他的心一捅再捅。许阳原本劝架，见于枫把当年的事又重新提了出来，忙想着措辞要劝他别放心上，只是面前的男人竟出乎意料地大步出了办公室，自己连一声“等”都没有来得及呼出，走廊里就只留了脚步声。苏悦悦一手抱着小浴缸，一手推了下眼镜，虽然她不知道究竟发生过何样的事情，只是感觉在嬴绍杰的身上背负了将他压得喘不过气来的罪责与内疚。想了想，人便也跑了出去。许阳方才注意原来不起眼的女人是跟着嬴绍杰的，只是还没有看清楚那女人，面前就空落落地只剩了于枫。

第十八章 意外的北京之行

苏悦悦跑到外头的时候，紧起的心舒了不少，黑色Polo虽被宝马遮挡得严实，但她在斜角的地方依旧看到了车头。

“幸好没走。”

苏悦悦叹了声，大步去了车旁。嬴绍杰静静地坐在车里，只是眼睛却闭得严实，即便是苏悦悦进了未锁的副驾，他依旧只是仰面闭着。

苏悦悦瞥了眼嬴绍杰，将小声哼哼的小浴缸放到了后排，轻声道：“你没事吧？”

他不语。

她抿抿嘴，知趣地坐着，书上说男人和女人一样有情绪，这个时候最好少去打扰他，免得惹来太阳黑子爆发。

“别看我只是一只羊，羊儿的聪明难以想象，天再高，心情一样奔放……”冷不丁的，苏悦悦的手机响了起来。

“Shelly？”苏悦悦喃喃了一句，今天是周末，Shelly打电话来难道是让她加班？也罢，先接起电话来再说，苏悦悦在民企的时候总是加班，对于加班并不感冒，只是在这当口上Shelly打电话让自己加班显得有些不合时宜。

“Sue。”

才接电话，Shelly就直截了当地喊了自己，还没来得及留给自己打招呼的机会，Shelly便继续了下去："我们北京办事处的同事Emma辞职了，她是老员工，假期特别多，原本一个月的交接期现在只剩一个礼拜，人事部还没有招来人，Kevin也忙得没时间去面试，你就先过去一个礼拜把事儿都给交接下……"

Shelly的话说了大半，苏悦悦听出了端倪，Shelly这是要让自己去做交接的事儿，可是自己才来JSCT不久，怎么能够去做交接的事儿，更何况她连北京办事处做什么，那个叫Emma的同事长啥样子，声音是啥样的都不知道，她可怎么交接啊？待不及Shelly说完，苏悦悦忙道："Shelly，我不了解北京办事处的事儿，我这么贸贸然地去，万一漏了什么，那可怎么办啊？"

"Sue，这是给你锻炼的机会，谁没有个压力呢？我和你这样年纪的时候，压力可要大上很多呐。"

Shelly没有说她的压力有多大，只是用领导的方式告诉苏悦悦这趟交接的活，她接也得接，不接也得接。末了，Shelly更追加了句："你可以和Kevin打个电话，看看他意见，不过，他出差前都delegate（授权）给我处理部门的事务了，我也是为了部门考虑。当然，你要真的不愿意的话，我也不会勉强你。"

"那，那我那些工作呢？"苏悦悦知道自己已经被架了上去，只能顺着领导的意思去做，只是服务部的事情像山一样垒着，她不能就这么不管不顾走了。

"周一把自己工作努力安排好，之后有什么事，我替你担着就是了。"

"哦。"

苏悦悦才允了，Shelly 自是喜上眉梢地又教起苏悦悦订房订机票找谁之类的话，苏悦悦没有坐过飞机，这次，是她第一次坐飞机，虽然事情让她觉着棘手，但想到能坐飞机，难免有些小小的兴奋。

电话挂断，苏悦悦还窝着想这事儿，冷不丁地，一旁传来句："你，你让她写，写个邮件给你，抄送给Kevin。"

"嗯？你没事了？"

身旁的男人不知什么时候直起了身子，说话已从刚才和于枫对峙的流利再次回到了口吃状态，苏悦悦怔了下，很快关心起他，而嬴绍杰则已侧回脸，低声道："什么事，有个，有个凭据才好。"

“你说的也是，可她刚给我打电话，哎，我看还是发个短信，让她写邮件吧。”苏悦悦一人喃喃自语，手中的短信编了好一会儿后才发出去，只是Shelly却迟迟没有回复短信，倒是在自己担忧的时候，嬴绍杰启动了车子。苏悦悦头回坐在副驾位置，想起来时嬴绍杰发狂的状态，赶忙收了手机，说道：“我还没坐回去呢。”

“哦。”

他应了声，靠边又停下车子，苏悦悦没想到嬴绍杰竟真的停下车让自己回到后座。说话的时候是不经意的，可当对方真的做了回应，她反倒觉得不自在，觉得自己有些计较过了头，立刻道：“说说而已，坐都坐了，还真改啊。”

这一次，嬴绍杰连“哦”也没说，直接将车开回了美丽花园苏悦悦的家门口，帮苏悦悦将小浴缸的东西都搬上了楼，苏悦悦还没有来得及请他喝杯水，好好谢他，他已经下了楼，听着楼道里他的脚步声离去，苏悦悦心里有些堵得慌，其实换做谁都想问个究竟，到底滔滔的事是如何的？于枫为何要说滔滔被拐卖是因为嬴绍杰？嬴绍杰的姐姐又怎么会去世？越想这事儿，她就越觉得奇怪，只是她这人就这样，别看平时大大咧咧的，可真要是让她八卦地窥探别人隐私，她却做不到。

关上门，苏悦悦长吁了口气，小浴缸趴在狗粮上，一动不动，小葡萄眼睛骨碌碌地转着，在它的狗眼睛中，这房子里，只有这袋子是最熟悉的，因为在家里，妈妈给自己吃的也是这牌子的狗粮。

“傻狗狗。”苏悦悦见小浴缸这般模样，不由笑道。转身将狗厕所放到了卫生间，又把超市采购的东西悉数放好，待到一圈转回来的时候，小浴缸依旧趴在狗粮上，苏悦悦想要将它抱起来，如此才好将地上的狗粮放好。

“呜……呜……汪……”

温顺胆小的小浴缸一下子龇牙咧嘴地冲苏悦悦叫了起来，苏悦悦被它冷不丁地一叫，吓了一大跳，接连退了两步，一脚踩了个硬物，低头一看，原来是嬴绍杰的手机。一定是刚才他搬东西的时候落下的，苏悦悦正想着，门铃却响了起来。

“呵，来得倒挺快。”

打开门正要调侃下嬴绍杰，却发现面前的男人伸手递来只手机，说道：“你手机。”

“我手机？”

苏悦悦摸了摸口袋，果然是自己的手机，本还想调侃下他，这下反倒让他先调侃了下。恰这时候，自己掌中，他的手机却响了起来，嬴绍杰没等她反应过来，朝她摊手道：“手机，谢谢。”

“哦。”

苏悦悦方才给了嬴绍杰，他便转身接了起来。他说话的声音压得很低，苏悦悦一句都未听到，只是末了的“OK，晚上见”却是说得十分清晰。

“一定，要，要让Shelly发邮件。”

嬴绍杰挂断电话后，正色与苏悦悦说了句话，这已经是他第二次提醒苏悦悦了，总觉得他似乎对Shelly有些成见，反复叮嘱自己的言外之意就是Shelly这人不可信，可关于Shelly，他却也只字不提。

“我先走，走了。”

嬴绍杰再次离开了苏悦悦家，苏悦悦看着始终没有新短信的手机不由得再次想起嬴绍杰的话。难道说Shelly是在骗自己？或是说Shelly在耍什么自己看不懂的花招？

“呼……”

小浴缸不知什么时候，终于舍得从狗粮袋上翻下来，走到苏悦悦身旁蹭起她的脚想要抱。苏悦悦蹙鼻子瞪它，本想不理会它，没想到脚踝子毛茸茸的，这心也就跟着软了下来，低声道：“你呀，悦悦阿姨这么疼你，你还对悦悦阿姨凶凶。”

小浴缸这会儿却是极其乖顺，嘴边的口水粘了毛，苏悦悦抱起它后便发现原来这古灵精怪的小东西早已偷偷咬了好一会儿狗粮袋子，只是并无所获，所以才拍起了自己马屁。

“你呀，狗精一只。”

第十九章 “被安排”的出差

周一一早，苏悦悦到了办公室后想再提醒下Shelly能否发个邮件给自己，可自己却连Shelly的半个影子也找不着，问了部门里一圈人，只有于小佳似是而非地说Shelly去开会了，至于在哪儿开会，她却又说不清楚。

苏悦悦找了一圈会议室，并无所获，想着明天就要去北京，苏悦悦得立刻安排好手上的事与订机票的事。问了小吴有没有服务部审好的单子，小吴说没有，苏悦悦不放心，又追问了服务部的May，只是May的电话却一直没人接，直到寻了May的手机打过去后，才被冰冷地告知她在杭州出差，公司里的事找他们服务部的实习生小叶便可以了。那小叶是个在校学生，听说是财务部部门经理的亲戚，一份实习生的工作只是弹指的功夫就很快地得到了。苏悦悦以前在民营企业上班，对于外戚蜘蛛网似的专权很是熟悉，于是见到小叶的时候，口气也是极尽温和小心。幸而小叶是个不错的女孩儿，说话柔声柔气，见是苏悦悦来问自己，便也一股脑地将手头的东西交代给了苏悦悦，至于有多少是急的，多少是不急的，她说不清也道不明。苏悦悦想，干脆先有个思想准备，毕竟她是合同管理专员并不是合同控制专员，两字之差，小吴才是审核完给她单子的人。

抱着一沓文件从服务部上来递与小吴的时候，小吴险些被她气炸，这个四眼妹同事分明不谙做事道理，“皇帝”服务部都不急着找她审核，她苏悦悦这个“太监”倒好，把那一沓的文件给抱了上来。小吴气不打一处来，可完了还要向苏悦悦道句“谢谢”，人家这不是好心吗？只是好心得过了头，今天是网店秒杀，她还要秒杀那款裙子呐，被苏悦悦一搅和，小吴心里不由得浮起个想法，反正都被拖下了水，那就干脆混了过去吧。

“Sue。”

苏悦悦恰拿着出差申请单准备去行政，小吴却喊住了她。

“什么事？”苏悦悦问道。

“哦，你要去北京啊。”小吴看惯了合同，眼睛尖，一下子就看到了出差申请单上的北京两字。

“是啊，Shelly让我去北京和Emma交接工作。”

“Emma要走啦？！”

小吴惊恐地喊了一句，周遭的人一齐回头，就连一早闷声不语，独自对着电脑发呆的茹安心都不禁抬头。苏悦悦被众多目光围住了，仿佛自己劲爆了一个八卦头条，Emma要走了，这是多么正常的一件事，反倒是自己要去北京交接工作，这事儿该算是部门里不大不小的新闻吧。

“嗯。”她点头，小吴先是惊愕大叫，感到周围无数双眼睛盯过来，立马干咳了两声，将话题转移到她身上，说道：“你要去北京，这事儿就更得抓紧时间做了。服务部的东西，我今天再晚都帮你审完，然后你一并拿到北京去。”

“为了我出差要麻烦你加班，这真不好意思。”别看小吴之前做事不勤快，可自己要去北京的事被她知晓了，竟还这么仗义地替自己审核完毕，苏悦悦不由感动得润了眼睛。小吴赶忙又关怀道：“去吧，快去交申请，是明天就去吧，要抓紧订机票酒店了。”

“哦哦。”

苏悦悦还在感激中，被小吴这么一提醒，这感激立刻化为动力直奔楼上行政部门，留下小吴一声冰冷的窃笑与众人顿起的私论。

“Emma失宠了么？”

“会不会成金屋里的阿娇了？”

“不知道。”

“还不打电话去北京探个究竟啊。”

"对啊。"

……

苏悦悦什么都没有听到，她只是一味地拿着出差申请单站到行政部门，行政部是公司特别的部门，大领导的秘书等等重量级人物都在这儿，虽然她们做的不是关系公司运营的事，可每天从她们手中过的各类申请单却是最多。无论是部门经理还是普通员工，对行政部门总是和颜悦色。

"Joyce，我的出差申请单。"

Joyce是行政部门负责机票酒店的人，她的工作可是清闲，不需要什么大脑思考，可尽管如此，她也是名校毕业的研究生，且不说这个，就连她的外貌也是经过一番挑选的。要知道，这每年从行政部做最低级事情的职员飞上枝头成了大领导秘书，或是成了某个闲逛于此的其他分公司领导看中挖了墙角的人可是一茬又一茬。这公司，虽然还有很多事苏悦悦不清楚，但这"诡异"的凤凰巢，于小佳早早地就告诉了她与茹安心。

Joyce放下了手头的镜子，抬头看了眼苏悦悦，接过单子，也不皱眉，直接退了回去，说道："上头都没有领导批准，我不能给你订机票酒店。"

"Kevin他出差了，我联系不到Shelly，明天就要出发，再不订的话会来不及的。"

"明天出发，现在才送过来啊？什么时候合同管理部和销售似的了。"Joyce咕哝了一句，心里又盘算起来，合同管理部门的地位并不低，尤其是那帅哥经理宋逸浚更是在JSCT如鱼得水，最关键的是他那靠山，倘若真的为难了这个叫做苏悦悦的女人，她往后的凤凰路也是极难。微叹了口气，Joyce拎起电话打给了Shelly，适才还是一脸严肃的模样在电话接通后立刻换成了和颜悦色。

苏悦悦看到这张美丽的阴晴表，唯有笑笑。

"OK，没有问题。"Joyce在一分钟的电话了解后，把申请单接了下来，说道："以后早点，要不是Shelly那儿答应了，我都不好给你订。"

"谢谢。"

"身份证号报给我。"

Joyce懒得查系统，直接问了苏悦悦，既然有求于人，苏悦悦便报了出来。Joyce很快订好了航班，但酒店却遇上了麻烦，不耐烦地打了好几个电话后，与苏悦悦说道："协议酒店都订完了。"

"啊？都订完了？那怎么办？"

Joyce摊摊手，耸肩道："你给我申请单这么晚，能帮你订上机票就不错了，至于酒店，你就自己想办法吧，反正你的出差标准也要600块呢。随便去什么网站上订下就成了呗。"

"那你能帮我订吗？"

"我可不能帮你订，我只负责协议酒店，不是协议里头的酒店，你得自己去订。"Joyce装出很无辜且又同情万分的模样对苏悦悦说，苏悦悦知道Joyce这是推脱之词。只是，她都甩出了话，自己也只能认了："好吧。"

"航班信息发你邮箱了，你自己去看吧。"

多少，Joyce还是做了自己的工作不是吗？苏悦悦不想找她茬，也确实没有时间再找茬。回到办公室的时候，大家聚在一起谈论着什么，苏悦悦一回来，大家又各自归位，仿佛她是部门的领导，抑或是说另类。

苏悦悦勾唇傻笑，回到座位赶紧打起电话订酒店，只是网络订酒店却是十分不顺利，400电话那头的人总是殷勤却又办不成事，害得她不得不歪了脖子一直听等候音乐。小吴那儿的工作也一件件地传了过来，部门里闲着的人在谈论宠物，这使得原本专注的苏悦悦突然担忧起小浴缸这礼拜生活问题来，想要在网上找个靠近美丽花园的宠物托儿所，可那悲剧的网速让人烦躁，而公司内的邮件收发功能却又出人意料地顺畅，这让她有种将四肢都抬起来一起干活的冲动。

恨，恨这时间过得太快。

她咬牙切齿地恨。

"别看我只是一只羊，羊儿的聪明难以想象，天再高，心情一样奔放……"

手机响了起来，苏悦悦刚留给了400电话自己的手机号，以为有好消息，赶紧按了绿键道："是不是有房间了？"

"房……房间？"

晕。

苏悦悦一把拉下手机仔细一瞧，怎么是他的电话？这开口来了句房间，好像是一个女人对男人的邀约。苏悦悦不禁脸红，幸好是对着自己的电脑，不是对着他，抿了下唇，没好气地答道：“你找我什么事？”

故意换个话题，免得那男人以为自己要做什么，还房间、房间地被他着重地强调一番。

“哦，你没吃午，吃午饭吗？”

“没呢，不吃了。我忙得脚都要抬起来了。哎，为什么一上班时间就不够用呢？北京的酒店订都订不到，还有，小浴缸也不知道咋办呢。小吴今天要加班给我做文件呢，我还不知道什么时候下班呢。对了，你正好打电话给我，我晚上要加班，你不用等我了。完了完了，怎么这么多事，我怎么办呢？”

苏悦悦说着说着，急得泪珠子直在眼眶里转。北京虽是首都，但对苏悦悦来说是个陌生的地方，如果连酒店都订不到，她该怎么办呢？露宿街头？还是住在一个安全系数都没有保障的小招待所？还有，小浴缸才跟了她两天，她要去北京一周，这么一来，小浴缸可怎么办？她总不能把小浴缸送还给小猫吧？这不厚道，也不是她苏悦悦的性格。还有，小吴说要加班给她做文件，她更是不能自己拍拍屁股不管，要知道去北京交接工作，这儿的事还不知道能不能远程搞定呢？能搞定多少，还是先搞定多少吧。吃饭，她肚子真的咕咕直叫，可是，她都腾不出张嘴吃饭呐。

“你别急，别急。”

她的鼻音让他跟着心急，而他连续的两句“别急”把她可是弄得更心焦了。这锁了好会儿的泪，吧嗒地滴到了键盘上，嬴绍杰听那头声音不对，立刻说道：“北京的酒店我安排，小、小浴缸的话，我找朋友，寄，寄放一天，回头我接到家里养。工作上的事，你，你就，就别急了。”

“你说什么？”

苏悦悦因怕大家看到自己为这根本算不上什么压力的事软弱流泪，把手机搁在了桌上，擦起泪珠，待到拿起来的时候，嬴绍杰的话已经说完。

“我说，你还有，还有我。”

嬴绍杰原本只想长话短说，这话出口的时候就变了调调，也不知道自己怎么会说这句

话，但是说者无意，听者心里却泛起一阵波澜。

他说这话什么意思？

苏悦悦拧了把鼻子，回道："我忙了，你也去忙吧。"

嬴绍杰自知说错了话，讪讪地应了声，在苏悦悦按了电话后看了好一会儿的手机。那傻女孩儿，一定是在JSCT被人给晾晒了。之前就提醒了她要问Shelly讨个邮件，也不知道她究竟拿到了没有。订酒店的事分明就是行政部门的事，怎么成了她自己的事？至于工作，她八成也是被人卖了还替人数钱的那种。

都已经一点半了，他今天在食堂留了好会儿都没有等到她，心想着她是不是出去吃了？只是离开食堂去别的地方吃饭似乎不是她的作风。她这么节省，恨不得把一分一厘都省下来做嫁妆的女孩绝对不会到处花钱。果不出所料，一个电话过去，她还真是成了七仙女的八妹，连饭都不吃了。嬴绍杰想了想，去楼下的咖啡店买了份三明治，打包带了上来，坐电梯的时候，发了条短信："急事，到无烟楼道口。"

JS华东总部是个复杂的地方，这地方之所以复杂，不仅仅是因为它华美而繁琐的建筑结构，而且是因为盘根交错，若如蛛网的关系。即使今时今日，他都需要极为小心，尤其是JSCT，这个曾经留下他印记的地方。

"喂，你什么急事？快，快说，我有五分钟时间，两分钟上厕所，三分钟听你说急事。"

第二十章 办公室的一声狼嚎

两分钟上厕所，三分钟听他说急事，这话说得嬴绍杰愣是不知怎么开口？听上去，她倒是把他看得挺重，毕竟比上厕所还重要。可他是来送饭的，这饭没有给她，她倒说起上厕所的事来，甚至还用时间来规定他的好意。

“吃的。”

“吃的？”

苏悦悦认真地等他说急事？她以为所谓的急事是关于滔滔的，可没想到面前英俊男人在窘迫地听完自己的三分钟限制后，直接递上个三明治。苏悦悦认得清楚，这三明治上的标签是楼下的那家知名咖啡连锁店的。

价格不菲的三明治。

苏悦悦拿着三明治，看了眼嬴绍杰，用手在他面前晃了晃，仿佛面前的男人丢魂了一样，嬴绍杰皱眉，说道：“干，干什么？”

“当你异形了呗，花这么贵的钱买三明治，我可告诉你，我不会付你钱的。”

“送，送你的。还真把自己当，当，七仙女的八妹了。”

这啥形容？士别若干小时当刮目相看，早上，他们两人因为周末公安局的那件事，还心存芥蒂默然不语。到了这会儿，不知道是不是因为刚才自己的掉泪声被他听见了，所以才这么好心地给自己带吃的，若是这样的话，自己真的很糗。

“谢谢你了。”

苏悦悦低头掩饰起自己仍带微红的眼眸，刚要拿三明治走，嬴绍杰却又一把夺了回来，说道：“你先去洗手间吧。”

总不能带着三明治往厕所跑吧？苏悦悦方才想起自己的时间限令，立刻跑入洗手间迅速解决一切，只是待到她再次回到无烟楼道的时候，那儿却已经没有了人，只是扶手上用纸巾垫着，放了她刚刚拿过的三明治。

楼道里没有人，静得仿若一直没有出现过任何对话。

“可恶！”

他就不能等下自己么？还想多赊给他一分钟，他却失了踪影。苏悦悦嘴上骂了声，心里却是偷着乐，让抠门帅哥出次血可是不容易，怎么说自己都要把这好意给全吃进肚子里。苏悦悦正啃了一口，却听到楼上传来茹安心的声音：“没事，嗯，我知道了，拜拜。”

她在打电话吧，苏悦悦没有听人打电话的习惯，只是停了半秒，便就啃了三明治径自地回了办公室开始她的疯狂工作。

邮箱里突然蹦跶出一条新的邮件，来自“Eric Ying”。苏悦悦本就分不清前鼻音后鼻音的区别，一看他名字，就忍不住想笑：“Eric 淫”。鼠标按了两下，苏悦悦打开邮件，上头写着：Dear Yueyue，吃饱了就好好干活，订酒店的事交给我，下班的时候把你家钥匙给我，我把小浴缸带朋友家寄养去，周三回来，我再去取。Regards from Eric。

Dear？

亲爱的？

苏悦悦自然知道Dear这字在外企里头纯粹就是个礼貌用语，几乎可以当做空气给无视，可不知为什么，她怎么看着就觉得怎么别扭，Dear，Dear的，哎，连连摇了两下头，苏悦悦将手里最后小半个三明治塞入嘴中，身后却是于小佳的话：“Sue，速度女啊，才眨眼的工夫，你咋就溜号去咖啡店里买了三明治啊。”

“呵呵，饿了呗。”

苏悦悦拿起纸巾抹了抹唇角，乐呵呵地笑笑，于小佳却突然俯身到她耳边，说道：“喂，你什么时候认识Eric Ying的？”

"什么认识，认识Eric Ying？"苏悦悦再度莫名其妙地被嬴绍杰的口吃病传染。

"你瞧瞧这两字，Dear Yueyue,快老实交代，否则的话，我要大喇叭了。"于小佳做出大喇叭的姿态，苏悦悦立刻拉住了她衣袖道："你怎么偷看我邮件？"

"那你们还利用公司邮箱浓情蜜意呢？"

"别乱说，我可没和这男人浓情蜜意。"苏悦悦撇撇嘴，拿起水杯喝了一口，心里暗自腹诽起那男人，没事写什么邮件嘛？自己爱跳黄浦江，还把自己往黄浦江里头拽呀拽。于小佳见她否认，倒也没纠缠，只是说起了嬴绍杰来："也是也是，咱JS华东区大楼数一数二的帅哥，钻石王老五……"

"扑……"

嘴里的一口水如水枪一样直喷LCD屏幕，丹凤眼一下张大，赶紧拿纸巾擦了起来，于小佳却是嗔怪道："瞧你，这啥反应嘛？"

在于小佳看来，苏悦悦是缺乏审美观的，简单一看她留着重重的"乡土"气息的穿着打扮就能知道。嘴里叨叨了两句，于小佳回了座位，只是她脑子里却始终在琢磨，就苏悦悦这样的人，怎么会认识嬴绍杰呢？莫非她也是开后门进来的？不，不会的，像茹安心这样进来就享受清闲工作加优质笔记本待遇的才是开后门进来的，而拿着台式电脑给了最繁琐工作的苏悦悦一定是正式招聘进来的。

苏悦悦并不知道自己的一言一行总在被部门里的人评断，她只晓得干活，干活，再干活。

今天本挺烦躁的，但得了嬴绍杰的仗义相助后，心情又没那么糟，下班的时候，以帮助苏悦悦为名的小吴噼噼啪啪地干着活。苏悦悦趁着给嬴绍杰家门钥匙的机会准备给小吴买些快餐。

"早点回，回家。"

嬴绍杰进车门的时候提醒她，毕竟美丽家园离JS华东区总部大楼非常远，地段也偏僻，虽然公司能报销加班打车费，但一个女孩子这么晚回家并不安全。可苏悦悦不在意那么多，她只知道一个新人要想通过公司的试用期，得到上司的认可，必须得付出努力，更何况明天出差去北京交接工作也是一个挑战吧，虽然不定有什么成就可以炫耀，但能够顺利完成工

作，也能给上司留下个好印象。

裹着长风衣的苏悦悦在夜风中摇摇晃晃地朝天桥走去，单薄的身影久久地映在嬴绍杰的眼中，这么一个女孩儿，没有出众的外貌，没有坚实的背景，租房上班都要靠省吃俭用，她在JSCT的路注定是曲折的。

曾经，有这么一个年轻人，亦是在这般凛冽的寒风中为了自己的理想，为了自己的目标而奋斗，只是，当自己总算有些成就的时候，他已然失去了很多，如今，想要再谈理想，总觉得有些遥不可及。

是啊，那个年轻人就是自己。物是人非的，不仅仅是他的生活，更多的，还有这职场。

嬴绍杰目光随着苏悦悦缩小的背影，渐渐地变得模糊。

苏悦悦并不知道，车上的男人一直没有离开停车场，他只是看着自己从天桥过去又过来，连自己险些摔上一跤都看在了眼里，直到她踏入JS华东区总部大楼的门，他才启动了车子离开路灯下那个静静的停车位。

"小吴，我买了肯德基。"

回到JSCT的时候，她的鼻子冻得通红，手里拿了袋子放在小吴一旁的桌上。小吴正在做事，肚腹有些饿，闻到香味先是惊喜，随后又是一脸失望。苏悦悦见状，立刻说道："你不喜欢吃肯德基吗？"

"我……我在减肥嘛。"小吴心想这苏悦悦是不是故意和她作对，买了这么香飘四溢的肯德基来勾引自己，自己好不容易不碰油炸食品已一月有余，她这么一来，岂不是要让自己前功尽弃么？

"哦，那你不饿么？"

"不饿？当然饿啦，我不是仙女，仙女才不饿的。"小吴咕嚷了一句，信念与欲望在几番斗争之下，终于败下阵来，一把拿了肯德基袋子，拿出汉堡就啃了起来。

仙女？

"嘿嘿。"苏悦悦侧脸乐了起来，原来七仙女的八妹是这个意思，他把自己当仙女看呢。想到此，苏悦悦又窃笑了两声，而那头的小吴却是以光速"干掉"了一个汉堡，也不问苏悦悦是否吃过，另一只汉堡已在她皓白的牙中切除了小半。

小吴边嚼着，边问起窃笑的人说道："你乐什么呢？"

"乐？"苏悦悦正了下脸色，别过脸，只见桌子上的肯德基袋子已经瘪了下去，她也就买了两只汉堡，一对鸡翅，可桌上的一张褶皱的纸告诉自己，小吴吃了一只汉堡，而手上这只正啃着的，正是自己的这份。

"怎么了？你没吃饭吗？！"小吴嚼着嚼着，似乎觉察出了不对劲，将手里啃了一半的汉堡停了下来，窘笑道："不会是你的吧？"

"你吃吧，还有两只鸡翅。"苏悦悦吞了吞口水，谁让人家为了帮自己留下来加班呢。自己先拿鸡翅充下饥，回头到了家里再扒拉点东西吃吧。小吴见苏悦悦说要吃鸡翅，倒也不再客气，继续吃起了汉堡。在她的字典里，本就没有什么好客气的，自己这是在帮苏悦悦嘛，她应该有所回报，哪怕是把自己的晚饭让给自己，那也是应该的，心里头即刻闪过的不好意思立马烟消云散了去。

经过四个多小时的加班，小吴做完了手头所有的审核，将厚厚的文件夹悉数交给了苏悦悦。虽然苏悦悦在期间做了些许，但因录入工作系统的工作要几倍于小吴，所以苏悦悦只能带着这些文件去北京，至于电子版本，她在下午的时候都已拷贝下来，准备带到北京去做。

"我走了，拜拜。"

小吴见苏悦悦笨拙地在考量如何把四个文件夹包起来，暗自一笑，赶紧和她告别，免得让自己已经疲惫的身子再遭受体力活的摧残。苏悦悦没想那么多，只是在先关灯还是先抱文件夹的事儿上犹豫了下，听到小吴打招呼要离开，也跟着说了句"拜拜"。

待到决定先关灯后，她才蓦地发现一下暗了的办公室居然静得可怕，尤其是绿色的指示灯，与那幽林里的狼眼几无差别。苏悦悦推了下眼镜，吞下口水，吞却些害怕，也顺便满足下又开始闹腾的肠胃。

"走了走了。"

苏悦悦边自言自语，边费力地抱起文件夹正要往外头挪，静静的办公室突然传来"嗷——"

"啊！"

一阵狼嚎突然传来，本就忐忑在黑暗里的苏悦悦失声一叫，怀里好不容易攒起的文件夹“噼啪”地落了下来，不偏不倚砸中了脚。刹那间，办公室又是一阵嚎叫，只是这嚎叫换作了尖锐的女声。

“滴答——”

门禁被打了开来，苏悦悦抱着从文件堆里拔出的脚，斜眼惊恐地看着黑而高大的影子挡住了楼道里仅存的光。自己不是这么倒霉吧？怎么看自己都像是被困兽锁给夹住的兔子，这下倒好，不知这突然闯人的是贼是盗？斜了斜眼睛，人不由自主地蜷成了一圈。

“刷——”的一声，灯被打了开来，苏悦悦还没来得及反应，就听男人低叹了声：“你怎么坐，坐地上了？”

“怎么是你啊？”

这声音熟悉得很，一抬头，那黑影居然真的是嬴绍杰。这家伙怎么这般神奇，像只幽灵一样突然飘到了JSCT来？

“等你好会儿了，别人，别人都走了，你怎么还在上头？”

面前的女子傻乎乎地坐在地上，黑框眼镜歪在鼻梁上，手捂着脚，四本文件夹与一只并不起眼的包将她的狼狈衬托得更厉害。鼓了鼓腮帮，女子说道：“我也要走的嘛，谁知道黑漆漆的，还有狼叫，吓死我了。”

“呵呵。”嬴绍杰不由得一笑，却遭来苏悦悦的埋怨：“喂，你有没有点同情心啊？看在我天天搭你的车，给你钱的份上，拜托你别笑得那么猥琐。哼，把自己的快乐建筑在别人的痛苦之上，瞧瞧，痛苦之上。”

苏悦悦拉开自己袜子，脚踝处一块青紫，嬴绍杰这才敛去了笑容，弯身问道：“砸伤了？”

“怎么？现在知道问候你的客人——我了么？”苏悦悦指了指鼻子，收拾起身边的文件夹，然而，他却与她做了同一个动作，就好似电视剧里演的那样，男人和女人的手放在了一起，去拿同一件东西。只是，周围没有浪漫音乐响起，更没有花与香气的晕染，女人也没有矜持地收回手，相反，却抓得极牢。忽而，“嗷——”又是一声狼嚎，苏悦悦一哆嗦，这才收回了手，嬴绍杰不禁摇头道：“短信铃声，瞧把你吓得。”

“我，我什么时候吓了？”苏悦悦一听是短信铃声，立刻直起腰板反驳道。

“还能起么？”

嬴绍杰把文件夹悉数搬了上来，继而问她。苏悦悦撑了撑，还没来得及起来，脚踝传来剧痛，手急于抓根救命稻草，一把便拉了身旁的“柱子”，只是“柱子”的主人却是惊愕道：“喂，痛的。”

这姿势很是窘迫，她狠力地拉了把他的裤子，逼得他立刻蹲下身来缓和自己难以道出的痛，脸也跟着憋红了开来。此时，两人靠得极近，彼此间能感受到对方吐出的气息，温和中带了些许的紧张。咫尺之距，空中游离的暧昧引醉了两个年轻的男女，心的律动仿若都能听得清晰。

原来，红晕染着的男人也有可爱的地方。

原来，玻璃片后的丹凤眼也可以是清美灵动。

其实，在上神造人的时候，无论男人，还是女人都有属于自己的美，只是因为某个原因，大家看不到罢了，待到入了一个不曾预计的特殊环境里，互相欣赏也就油然而生了。

“嗷——”

“呵呵。”

“呵呵。”

两人不约而同地笑了起来，苏悦悦晃了下脑袋，打岔道：“真是短信呢，对了，你刚才喊什么痛了？”

“没，没，没什么痛的。”

他能说实话么？说了，她指不定在想自己是个什么样的人。尴尬地笑了笑，嬴绍杰转移了话题，说道：“我背你。”

“哦，哦，啊？你背我？”

苏悦悦说话打结，这已不是第一次被他传染了这毛病，背她，他要背她？

嬴绍杰真的背起了她，在她既没有同意也没有反对的情况下背起了她，手里还顺带拿了四本文件夹。

这世界是公平的，男人果然适合干体力活，对于苏悦悦来说重如小山的文件夹到了他的手里好像轻得就和海绵似的，而自己，就更是轻若鸿毛。经过公司门禁的时候，苏悦悦突然想起了什么，问道："你怎么能进我们公司？小浴缸呢？还有我的酒店呢？"

"以前，以前的卡没还，小浴缸它……"

嬴绍杰本就说话不快，苏悦悦却是急性子，听到嬴绍杰说以前的卡，顿然联想到他该不会以前就是JSCT公司的人吧？使劲拍了下嬴绍杰的背，激动道："喂，你怎么从来没和我讲过你在JSCT待过？"

第二十一章 夜色中的“血”

“疼的。”嬴绍杰是吃痛的，只是被苏悦悦这么重重一拍，再好的心理素质也被打掉了一半，更何况手里还抱着她的文件夹，倘若再落了地，砸伤自己脚，明天可真要和她一起瘸到北京。

北京是JS在中国区的总部，明天，对于嬴绍杰而言，是个非常重要的日子。因为德国总部通讯技术部总监Mr. Jason想与他谈谈去德国外派的事儿。这是一个极好的机会，只有少数表现极其出色的人才会有机会外派去总部。所以，他一定要好好把握，这样，自己才能有更好的平台去发挥才能。

“心虚了，都不回答我了。”苏悦悦听嬴绍杰没了反应，兀自地咕哝了句，而嬴绍杰却只关心电梯的楼层数，心里有些小小的担忧。毕竟，在深夜十点多，背着JSCT的女同事在静得容易被人联想的大楼里走，若是遇上熟人，定会引来流言蜚语。于是，刚到了大堂就赶紧从侧门走了出去。

“小浴缸呢？”

静静的空间，本只有嬴绍杰故意放低的脚步声，谁知苏悦悦突然说了这么一句话，而那大楼的保安恰又寻楼寻到了侧门。见嬴绍杰——这大楼里数一数二的钻石男人，自然欢喜地上前准备打招呼，可一看嬴绍杰身上背了一女人，还说着什么“浴缸”，这到了嘴边的招呼立刻吞了进去。

“拜拜。”

苏悦悦见保安的目光忽闪地看自己，反倒大方地打起了招呼，嬴绍杰叫苦迭迭，真是哪壶不开提哪壶，黑了脸，加快步子把她背到自己在临时停车位上的Polo旁，终于将那不知趣的单纯女人给卸到了座位上，说道：“听着，小，小浴缸，已，已经到了我朋友那儿，酒店，你住我那儿。还有，以后，不，没有以后了，拜托你别主动搭讪保，保安。”

“住，住你那儿，你没给我订房间啊？”

苏悦悦似乎只听了他前半段的话，对于后面半段听不懂的话便直接忽略了，嬴绍杰没好气地瞪了她一眼，赶紧将车门关上，回到驾驶座启动汽车，说道：“房间，房间都订没了，你住我那间。我，我到时候，再，再找。”

“你说，你把房间让给我了？可不是都订没了吗？你到时候去哪儿找酒店住啊？”

“你不用，不用管这么多，对了，你什，什么航班号？”

“MU5101。”

“呃？”

嬴绍杰从后视镜里看了眼正在推着眼镜的苏悦悦，上天是不是将事情都设计好了？为什么每个环节都是这么紧密地与自己相扣，她租的那间房子，她搭的这辆车子，就连明天的飞机都是一个航班。不过，直到现在，他都不敢说这房子是自己的，怕这女人又将房租生生地盘剥一把。说实在的，她若真和自己杠起来房租，这心必然会软的，看着她的眼睛，外加一副娇弱的样子，自己若是不让她，心里总横道坎。

“怎么？我们一个飞机啊？”

苏悦悦问他，他这才点头。

“怎么这么巧？”嘀咕了句，苏悦悦随手拉过一册文件夹就如平日里抱靠枕一样搂得极紧，自己和这男人还真是缘分不浅，什么样的事都能和他扯上千丝万缕的关系，敢情他们上辈子就是藕，一掰开来，还连一起的？

已近十一点，都市的夜生活才刚刚开始，高架桥上总有疯狂轰鸣的跑车及那几辆偏要违反交通规则夺了车道的改装摩托。苏悦悦并不喜欢这种抛却了生命顾忌的生活方式，只是即便如此，在这么一个大都市里，各种各样的人终是需要发泄内心狂躁不安的方式的。浮躁，虚无及其那莫名产生地欲求总如魔咒一般缠绕着都市中忙碌的人，人的本性也会在此变得扭曲。

赢绍杰略微地走神，他在想身后的女人，只是想了什么，却又不记得了。忽而，一辆哈雷从Polo边“轰——”地啸过，赢绍杰轻嗤了声，摇头责怪自己不经意的走神。苏悦悦则巴眨着垂重的丹凤眼皮，努力地让自己清醒，只是困意最终还是吞噬了意识，仅是一会儿，人便脱开疲倦进入了梦乡。

夜色依旧，车子平稳地停在美丽花园三幢。许久后，苏悦悦才揉着眼睛去看外头，恰逢刚换的白炽路灯耀得厉害，苏悦悦没看得清楚，以为到了清早，一个激动，“腾——”地从位置上直起身子，大喊了声：“哇，早——唉哟——”

就听闷闷地一记撞击声，苏悦悦撕心裂肺地大叫“痛死了”，而真正的受害者赢绍杰本脱了外套准备给熟睡的她盖上，却不料被这一惊一乍的女孩儿一头撞了鼻梁，手中的外套一下落了地，自己则捂着汩汩溢出热流的鼻子去了离车半米的地方，生怕自己流血的模样吓到苏悦悦。高挺的鼻梁是他脸上最脆弱的地方，学生时期打篮球的时候曾经被撞断过，之后，哪怕是轻撞到，鼻子都尤其容易流血。

车里的女孩儿揉着额头，瞥眼滑落在地的衣裳，猜出了几分，歉意地探身问道：“你怎么了？被我撞坏了？”

“没，没什么。”

若只说话，苏悦悦倒觉得他兴许只是撞闷罢了，可他为了将自己的话语表达清晰，抬手朝后摆了摆，掌心里的鲜红立刻映入了她眼帘。苏悦悦这才意识到自己惹了祸端，迷顿的脑子一下清醒，也顾不得自己脚踝还有伤，赶忙出了车子道歉：“对不起，对不起，我不是故意的。流血了，要把头抬起来，快，把头抬起来，别动，别动，把手也举起来，我去拿纸巾。别动，千万别动。”

赢绍杰被她踮脚一拽，不得已只能仰头任由那血腥的味道充斥喉咙，手则机械地按着苏悦悦的严厉指示抬了起来，幸而一双眼睛还有些许自由转动的空间，微微瞥向为自己忙活的女孩儿，忍俊不禁。

该说什么好呢？一个大大咧咧的女孩儿，或许她不是那么漂亮，或许她与时尚个性搭不上边，可她很真，真得让他觉得他们间似乎没有任何距离，甚至，连自己刻意竖起的防线都被她的纯真打得散落一地。没有想到，隔了两年后，他还能与一个女孩儿走得这么近，甚至还会为她是否着凉而担忧。

“来了来了。”

正思着，苏悦悦抓了大把纸巾回到嬴绍杰面前，看得出，她很怕血，可是为了弥补自己的过错，皱紧眉头铁了心，也要帮他止血擦净。因怕自己手重，故而每一次擦拭都如羽毛拂鼻般的轻，轻到他亦忘了痛，这一刻，他不似一个出血的伤员，倒似一个沉浸于女友温柔关怀的幸福男人。

“哎，真是只花瓶鼻子，中看不中用。”

卷了个软软的纸巾棍塞入他鼻子，苏悦悦忍不住又添了句不经意的埋怨，嬴绍杰暗笑，这丫头怎么就把自己的鼻子形容得如此不堪，只是言语里又驳不了半分，唯有自己苦笑下作罢。

“现在好多了，你早点回去睡觉吧，明天一早还得赶飞机，听说要提早一个半小时到机场，不然误了点就麻烦了，你知道的，坐飞机和坐公交是两回事，误机就麻烦了，很贵的。”苏悦悦一本正经地与他说飞机的事，仿佛头回坐飞机的不是她自己，而是嬴绍杰。

鼻子里塞了纸巾棍，嬴绍杰已从刚才突如其来的疼痛中缓了过来，将余下的纸巾擦擦手，回车上拿了文件夹，示意苏悦悦开电子门。苏悦悦愣了好一会儿，说不出是感动，还是什么缘由，心扑腾得厉害，目光一直瞅着他，直到他送完文件夹下楼，莫名地不舍起来，冷不丁地又打开门，听起渐渐消失在走道里的脚步声。

“钻石王老五，嘿嘿，他是钻石王老五，不对，是玻璃王老五。”关上门，靠在上头，嘴里叽咕起毫无逻辑可言的话语，脸也跟着热热的，自己在想什么，不知道，只是这种感觉好神奇，尤其是刚刚自己为他擦拭鼻血时的那份感觉，手指能够摸到他温和的呼吸，曼妙得就若当时在大学与那暗恋的男孩撞个满怀时的那份感觉，有些激动，有些心慌，还有些小小的窃喜。

“不会的，不会的，自己一定不会喜欢上这个又口吃，又小气，又……”脑子里突然缺乏了批评他的词汇，反而，一堆好词正等着形容他。心里好似装了只活脱的小兔左右撞来撞去，苏悦悦有些激动于这种感觉，可又同时生了些自我的排斥，皱起眉心自言自语道：“错觉，一定是错觉了。”

拍了拍热热的脸，苏悦悦鸵鸟似地回避了现实，兀自地洗洗后上床睡觉，灯，在不久之后也跟着灭了。

“呵。”

天，是这么冷，冷到小区唯一一处景观池塘已结了层薄冰。嬴绍杰坐在自己卧室的飘窗上望对楼那扇窗足有二十多分钟，直到灯暗了，才微微一笑，将手中的咖啡放到了一旁的茶几上。偶然在镜子面前闪过，才发现自己鼻子里的那根纸巾棍还塞着。血早已凝住了，他却忘了取下，手刚准备去拿，短信的声音却打断了他的动作，随手取来，眉心倏地皱起。

是她的号码。

虽然自己早已删了她的号，可是那个与自己只差一位的号码又怎是自己想忘就忘得了的？即便由“宝贝”变成了一串数字，她在他的心里总是牢牢地霸占了一块地方，他想抹去，只是乏力得很。

短信有预览功能，里头写着：“绍杰，她是你女朋友么？”

嬴绍杰涩然一笑，取过茶几上的咖啡，猛地吞了干净，就好似将咖啡当做了酒一样，使劲地麻痹自己。只是，即便是咖啡，在口中的苦涩都不若心里的深。苏悦悦当然不是自己的女朋友，不过，这不需要向那人解释，因为没有这个必要。

他们间已经不再可能，一波接一波的变故，缘分就这么泯灭了。他知道，她是为了自己才到JSCT上班的，可过去的事又如何能够重拾呢？碎了的玻璃，哪怕是勉强粘牢了，却也是裂痕斑斑。

他不想见她。

就如此刻，他不想回她短信。

“绍杰，她不适合你。”

第二条短信，他又饮了一杯咖啡，依旧大口地如饮酒一般地灌入肠中。

“绍杰，我想你。”

第三条短信，他关了灯，拇指放在回复的键上许久，只是浮在上头，终是没有按下。结束

了，早就已经结束了。

他告诫自己，刚把手机放到床头柜上，指头还未离开，铃声突然响了起来。幽幽的，这是《雨的印记》，他喜欢这调子，仿佛在调子里能够寻找到这世上难觅的幸福。

“我和她没关系。”

没有思考，他按了绿键，这一刻，他的话语不带一丝停顿。只是反驳后，隐隐地觉得有丝后悔，他为什么不能如电视里那种决绝的男人说有，他们有关系。然而，令他惊愕的是，电话那头却并不是她的声音。

“喂，花瓶鼻子，你在和谁说话呢，这么激动。”

花瓶鼻子。

是苏悦悦的电话，他移下耳旁的手机再次确认了下，心反而瞬间地轻松了很多，答道：“没什么，你，你怎么还不，不睡？”

“哎，明天我喊你起床，还是你喊我起床啊？要不这样吧，谁先醒了，谁喊对方起床，我们可不能迟到了。”

“好，早点睡吧。”

明明看她灭了灯，半晌后居然又打起了这么个无厘头的电话，嬴绍杰不觉一笑，劝她早些休息。苏悦悦嗯了一声，倒也挂了电话。

只是，这头才盖上被子，短信随之跟了来，只是这一次，发短信的人，改成了苏悦悦。

“刚才忘问你鼻子好了没，晚安，花瓶鼻子。”

从今晚起，他就彻底地被绰号了。

第二十二章 拼飞机拼酒店

第二天清晨，两人都起得很早，因为彼此睡得都不是很好，原因却是不详，好像越想睡，就越想着明天一早谁给谁打电话的事。按理，嬴绍杰是个出惯差的人，可这一宿却也辗转难眠。直到第二天苏悦悦打了电话，这才好像少了份心思，反而，有了些睡意。

不过，今日的会议容不得他任何的懈怠，打电话喊了出租车，早早地到了楼下。等了约莫十来分钟，苏悦悦走了过来，白色羽绒服裹得如温顺可人的绵羊，身后拖了只箱子。嬴绍杰赶紧迎了上来去帮她拿，怎奈何这手才提了那么一小会儿的箱子，“啪”的一声，箱子的手把一下断成了两截。

箱子重重地摔在了地上，文件夹，换洗衣裳，几卷裹一起的卡通内衣，落了一地，周围偶尔晨跑经过的人瞥眼来看。苏悦悦红着脸，窘迫地蹲地上一通胡抓，这箱子是她大学时候买的，价格便宜，当然质量也就和着便宜去了。自己平日里不常使用，因而每次用的时候也特别小心，没想到嬴绍杰“蛮力”一使，这质量就见了底。心里腹诽，倒也想不出句话去责怪他，嬴绍杰则也尴尬得很，本想帮忙的，反而越帮越忙，弯身要替她收拾，只是女孩子的私人物品他又碰不得，唯有半弯着身子，什么事也不干，口里道着不连贯的“对，对不起”，悬空的手等到了地上只剩文件夹的时候，才终于使上力道。因为时间仓促，本正好塞入箱子的东西一下变得膨胀起来，嬴绍杰便与苏悦悦商量着将其中一个文件夹匀到自己箱子里，待到去了酒店再处理其他事宜。

虽然出了岔子，但因为时间尚早，路上还算顺畅，到达机场的时候，离航班起飞时间还有段距离。

“我来拿吧。”

嬴绍杰压低了声提出请求，这都是依据自己一路上对苏悦悦看了多次后给加的胆子。弥补自己过错的机会在短时间内也就剩了拿行李箱，剩余的，他还真想不出别的。果然，苏悦悦同意了，但提了个条件，就是她拉嬴绍杰的登机小箱。

说罢，两人在落地后拿了对方的箱子。苏悦悦刷地一拉，嬴绍杰的登机小箱便滑顺地在机场大厅的地上滚了起来。只是，她走了好些路，正要和嬴绍杰说话，才发现身边只剩穿梭的路人。这一刻，她竟有些害怕。好大的地方，大得看不着边际，中国人，外国人，推行李车的，坐电瓶车的，来来往往地穿梭，她能闻到各种牌子的香水味，只是面前的人陌生而又漠然。

原以为火车站是最让人惊悚的地方，没想到比火车站更惊悚的地方居然是机场。虽然单位面积上站着的人要远少于火车站，可是天幕下的感觉却是极其不舒服。苏悦悦紧张地回望，试图在穿梭的人中寻找自己熟悉的影子，嘴里嘀咕道：“这家伙白长了两条长腿呢。”

他站在他们下车停留的地方，本准备和苏悦悦一起走，只是将拉杆打开的时候，不经意地望到远处一个男人搂着一个女人的腰，俯身相吻。那男人衣着低调，外表儒雅，他好像见过，只是一时想不起在哪儿，而那女人，他再熟悉不过了。

呵，既然还在过她自认为舒服的日子，那就过吧，昨日，又何必发短信呢？自嘲地嗤笑了下，思绪还没收回，女孩儿的声音已经响在了耳边：“嬴绍杰先生，请问你对哪位美女看那么痴迷。”

这一刻，他承认自己好似被人看穿了心思般紧张，只是佯装道：“没，我是刚看到，看到个熟人。”

“熟人？所以说男人的话不能信，要真熟人的话，你不和人上去打招呼？”

她的问让他再次窘迫，只是仓促地绕了话题道：“去Check-in了。”

“好啊。”

苏悦悦并没有继续纠结在这话题上，只是催促了嬴绍杰去办理登机手续，刚刚见到他的那刻，仿佛安全感陡然增长，因而大步地到了他跟前，将他这块“人肉安全盾”紧紧地放自己身旁，不想再丢了半步。

办票柜台的流程走得很快，因为苏悦悦的行李超了随身行李的标准，嬴绍杰帮她做了托运，苏悦悦紧张地看着自己行李卷入了行李带消失了去，总是放心不下，一路跟着嬴绍杰，问着同一个问题“箱子会不会丢啊？我看网上老有人说自己行李丢了的。”

她做了好些功课，虽然在实践的过程中发现坐飞机其实并不若写的那么复杂，但关于行李的事，她可是记得牢。这是自己第一次出差，箱子里还放着公司的文件，若是掉了，那自己一定是吃不了兜着走。

还在试用期呢，一切还是谨慎的好。

“丢的，丢的话，可以买彩票。”

嬴绍杰忍不住回了一句，苏悦悦正抬眼瞪他，恰见到不远处也刚刚过了安检的一个男人，喊道：“林子文。”

是林子文？

那男人回头的瞬间，嬴绍杰将适才脑中的片段结合了起来，事情竟是这么巧，原来那个男人是林子文，苏悦悦并不知情，只是热情地和林子文打着招呼。很显然，林子文有些慌神，他四下看了周围，这才应了苏悦悦。嬴绍杰是男人，他知道像林子文一样在外偷情的男人其实并不少，家里有位不错的贤妻，外头还要插彩旗，搞个金屋。初次见他的时候，自己就已经察觉了对方的不妥。虽然自己是男人，但他厌恶这样的男人，因为这让他联想到于枫，以及当初抛弃家人的父亲，一个让他这辈子都恨极的男人。

“你认识的，我同事，朋友，哦，同事。”

苏悦悦反复地说了两个角色，嬴绍杰并未在意，因为他对林子文毫无好感，尤其他还是和发短信女人有关系的男人，他很想上去揍对方一顿，只是没个正当缘由，也就这么忍了，当然，他也没有准备把刚才看到的那一幕告诉苏悦悦。算是半点私心，留给了那个女人。林子文与他四目交汇了下，显然觉得不妥，佯装了笑意说道：“见过的。”

“见过就好，小猫好吗？”

“她挺好，哦……”林子文抬手看了下表，说道：“我去登机口了，下次再聊。”

林子文寻了个不错的借口离开，嬴绍杰不屑地笑了笑，只是这笑却被苏悦悦抓住了："你笑这么阴险干什么？"

"有么？"

"我觉得很阴险。"

苏悦悦说不出来嬴绍杰的笑意，只是在旁嘀咕。

登机口离安检并不远，嬴绍杰与苏悦悦在那儿等了三刻钟后才上了飞机。飞机是宽体机，两侧各两排，中间四排。待到入了机舱后，嬴绍杰才发现，原来自己和苏悦悦的座位虽在一排，可中间还插了个超高瓦数的"电灯泡"。

这也怪自己光顾着替她安排托运行李，连座位都没有好好地考虑进去。也罢，不过两个小时的旅程，吃个饭，睡个回笼觉也就过去了。

只是，苏悦悦可并不这般轻松，飞机起飞前就把逃生资料看了又看，把一旁的"电灯泡"看得发憷，倒是嬴绍杰见她如此，反复地安慰说，飞机是世界上最安全的交通工具。苏悦悦可不敢苟同，那飞机掉下来，岂不是一舱的人都见上帝了，什么时候也成了世界上最安全的交通工具？

说服不了苏悦悦，倒是把"电灯泡"给刺激到了，"电灯泡"低声与嬴绍杰说道："你们俩一起的吧？我和你换个位子，好方便你们。"

正中下怀的问话，嬴绍杰自然是应了。在客机飞行提醒之前，他们坐到了一起，电灯泡舒了口气，两人也舒了口气。只是飞机急速起飞的瞬间，苏悦悦紧张地抓了把嬴绍杰，半晌就死盯着前头的座椅，直到进入了平飞区，这才把手松了开来，袖子里的淤青就这样生生地被她抓了出来。

"你不用，不用这么紧，紧张的。"

"我没紧张。"

她辩驳起来，心里却是忐忑，总想着这飞机要是掉下来，自己是不是要和这男人共赴黄泉了？想到此，苏悦悦又把逃生资料拿出来看了几遍，嬴绍杰笑道："没想到你，你还挺怕死的。"

"什么挺怕死，这叫有保护意识。"

听他笑话自己，苏悦悦将资料又塞回了袋子，眼前突然多了只耳机："听歌吧，舒缓舒缓，一会儿吃早饭。"

"吃饭？要钱不？"

苏悦悦顺手插了一只耳塞入耳朵，说话声一下长了几个分贝，边上的"电灯泡"立刻"哼唧"地干笑几声。嬴绍杰坏意地笑道："收……"

"收钱就不吃了。"

"收，收在机票里了。"

正说着，美丽的空姐推出了小车开始派发午餐，苏悦悦窃喜地笑了下。原来公费的机票还能包顿早餐，虽然也不抵几个钱，但心里头尤其的喜滋滋。

坐飞机原来是这样的，这一切，对于苏悦悦而言是新奇的，而嬴绍杰早已习惯，三下五除二地吃完早餐，塞了耳机便睡起回笼觉来。瞌睡虫再次进行了传播，苏悦悦见他不再理会自己，也跟着将耳机重新戴了戴准备休息，只是耳机音量小得很，看着手把上的音量灯，按起了增音键。

"咦？没反应。"

耳机里的音乐并未变增响，咕咕囔囔间，苏悦悦专注地盯着音量灯，使劲地按了又按，就听"啊——"的一声惨叫，一根耳机线突然扔在了她手旁。周遭的人瞬间朝着这头望过来，俊朗的男人恨不得把座位下的救生衣盖住自己的脑袋做个鸵鸟。苏悦悦吃惊地看着嬴绍杰的表情，不知所以，便问道："你叫那么大声干什么？做梦啦？大家都朝你看呢。"

"我……"目光扫过放在音量器的小手，嬴绍杰顿然醒悟为什么自己的耳机突然变得那么大声，没好气地回道："拜……拜你玉手，所赐。"

"我？"顺着他的目光，苏悦悦这才发现被嬴绍杰扔在一旁的耳机声响得厉害，吐了吐舌头道："对不起，对不起，睡了，睡了。"

赶紧侧了脸，闭上眼睛，装作睡着的模样，留下温存的眸光只是看着她甜甜装睡的模样，上天怎么安排他遇上这么个女孩儿？

幸而，这是空中之旅最后一个插曲。飞机落在首都机场的时候，她又抓了他一把，旧伤未好，新伤再添，只是比起虐耳朵这样的事来，这也算是有备而来。

在去往酒店的路上，苏悦悦一直用手机拍着车外，只是北京的哥开车速度惊人，奈何她的手机又无运动模式，没有一张拍得清楚，直到车子停下，总算抓了静止的场景为自己拍了张手机照，只是边缘处还搭了嬴绍杰这个人肉背景。

酒店是准五星的，也是JS集团的协议酒店，虽然在酒店林立的首都算不上最豪华，但低调的外观，奢华的内里还是吸引了大量的住客。就如嬴绍杰说的，因为北京有大型活动，几乎所有的酒店都住满了，要不是嬴绍杰是这儿的常客，与订房部的小姐熟络，也不会有间房。

因为酒店会住好些JS集团的人，为了防止落人口舌，嬴绍杰关照苏悦悦在一大柱子旁等他取了房卡。约莫十分钟后，苏悦悦鬼鬼祟祟地拿了嬴绍杰递来的房卡，分了两部电梯上楼。

“还好，没人。”

刷卡进了1314房间后，苏悦悦朝着里头喊了声，未想里头并无人应答，看样子他还不知在哪儿游荡。转过墙，方才发现客房竟是这般大，比她的卧室都要大一倍，尤其是那张床，宽约三米的模样，长都有两米多，软软的白枕头与铺着绣花缎绸将奢华融于素雅。

“大软床，我来了。”

脱了鞋袜，苏悦悦就若一条鳐鱼飞扑向大床，脸捂在软软的枕头里，拼命地吮吸起淡淡的馨香来，两只小脚丫子在身后随意地晃荡。什么形象，什么工作，这些拘束自己的词汇一并去了吧。这是她梦想中的大床，她渴望了好久，如果她将来有钱了，一定要买个这么大的床，大到她可以任意地挥洒自己的快乐、难过、兴奋、压力，还有心底深处偶尔蹦出的寂寞。

“咳……”

正沉浸着，男人重重地装咳了一声，把那躲在云里自娱自乐的苏悦悦给咳醒了，转过身，自然地朝着装咳的人道：“你怎么才来？”

这女孩儿在他面前还真不知收敛些，两人孤男寡女共处一室已经够暧昧，她还一下蹦到了床上，将脚丫晃在自己眼前，要不是他心里坦荡荡，这动作，这行为，何尝不像向自己邀约。

“遇，遇到熟人，打个招呼。”

“不是吧？真遇到熟人？幸好没和你一部电梯上来。”苏悦悦抱过一枕头，坐到嬴绍杰身旁，散落在鬓角的发丝点缀着些许的妩媚，偶尔吸到他的身上，将他的心思与目光一并地牵入了眼眸。淡淡的香从她的身体幽幽地散溢，嬴绍杰愣愣地看了会儿，直到手臂被她肘子狠狠地撞了下，这才跟上她的话：“我晚上，晚上去找个宾馆住。”

静电，总在不经意中成了一种媒介，将正负两头吸引在了一起。不经意间，她的发丝又一次粘到了他的身上，这一次，他显得敏感了，待不及苏悦悦把发丝拉回，赶紧起身道：“我，我，我去洗手间。”

“去吧，去吧，我收拾下，一会儿就去公司了。”

这话说得本是正常，可到卫生间的时候，嬴绍杰却突然发现了平日里他不曾觉得的别扭事儿——透明卫生间。

本来，一个人住的时候，都没觉得这卧室与卫生间的墙是玻璃的，说真的，住了好几十、上百晚上了，自己都不曾察觉。如今，他倒是要忙活地把帘子拉了又拉，拉到最后一格的时候，眼神正巧对上外头看他的苏悦悦，两人对视了好会儿，方才感觉自己尴尬的心都快蹦出了喉咙口。嬴绍杰使劲一拽，罗马杆晃了好会儿，只是那剩下的半格窗帘愣是拉不过来，留下约莫十公分的空隙，正巧看到床沿。

“坏啦？”

床沿那儿的女孩已经到了身畔，脸微微地红着，仔细地打量了一番，也跟着试了试，最后说道：“你上吧，我不看你就是了。”

“可，可是……”

“可是什么嘛？你看看，这缝啥也看不到，只能看到浴室的角落。还有，我这么正直，会偷看你么？把我苏悦悦当成什么人了吗？腐女？还是欲女？真是的。”

嘀嘀咕咕地，人出了卫生间。嬴绍杰是哭笑不得，今天一路上她都扔了多少水雷，如今，酒店还给埋了个地雷，幸而，自己晚上会去找宾馆，若是入了夜，那才是真的窘迫。

第二十三章 一场面谈一个阴谋

嬴绍杰和苏悦悦在酒店里收拾了会儿，为了避人口舌，分了两个时间，打了两辆车到JS集团北京总部。嬴绍杰去的是总部大楼，而苏悦悦则去了裙楼，分公司的地位本就如此，皇亲国戚，却是触不到皇帝。

JS总部大楼并不如华东区，这儿最高的楼层都不过五楼，楼顶采用了最新技术的绿色屋面，楼顶花花草草的慵懒与楼中员工的忙碌形成了鲜明的对比。苏悦悦仔细地打量起总部，与华东区的风格迥异，这儿的人似乎有点冷漠，各个就若《四大名捕》里的冷血，半晌都寻不到一丝天然的笑容。

经过一番周折，苏悦悦找到了Emma，虽说是同事，可Emma显得很不耐烦，随口说了句办公室在三楼，就把电话给挂了。

苏悦悦抱了文件夹往电梯那儿走去，因为昨日的突发事故，步履显得有些笨拙，用文件夹的角撞了好几次电梯按钮都没有成功。恰在这个时候，有只手按了按钮，苏悦悦刚要说：“谢谢。”

却突然发现身旁站着的竟然是宋逸浚，赶忙道：“凯，凯……”苏悦悦真想敲打自己的嘴，这说起话来简直是他的翻版，好不容易才纠正道：“Kevin。”

他怎么会在北京办事处，他不是去了香港吗？进电梯的时候，苏悦悦一个劲地琢磨，宋逸浚却已平静开口道：“你怎么到了北京办事处？”

"哦，是Shelly让我来的。"

"是么？"宋逸浚的声音很好听，尤其是那语调就似一汪碧潭，没有任何涟漪，不起半点惊澜。苏悦悦甚至都没有察觉这个男人对自己毫不知情表示不满，只是抱着文件夹。三楼很快就到了，宋逸浚伸手拿过她手上的一只文件夹，说道："今天到的北京？"

"嗯，整个礼拜都在这儿，所以把工作都带到了北京。"

听她的口气，这安排应该也是出自Shelly手里。呵，他心中嗤笑，什么时候一个眼线也变得这么自作主张了？她是愈加地不受控制了。

他领着她到了一处角落，那儿是整个办公室最僻静的地方，挡板上贴满了照片，转角的白桦桌上置了一只碎纹装点的玻璃花瓶，里头插了几朵白玫瑰，虽然还残留了香味，但已枯萎了大半。

"Emma。"

若不是宋逸浚喊了名字，苏悦悦都没发现背着的转椅会如变戏法一样转过一个女人。她就是Emma？面前的女人，面容姣好，只是两眼发肿充满了血丝，脸上亦是颓丧不堪。见了宋逸浚，有气无力地说道："你不是在香港么？"

"这是JSCT的新同事苏悦悦，之前的人事邮件，我想你也收到过的……"

"噢，人事邮件？有她么？"Emma打量起苏悦悦，虽然苏悦悦不太喜欢她的口气，只是作为她这个礼拜都要相处的同事，她自然得向对方示好，礼貌地说了句："你叫我Sue就好了。"

她伸手去握，只是悬了好会儿，并没有得到对方的响应，尴尬之余，苏悦悦看了眼宋逸浚，半空中悬着的手也跟着收了回来。

"她是过来交接你工作的。"

"合同管理部门没人了吗？居然找个新来的到我这儿交接。噢，这也不能怪她，怪都怪人事部那帮不做事的人，好久都没有给Kevin你选个合适的人，坐坐，嗯，坐我这位子。"

Emma的话中有话，就连苏悦悦这样的职场菜鸟都能听得出来，她对宋逸浚是不屑甚至是厌恶。只是宋逸浚却丝毫没有动怒，继续用他迷人的笑靥遮掩了他内心里一切可能存在的情感，答道："人事部是审时度势的，对于一些冗杂的组织结构，暂且有了新的考虑，只是

具体的方案并没有出来，所以，也就慢了好多。”

“哦。”Emma拖长了调子，咕哝了句：“我们也算是冗杂人员了。”

“No。”宋逸浚微微弯了下身，低声道：“是你，不是我们。”

“你！”

Emma突然瞪大了眼眸，直起身子，想要争辩什么，但话语到了唇边，变成了冷笑：“OK，让你新招的苏……”

轻拍了下额头，Emma继续道：“苏悦悦来和我做交接吧。”

“Sue，和Emma好好交接，有什么问题，直接打我电话，这个礼拜，我都在北京。”宋逸浚挺直了俊伟的身体，与苏悦悦说道。苏悦悦心里清楚，这话大半是说给Emma听的。

“呵，凤凰男。”

宋逸浚刚转身要走，身后的女人低低地骂了句，虽然声极低，但他听得清晰。一个失宠的女人，有什么资格来菲薄他？微笑地回头，修长的指放在了枯萎的白玫瑰上，说道：“花谢了，就不要放桌上了，免得扎眼。”

Emma气结得说不出话来，但又不敢再大声地朝他吼，这儿是JSCT北京办事处，从这里出去的消息就好比情报局出去的谍报，不但能传到JSCT每个人耳朵，甚至可以达到JS集团乃至同行的耳朵里。

她曾经也是朵骄横的玫瑰，因为北京办事处总经理Andrew Chow是她的情人，这本和宋逸浚是没有任何关系的，她完完全全可以做好自己的事儿，但偏偏Andrew Chow与宋逸浚是两派系的人，Emma自然而然地倒向了Andrew Chow。自己的队伍里出现了一个叛徒，这是绝对不被允许的，从得知她倒戈的那一刻，他就想把她清除出去。只是，远在北京，所有的动静都必须小而谨慎，更况，那儿有他真正的敌人Andrew。

直到不久前，他，不，是他及他背后的派系终于搞掉了Andrew Chow， Andrew这次输得很惨，非但被踢回了马来西亚，甚至还遭到了降级回国的待遇。Emma本想着跟他一起回马来西亚，可Andrew却将她一人丢弃在了北京，独自回国办了手续。这让Emma在情感上与工作上都遭受了彻底的打击，故而，辞职，对她来说，是个最好的打算。

只是，在临走前，她要将自己对Andrew的恨意与对公司的不满悉数地报复。宋逸浚，就是她的目标，只可惜，她此刻已不再是傲然的玫瑰，她枯萎了，就若那花瓶里的白玫瑰一样，焦了大半。

但是，她有了一个新的目标：苏悦悦。

JSCT北京办事处中的阴谋藤枝在慢慢滋生，与此同时，德国总部技术部总监Mr. Jason与嬴绍杰之间的交谈也在和谐的氛围中进行着，直到Jason说起："Eric，有些私人问题想问你。"

"没问题。"嬴绍杰摊了下手，很随心地示意Jason他并不敏感于私人问题。

"是这样的，派遣到德国的工作合约是三年，公司在关心员工发展的同时，也同样关心员工的家庭问题。不知道你太太，哦，或是你女朋友，会不会很在意？当然，这纯粹是个私人问题，公司不过是希望员工的个人情感问题不要影响到工作。不过，如果你结了婚的话，也可以接太太到德国暂住，我们会办妥相关的手续。"

Jason说话的时候，极其谨慎地探寻嬴绍杰的婚姻状况，虽然在人事档案中，嬴绍杰依旧是单身未婚的状态，但Jason自然认为像嬴绍杰这样仪表堂堂的中国人即便没有家，也会有很多的狂蜂浪蝶吧。

"我并没有成家，也没有女朋友。"

"哦？"

Jason拍了下嬴绍杰的肩，诡秘地朝他挤眼笑笑。要知道，派遣中最敏感的话题也就是家属问题，尤其是公司需要支付额外的家属费用，如此的话，成本也会上去不少。嬴绍杰既然亲口说了没有家属问题，Jason自然就少了担忧。只不过，他心里头并不信这么优秀的中国男人会没有女朋友，或是说"情人"。

"我说的是实话。"

嬴绍杰心里闪过丝犹豫，但答得却是很快，在男人面前，他并不口吃，敏捷的思维让人更生了钦佩。Jason又问了嬴绍杰些问题，谈话将近尾声的时候，突然有人敲了门并大步地走了进来，嬴绍杰与Jason见了来人，立刻起身道："Mr. Wagner。"

Wagner是JS集团通讯部中国区CEO，示意两人坐下，自己则随意地寻了桌角靠上去，说道："Jason，对不起，本来我答应把Eric放给你的，但是，我突然有个很重要的项目需要Eric

帮忙。”

“项目？”

见Wagner面色凝重，嬴绍杰猜想这项目一定十分棘手，虽然Jason是JS集团通讯部技术总监，但自己此刻的身份依旧归属JS集团中国区，技术部所有区域经理直接向Wagner汇报，故而，可以说Wagner是给嬴绍杰发薪水的真正老板。同时，也是Wagner亲手将他提携到JS华东区总部通讯技术经理的位置。

Wagner与Jason是多年同事兼老友，加之两人又同时受同一老板提携，所以，Wagner在Jason面前并不避讳：“JSCT重新洗牌。”

“JSCT？”

之前，嬴绍杰就听说JSCT最近会有人事变动，原以为只是北京办事处经理Andrew Chow被踢回马来西亚，没想到，这背后还会有更多血雨腥风。

“是，你的老东家可是不安稳啊，项目分公司本就难以管理，也最容易出状况。”

这是事实，上一次的大波浪才过去两年半，想起那一次，嬴绍杰记忆犹新，也就是大波浪之前，Wagner将他这个技术强将调离了JSCT到现在的位置。而这一次，Wagner却要亲手置他于风口浪尖，不知浪过之后，又能有多少人可以平稳地留在JSCT？关于这场即将开始的战斗，他虽然并不知晓原来是这么暗涌波澜，但能够感受到这场战斗的背后隐藏了JS集团中国区最高层的暗斗。

“Eric，你们中国人有个成语。”Wagner抬手做了个手势，继续道：“明修栈道暗度陈仓。”

Jason在一旁并未听懂，而嬴绍杰已然闻到了这场即将到来的办公室政治斗争的血腥味。三人在会议室里谈论了很久，会议室外的“已占用”牌子醒目地标识着。当然，谁也不知在这看似平常的会议中，一个隐匿的计划正在孕育而生。

下午的时候，嬴绍杰独自站在总部大楼一处偏僻的茶水间，这儿有JS集团最好的咖啡，醇香留齿，外加几块蓝罐曲奇，很好的下午茶。“S项目”，一个并非子虚乌有的项目，只是，在这项目之后，有太多的复杂。嬴绍杰喝了口咖啡，透过全自动升降的百叶窗眺望，一片绿色，甚是明亮。

平凡点，或许就没有这么多的烦恼。

“绍杰。”

刚抬起咖啡杯要再饮一口，听见熟人相喊，自然侧脸回头，眼里闪过丝惊愕。宋逸浚不是在香港吗？怎么会突然出现在北京？或许，JSCT内部已经有些风声了。

“没想到你也在北京。”这话本该是嬴绍杰说的，然而面前的男人却已先开了口，嬴绍杰沉声应了。

“她给我电话了。”

娴熟地按了咖啡机，声音混在了机器的杂音里，但嬴绍杰却听得清楚，手里的咖啡杯端在半空半秒又抬起放置唇边。

见他不语，宋逸浚淡淡一笑，直待咖啡完全落入杯子，方才继续说道：“你……是不是在和苏悦悦谈恋爱？”

嬴绍杰心中一愣，他一定是听了那个女人的话，过来探口风的吧。其实，自己和谁在一起重要么？他们之间已经成了过去，被她伤怕了，他不想再尝试。

“JS集团是不容许员工间谈恋爱的。”他继续探口风。嬴绍杰不置可否，一口吞了块曲奇，宋逸浚朝他瞥了眼，放下并未尝过的杯子，走近嬴绍杰，说道：“我想追她。”

“你？”

一个激动，没有嚼碎的曲奇粉粘在了喉咙里，嬴绍杰赶紧补了两大口咖啡进去，这才没有呛出来。他不得不承认，在宋逸浚面前，他还从来没有这么窘迫过。

“苏悦悦是个不错的女孩儿，虽然不够漂亮，但够单纯，这样的女孩儿很适合娶回家。”宋逸浚的理由自然是事实，但嬴绍杰知道这事实若是出自宋逸浚口中，断不是这么简单，便问道：“你刚还说了集团的规定，现在怎么突然想到要追求她？”

“你喜欢上她了？”宋逸浚淡笑道，嬴绍杰正要否认，只是差了半秒，再次被宋逸浚的话给夺了先机：“女人的直觉果然很准。”

宋逸浚端起咖啡杯只是喝了两口，放到桌上：“这儿的咖啡虽然不适合我，但偶尔换一下，也是无妨。”

说完，男人转身离开茶水间，淡淡的香水味尾随而去，只是才走出两步，身后却传来并

不甚强烈的警告声："别耍她。"

"呵。"脚步停住了，那缀在唇边傲然的笑顷刻化作卑微，心，隐隐地涩痛。在他的眼里，不，在大多数人的眼里，他都是一个靠女人上位的男人，所以，他需要一种内心的平衡，只有如此，他被掏空的尊严才能被重新拾回。然而，随着时间的推移，他发现自己似乎更空虚，更孤寂，更迷茫。

苏悦悦，没有其他女人的物质欲且为人单纯，最重要的是，他有把握很好地控制她。他需要这样一个人，至少，此刻的内心告诉他，这样一个女人能够填补他失去的。另外，嬴绍杰刚才的在意感，也更激起了他追求苏悦悦的欲望。不知道为什么，能够超越嬴绍杰，似乎是他内心深处一直隐藏着的夙愿。

第二十四章 暧昧的“同床”夜晚

下班之后，嬴绍杰本打算回酒店取了行李自己再寻个酒店过夜，Jason非要与他吃晚饭，折腾到了九点后，才找了托辞回去，但未想刚至酒店，天便落起了鹅毛大雪，这样一来，出去寻找酒店的事定是要落了空。嬴绍杰尴尬地打电话给苏悦悦，只是苏悦悦却始终没有接电话。到1314房间的时候，嬴绍杰为了不打扰女孩儿的私密空间，按了好几次门铃，并在外头等了好一会儿无人后，这才进了房间。

她没有回来。

房间里，没有她的半点痕迹。

嬴绍杰突然有了担心，甚至责怪自己怎么没有和她打个电话。她是第一次来北京，虽然这儿的治安不错，可是一个女孩子到了九点多，不，都快十点了，还没有回来，这让人忧心。

他开始等待。

抬手看表，拨打手机，踱步走动……，他都做了，反反复复，只是苏悦悦却始终没有出现，在某一刻，他甚至焦虑地想要去打报警电话，但拿起电话的时候才发现这还不到报警的时候。

这丫头到哪里去疯了？

冷不丁地，他骂了一句。只是骂完后，又开始了担忧。这份担忧的背后，他似乎有些莫名的感觉，自己为什么对她这么在意？下午的时候，宋逸浚说了那样的话，要不是在公司里，要不是他们之间的关系，自己早把他狠揍了一顿。

感情？

难道说自己对那傻丫头产生了感情？不会的，自己怎么会再喜欢上一个人呢？自嘲地笑了笑，爱情，惹了一次，被伤了一次，那就不要再有第二次了。他坚信自己在生活上，工作上是个坚强的人，只是在感情上，他输不起，也伤不起。

“哦耶，终于搞定，晚安哦。”

忽而，门锁开了，他听到了她的声音，正要从地毯上起来，就听外头是宋逸浚的声儿。

“好了，加班这么晚，还这么开心。明天我要回去了，你自己好好小心，别太晚睡。周四，我还有会要过来，到时候检查工作。”

“长官放心了，北京这儿的事就交给我了。”

“睡吧，好梦。”

“你也是，晚安。”

他们间的话语不似上下级，反倒更像是朋友。门在隔了几秒后关上，嬴绍杰刚要和苏悦悦说上句话，只是还没张口，就听到敲门声。

门再次被打了开来，嬴绍杰半起身子，听到外头两人继续的话语。

“怎么了？”

“刚收到一周天气预报，之后几天都会有雪。”

“真的么?！”

苏悦悦兴奋得若孩子般反问，对方的话语却是极尽温柔，仿佛在与撒娇的女友调情：“瞧你，如果我在周五看到一份完美答卷，那就和你一起堆雪人。”

“是不是真的？”

“要拉钩盟誓吗？”

几声清笑，两人同时压低了声，约莫半分钟后，这才又关上门。嬴绍杰显得很不安，这种不安来自下午宋逸浚与他的对话，听此刻宋逸浚的话语，他知道，追苏悦悦不是随口说的，这步子已经迈了开来，而且，听那傻丫头的乐声，分明已经朝着设下的局里慢慢地步去。

他就是女人的杀手，他知道如何能够讨女人欢心，他自己清楚这一点，嬴绍杰也同样清楚。

“嘿嘿，堆雪人。”

傻傻地捂嘴笑着，苏悦悦转过走廊，把包随手丢上了床，刚准备脱下羽绒服，忽而，面前竖起了“擎天柱”。

“啊！！你，你，你……”这家伙不是说自己找酒店了么？怎么这个点儿还在房间里？拿起握着的手机朝他晃了好一会儿，说道：“怎么还在这儿？”

“大，大雪。”

他本有好多话要说，也很想好好地和她解释，但瞧见浸没在快乐中的女人见他仿若见了瘟神一样，心里就特不是滋味，此时此刻，肠胃泛酸，特别地泛酸，似乎像个孩子一样，非要和她作对。站着，沉默不语。

“喂，嬴绍杰，你是不是故意的？诱骗我和你拼房。”苏悦悦撅嘴打量起嬴绍杰，对方眉头锁得极紧，仿佛她苏悦悦欠了他车钱一样，于是，便又道：“不说话就是承认了，你不去找，我自己去找了。”

“站住！”

他突然下了命令，声音沉沉的，苏悦悦一愣，什么时候他这么凶了，凶得好似自己做错了什么？对了，他凭什么对自己凶？她是他的客人，算是一个居民村上的村友，大不了再多添一层同事的关系，还有呢？朋友？他是自己的朋友么？

苏悦悦想不通，不是她朋友，不是她恋人，也不是她长辈的男人哪来这么大的权利朝她下命令？只是，未待苏悦悦展开反击，嬴绍杰已从她身前走过，拉起行李箱朝门口走去。

她眨了下眼，之前满腹的牢骚倏忽地吞没了。从她身旁经过的刹那，他眸角处些许的黯然像根细小的针般将自己的心扎了下，扎得有些疼，但又不知是为什么疼。

“这个。”小心翼翼地试探了声，他果然停了脚步，她趁机又说道：“和你说着玩儿呢，这么晚了，外头还下着雪，就和我拼房吧。”

他站着，背影卓然，只是覆了层薄薄的阴霾。苏悦悦说不出心里的感觉，就觉得他好似电视剧里被挖了心的男二号一样，让人看了心疼。

“我说你啥时候把你经济上的小气如此淋漓尽致地发挥到了精神上？”冷不丁儿地还要提一下他的“吝啬”，苏悦悦走到他身后，想要去拿他的箱子，手不偏不倚地抓了他的腕。他一愣，转身看她，长廊一下变得局促，突破了个人距离后的两人，迅速地从苏悦悦的单方独白变成了静静的对视。

一秒，两秒，三秒……

温度从二十六度起跳，一下，又一下，越过了三十七度，四十度，慢慢地，有些热……

两剪斜影就似月食，渐渐地，走向重叠……

“喂！不许吃我豆腐！”在长剪影盖过短剪影的刹那，苏悦悦一拳打在了他的胸口，把他本借着寂静突上的勇气一下打回至了心里。

吞了下口水，女孩儿一溜烟进了卫生间，把门锁上，使劲地冲洗自己的脸庞。嬴绍杰回到了床畔，他已无了再离开房间的理由，只是不经意地看了眼卫生间，十公分的缝隙正巧碰上她洗完脸，湿漉漉地朝外头看的目光。

窘迫，依旧是窘迫，只是窘迫之余，好似有些撞怀的异样。

接着的一个小时内，两人不言语，只是先后依次进洗手间洗漱了番，直到大家都回至床边，苏悦悦才把所有的大浴巾浴袍统统地放到了床中间，顺便，还指挥嬴绍杰将备用的一床被子从柜子里拿出来，如此一来，才好一人一床被子，正式隔离。

记得学生时代还有“三八线”一说，好久没有运用了，苏悦悦把所有能够堆起的东西堆到了床的中间，振振有词地对嬴绍杰说：“我警告你，晚上你睡你的，我睡我的，你要敢对我无礼，我就用这个砸你。”

她晃了晃手里的应急电筒，摆出一副不可侵犯的模样，朝嬴绍杰威胁道。嬴绍杰摊摊手，钻入被子，关了自己那儿的床头灯睡了起来。

苏悦悦盯了他好久，确认没有动静后，这才躲到被窝，手里像抱着娃娃一样，抓着应急电筒不放。

只是夜深了，人却似乎更难眠。

“哎，你睡着了么？”她试探地问。

“快，快了。”

“等你睡了，我再睡。”她又追了一句。

“哦。”

“对了，我今天看到Emma的桌上有本心理学杂志，上头说口吃是可以治好的……”她说了好些话，想要告诉那男人口吃是可以治好的，在她看来，嬴绍杰要不是口吃的话，那他就剩下抠门这个坏毛病。说着说着，男人没有反应，她侧脸看了下，确认对方似乎已经睡了，把怀里的应急电筒抱抱紧，这才安心地睡了起来。

第二十五章 “大项目”经理登场

第二天，嬴绍杰睡得并不好，因为总觉得身下好像搁了什么东西，醒来后才发现，原来苏悦悦跨过“三八线”睡到了自己身边，而手里抱着的应急电筒也不知怎的到了自己背后。抓住了元凶，可忍不住被她婴儿般的睡容吸引。

手放在嘟着的嘴边，身子则蜷在一起，心理学上说，这样的睡法是缺乏安全感。她虽然表面乐观坚强，可内心却是渴望有人保护自己。应急灯？嬴绍杰哭笑不得地看着她的“防狼器”，不由添了份淡淡的怜爱。

离开房间的时候，嬴绍杰有些不舍，为了不打扰她继续的熟睡，他并没有惊动她，只是带了行李下楼用了早餐后便直接去往机场。

苏悦悦醒来后发现自己睡错了地方，一下子从床上蹦起来，四下寻找嬴绍杰，这才发现他已不在房里，桌上留了张字条，说是赶飞机去了，让她记得周五的时候别忘了付房费。苏悦悦一叉腰，骂起嬴绍杰这抠门的家伙，霸王了她的床，居然还霸王了她的房费。

她莫名地生气，气他这样的不是，又气他那样的不是，最后，望着昨夜他们撞邪般差点接吻的走廊，心跳得厉害。

只差一步，只差这一步他们的关系就会变得不同寻常，可也就是这一步，没有迈出，便就保持了他们此刻的关系。

房间因为少了个人而显得大了很多，那留了十公分缝隙的卫生间也不再需要什么遮掩，现在，这儿只剩下她一个人。也不知那家伙什么时候的飞机？苏悦悦默默地步到窗帘前，一架飞机在遥远的那头飞过，目光一起游移，一份牵挂无形地拴上，心里酸涩，嘴上却还逞强道："回头找你算账！"

早餐的时候，苏悦悦碰巧遇到了宋逸浚，两人一同用餐后便一人去了JS集团总部，一人去往机场。分别的时候，苏悦悦看到有辆极其高档的车来接宋逸浚，起先她不知那车是什么牌子，直到出租车司机嘀咕了句"还和我抢道，看样子宾利也就那样"。宾利是很贵的车，究竟有多贵，她并不知道，只是听于小佳说过，能嫁个宾利男就好了。

虽然苏悦悦这次是只身去JS集团总部，但Emma待她却特别好，苏悦悦有些不解，心里琢磨是不是因为宋逸浚没有出现，这才使得她们之间不再冷漠。从周二到周四，Emma与她的交接都非常顺利，甚至还请她在公司外头吃了顿午饭。这让苏悦悦心里的防线松了很多，饭后与Emma步在路上，忽而，见到一辆奢华的车子从JS集团驶出。苏悦悦突然忆起那辆车似乎就是周一在酒店门口看到的车子，不禁嘀咕："宾利。"

只听身旁的女人，冷哼了声："凤凰男。"

苏悦悦"嗯？"了一声，问道："Emma，谁是凤凰男？"

Emma立刻扫了脸上不屑的神情，掩饰道："我没说什么。"

苏悦悦心思她明明是听到了Emma的嘀咕，只是她为什么会否认呢？凤凰男这词可是贬低男人的词，她这么说，一定是在说个男人。

手机忽然响了起来，苏悦悦微笑一下接起电话道："喂。"

"是我，Kevin，你怎么不在办公室？"电话那头是宋逸浚好似山涧清泉般的声音，苏悦悦听到，先是一愣，立刻想起他说过自己周四要来，赶忙答道："哦，Emma请我去吃午饭了。"

"那你慢些走，我去开会了。"

"哦。"

苏悦悦还期盼电话那头的男人多说两句，可对方却已匆匆地挂了电话。倒是Emma在一旁调侃起来："怎么？他是来监督你工作，还是监督我工作？"

"呵，可能没看到我们所以才问问的。"

“是么？”

Emma心中暗笑，他的监督怕已来得太晚，她要做的早已做了，以女人的直觉来看，宋逸浚对这傻傻的苏悦悦怕是有些“特别”，这种特别应是男人对待女人的特别。至于为什么会有，她并不关心。这样更好，自己拉苏悦悦这个垫背一起死，还能让那个男人承受痛苦。

职场，从来都只有血腥。她是失败者，可即便如此，她也要拉人一起沾上片血腥，因为看着初入其中的新人被职场中无情的剑扫得体无完肤，她会有种莫名的快感，此时此刻，她甚至能够臆想出苏悦悦被公司辞退时，眼角流下的泪水。

真好，真是太好了。

想到这儿，Emma冷冷一笑。

下午的交接内容显得很平淡，只是苏悦悦放文件夹时不小心将Emma的水杯打翻在地上摔碎了。这只水杯是Andrew送给Emma的，一只很贵的骨瓷杯子。Emma嘴上说没事，离开个岗位，摔碎只杯子是个吉利的事儿，心里却发着狠劲地诅咒苏悦悦被公司炒了。

五点不到的时候，Emma接了个电话，说是家里有事儿就先走了。苏悦悦心想自己不是领导，再说JS集团总部包括JSCT北京办事处都属于弹性工作制，便也不说什么，与她说了再见后，回到座位上将今天交接的内容都过了一遍。她是细致的，作为一个新人，她必须保持着积极的工作状态与工作热情。

反正是一个人，无牵无挂的。

“拜拜。”

IT部的厚眼镜片儿男同事朝她打了招呼后离开了办公室。苏悦悦这才发现日光灯早已盖过了外头的色彩，偌大的办公室只能看到一片空着的座位。

七点了。

不知不觉，竟然已经七点了。

这儿是北京，她不需要拼车，也因为这个理由，她已经好几天找不着理由向嬴绍杰发短信。每每拿起手机的时候，就觉得自己没理由找他，于是，又将手机撂在桌上。此刻的十秒钟内，她又做了这个毫无意义的动作。

“苏悦悦小姐，现在已是北京时间晚上十九点零五分，你的老板我，勒令你下班。”

手才放在键盘上，宋逸浚已站在了座位前，抬起手腕将表面朝向苏悦悦。今日与以往不同，他穿了件浅米色毛衣，外头一件格子内里的皮风衣，淡淡的皮草味道显得有些奢华。苏悦悦许是因为在空调间里热的，脸色绯红，见宋逸浚关心自己，不免又红了些。

“走吧。”宋逸浚佯作收拾苏悦悦的东西来，苏悦悦这才忙着起身，赶紧结束今日的战斗。北京的冬季与东部是不同的，飘落在地的雪会堆积在一起，干干的，踩在上头会发出嘎吱的声。苏悦悦觉得好玩，走着走着，便朝无人走过的深雪处踩去，宋逸浚看着她的背影，淡淡地笑过。

忽而，心头涌上个恶作剧，宋逸浚朝那欢快的背影喊了声：“你踩化粪池了。”

“啊？啊！”

“白绵羊”一转身，插在雪地里的脚未跟着，人直接栽倒下去吃了口雪，宋逸浚见惹了祸，赶紧过去将她扶了起来，眼镜落在了雪地里，苏悦悦嘟嘴道：“完了，这下臭死了。”

手摸了把脸上残存的雪，放到鼻子下猛地吸了口，丹凤眼闭得极紧，好似真的很臭一般。宋逸浚被她憨傻的模样惹得不禁笑开：“和你开个玩笑还当真了，摔疼没？”

“呃？玩笑？”

苏悦悦一下坐了正，因为少了眼镜，视线很是模糊，丹凤眼眯成了条缝，模样更添得份可爱。宋逸浚拾起落在雪地的眼镜塞她手里，小心翼翼地扶起她，说道：“好了，我以饭赔罪，一会儿再以身来堆雪人，这样总成了吧？”

“哦。”苏悦悦傻乎乎地应了声，接着又慢八拍地憨笑了起来。这一刻，宋逸浚突然意识到自己或许真的开始喜欢上了她。历经各种女人，她是他见过最没有心机的女孩儿。都说眼睛是心灵的窗户，她的眼睛虽然没有那般大，可却是清澈若水，不染半点的污浊，仿似都市的物欲横流丝毫没有影响到她的纯净。她有的，他已不再有，因而，他想有她。

晚饭吃得很便宜，那是在离雪地不远的一家餐馆，吃的是北京炸酱面。这是宋逸浚半年来吃得最便宜的一顿晚饭，与奢华搭不上边儿，甚至连小资都算不上。穿着皮衣，长相俊朗的宋逸浚引来几个学生模样的女孩儿注目，他只是习惯性地保持淡淡的笑容，吃面的样子也很文雅。苏悦悦并不看他，大口地吃着“传说中的北京炸酱面”，说道：“很好吃。”

“是啊，挺好吃的。”

“呵呵，我和你说吧，其实我做的面也很好吃，超级筋道的。”

“是么？”他问道。这么说，她还是个下得厨房的女孩儿。

“是啊，以后有机会做给你吃。”苏悦悦笑着答他，他则接了话题说道：“看样子，你男朋友的胃被你绑得很牢。”

其实，他心里清楚苏悦悦并没有男朋友。

“我没有男朋友。”转了下手里的筷子，苏悦悦的笑容不甚自然，或许，在小猫面前，她并不觉得如何，可当一个男人，还是自己上司问自己时，多少有些尴尬，甚至有些小小的自卑。长这么大，都没有谈过恋爱，或许是自己长得不够漂亮吧，连一个追求自己的人都没有，每次宿舍里就剩她一人的时候，都会有些孤单。而当自己步入社会后，苏悦悦发现其实交际的圈子变得愈加狭窄，不用说被人追求，就是知心的小姐妹也几乎找不到了。

“你爸妈不催你？”

“催我？”苏悦悦将最后一根面条吸到嘴里，擦了下油油的嘴，说道：“不催，不过，我也不知道，或许心里也着急吧。”

过年回家的时候，爸妈偶尔会谈起谁谁谁家的女儿要结婚了，某某，那个当年不起眼的小胖墩女孩嫁人了，当然，总体说来，他们的态度还算宽容。不过，或许过个一年两年的，他们就得催上自己。苏悦悦想，工作，结婚，生孩子，人生就是在一条被设计的轨迹行走，即便再丰富，大部分人还是要回到原点。

宋逸浚不再绕在这话题上，对他而言，这些信息已经足够多了。随意地扯了些其他的话，买单后便与苏悦悦一同出了饭店。

“你没要发票？”

已经到了那片无人惊扰的雪地，苏悦悦突然惊恐起来，宋逸浚则不然，耸耸肩道：“才几十块钱而已。”

“哦。”

“怎么？你不会告诉我，你要放弃这片儿大好的雪地，跑回去要发票吧？”宋逸浚卷了衣袖，开始滚起雪球来，苏悦悦愣了愣，方才加入堆雪人行动中。月光朦胧，路灯却将天作的遗憾补得完美，两人欢声笑语，互相协作，终于在一个半小时后完成了巨作——冰雪版懒羊羊。

“瞧瞧，我说这一坨可爱吧。”苏悦悦搓着手，自我欣赏地看起冰雪懒羊羊，宋逸浚却在一旁道：“老听你的手机铃声，以为你喜欢喜羊羊，没想你非要堆个懒羊羊。”

苏悦悦一挤眼，凑到宋逸浚身旁，说道：“报告老板，我在工作上是喜羊羊，在生活上是懒羊羊。”

宋逸浚忍俊不禁，这形容倒是有趣，与苏悦悦的性格该是妥帖得很，刚才她一味地说要做懒羊羊，幸好自己知道懒羊羊的模样，加之学生时代又很喜欢艺术手工的课程，所以，冰雪版懒羊羊很快就成了型。

“嗨，你快看呀，懒羊羊。”

“妈妈，有懒羊羊呀。”

两人正在欣赏自己的杰作，本是寂静无人的小径引来了些路人，尤其是一四五岁模样的女孩儿见着懒羊羊就直往这头跑，得知懒羊羊是“眼镜阿姨”和“风衣叔叔”做的，非央求自己的妈妈给大家来张合照。这是一张极温馨的照片，苏悦悦看到照片后，请那女孩儿的妈妈蓝牙传给了自己，宋逸浚也趁了机会得了照片。

“你说，它能保留多久？”

“一天？说不定明天就被铲了。”

“不对吧？我们堆得好辛苦。”苏悦悦听到宋逸浚的话，鼻子不由一酸，伸手去摸懒羊羊的一坨“头发”，只是在放了不过半秒，手背已覆上了热热的掌心，紧张地侧目，却迎上他温和的目色。

“或许两三天，或许一个礼拜，或许，它成了北京街道的冰雕艺术，得保持一个冬季。”

他的风趣将女孩儿欲掉的泪珠子锁在了眼眶中，暖意透过掌心递向她的心底，如果说，为了某个目的，他要追求她，此刻，这目的变得渺茫，而追求她的动机则更单纯。天太冷了，就若自己的心一样，冷得久了，也需要温暖，能够温暖自己的，一定是份暖阳，而面前这个普通的女孩儿，就是他的暖阳。

坐上回酒店出租车的时候，苏悦悦回头看了好几眼，宋逸浚知道这女孩儿的心思是系这

上头脱不下来了。

周五一早去JS集团的路上，他故意让出租车带着他们拐到了昨夜堆懒羊羊的地方。也不知是谁，竟给懒羊羊的脖子里围了条黄布，远处一看，更是栩栩如生，这让苏悦悦开心了一整天。Emma问她什么事这么开心，她本想说出来，可思及与宋逸浚的关系，便又缄默不语，说是秘密。Emma暗暗嗤笑，她才不在意这个傻憨的女人有什么秘密，权当她一个人发痴罢了。今天是她Emma最后一天待在JSCT北京办事处，该办的手续全都办了，下午的时候，宋逸浚特意过来查了她的交接情况，她当着他的面，将JSCT的员工卡往他胸口一按，轻蔑地讥笑道："宋逸浚，希望我的今天不会是你的明天。"

话声很响，调子里充满了嘲意，整个办公室的人都不约而同地朝向这个角落，因为当事人彼此对视，默默围观的人只能通过内部电话的方式小声议论。

"谢谢你的关心。"宋逸浚看似极平静，将Emma的员工卡收入手中，继续道："好运。"这让Emma咬牙切齿，原想自己最后一次的挑衅会让对方难堪，然而，此刻难堪的却是自己。冷哼一声，Emma瞪着气急的眼睛提包离开了JSCT，不带走最后的祝福，更未留下一句"拜拜"。

苏悦悦吐了吐舌头，倒吸了口凉气，Emma走了，她和这个女人交接了一个礼拜的工作，从很差的印象到还算不错的同事关系，没想到，自己没有来得及祝福她一下，瞬息之间，她们已从同事沦为了陌路人。

职场，真的好怪，它就像南方的夏季，忽而暴雨连连，忽而阳光四射，哪怕只是街的对面，阴雨与暖阳都可能同时存在。

拼拼拼爱

第二十六章 醋意恣意横流中

八点了，对面的灯还没有亮起，轻吸了口气，举起杯子想要喝口水，忽而发现，透明的杯子已经见底。这几天，他都没有像往常一样喝上杯咖啡，因为自己失眠了，从北京回来后，事情接踵而至，先是外甥滔滔回家的事因为手续的问题，总是迟迟地得不到解决，联系的律师朋友又给了他负面的消息，说是自己想拿回抚养权可能性几乎不存在，这让他显得无所适从。除却此，连着几天没看到对面的灯，心绪也更不宁。

上班的时候，他习惯地在小区里停留一会儿，只是每天都会定时出现的女孩不曾出现，下班的时候，他亦会习惯地在电梯里看一眼JSCT她工作的楼层，甚至会期待停在那一层的时候，戴眼镜的女孩会莽莽撞撞地走进来。

只是，这些已经养成的习惯只是独属于他一人，曾经想打个电话，或是发个短信问问那丫头怎么没个信儿，然而，拿起手机的时候，自己却又反复地告诫自己，她不过是搭车的伙伴，JS的同事，仅此而已。

“呜……呜……”脚边毛茸茸的小浴缸用小胡子蹭了他的脚，讨宠地想要再得些零食吃吃。淡浮了笑意，放下水杯，弯身与小浴缸道：“你的悦悦阿姨还没回家呢。”

小浴缸若有所思了小一会儿，继续呜呜地蹭起了他。为了满足这只调皮的小家伙，这些天来，他可没少花心思，被它这么一挑弄，他便心软地放下水杯拿些零食。忽而，目光瞥见对面的灯亮了。滞在原处，人似乎一下子轻松了下来，嘴角勾起一道弧线，可倏忽之间，那笑又凝住了。

两个人影？

是谁？

会是谁？

是小猫？

不，不是，那影子修长，该属于一个男人。难道是他？一把拿起手机，迅速地拨了号码，那头的音乐立刻响了起来，不过几秒的工夫，对方接了电话，说道："怎么了？"

"你在北京？"他故意这么问。

"刚回来。"对方答得不带迟疑。

"已经回家了？"他又追问，只是这一次对方并没有马上回答，身后传来她的声音："都说别破费买这么大个儿的懒羊羊，我得放哪儿才好呢？"

"你等等。"

电话那头的男人是聪明而狡黠的，他故意的停顿是让嬴绍杰听得清楚，适才站在窗前，早已扫见对面那栋楼的落地玻璃前站着一个身影。先前，他并不肯定嬴绍杰在朝这儿看，直到他打了电话，他这才确定，于是，便留了个空隙，让苏悦悦的声音透过自己的手机传递到嬴绍杰那儿。

"你们女孩子不都喜欢放床上吗？"宋逸浚答道，只是他的话语并非只为告诉正满屋子找地方放置的苏悦悦，而是故意用来说给嬴绍杰听的。

"你在忙的话，我就不打扰你，反正也没什么事，以后再说吧。"

他果然选择挂电话，宋逸浚看了看掌心里的手机，又往对面望去，窗帘已拉得严实，看样子他很不满电话中听到的话。他还是重感情的，被伤了一次，又往里头跳，这一次，自己不知道是真的和他争，还是在救他。

淡淡一笑，宋逸浚与苏悦悦说要走了，关照她早些休息，只见那女孩低着头在发短信，样子很认真，嘴里还在叨叨着什么，于是提了下声，她这才像被惊雷震到，忙与他道起歉来，涨红的脸煞是可爱。

宋逸浚看着她，眸色中让人无法抵御的魅力赢取了她的心跳，她喜欢他的眼睛，也和其他女孩儿一样爱看他的英俊，但这都仅限于偷偷地看，被他这么直视，自然显得不好意思起来。匆匆地选择和宋逸浚道别，立刻关上门，反复地告诫自己"领导是用来尊重的，帅哥是用来仰视的，帅哥加领导是用来尊重仰视的。"

虽然理由是歪的，但她说服自己不要往歪里想，像宋逸浚这么优秀的男人，自己又如何能够有非分之想呢？她只是他的下属，做好自己的工作，才是最重要的。深深地吸了口气，将屋内刚才他留存的气息一并吸入鼻中，好似将北京一起堆懒羊羊的片段，藏在心里，关上门扉。

周一的时候，黑色Polo车往美丽花园门口驶去，忽而，一个白绵羊晃着臂膀，拦在了车的右前侧，男人一惊，赶紧刹车后下来看那白绵羊，说道："撞到没？撞到没？"

"我说你个花瓶鼻子，我周五给你发短信了，你怎么不理我啊？我可是和你有合同的，莫非你想毁约不成，在北京的时候就霸王我的房……"

她一说话，尤其和他说话的时候就像泄洪的水一样，气势大而凶猛，毫无停顿之意，而他自然招架不住，不顾周围人的目光，一把拽着她塞入车中，启动车子。

苏悦悦被他突然的野蛮举动一吓，半晌子没出声，直到车行了一会儿后，才缓过劲来，说道："你咋这么野蛮？"

赢绍杰斜眼看了下反光镜，她正双手抱胸，一副气鼓鼓的样子，为了战火升级，故意保持沉默。只是男人的思维总与女人有差异，当男人故作姿态地保持默然的时候，女人便非要与他斗争到底，直到对方被自己凌厉的责问打倒在地，真正到了无言以对，女人这才会以得胜的姿态鸣金收兵。

"今天是周一，还有几天才给你搭车钱呢，居然就不载我了，看到我还开溜。怎么，怕我来追讨你的房钱么？抠门的家伙，真是的，我都给你发短信了，你都不理我。幸亏我大清早在这蹲点儿，不然，你非溜了不可。"

"你发，发短信了？我，我没收到。"

"不用质疑我，我有证据的，手机上写得清楚呢。"苏悦悦翻找起来那条短信，找了好一会儿才发现自己犯了错误，编了好久的短信竟然存在了草稿箱。现在回想，应是当时因为送宋逸浚，所以情急之下按错了。脸嗖地一下红了，摆弄起手机，故意装作还在搜索。赢绍杰瞧着后视镜里的女孩儿，就知道那条被提及的短信八成是发岔了。

她，默然了，佯装看起外头的风景。

他，亦跟着默然，佯装认真开车。

直到到了停车场的时候，嬴绍杰才开口说晚上把小浴缸送还给苏悦悦，苏悦悦立刻将他重新刮目到“仗义”的角色上。

离开JSCT一个礼拜，办公室的一切都没有变化，只是于小佳却把苏悦悦拉到了很角落的地方，压低了声儿问道：“喂，问你个问题，你要如实回答。”

“什么问题？”苏悦悦一愣，于小佳向来都很八卦，她要问的问题自然不会关于工作。果不出所料，一听苏悦悦应承，便立刻问她关于Emma的事情。苏悦悦只是摇摇头，虽然自己在JSCT初来乍到，但职场中有一条就是不传他人是非，她是非常清楚。在之前一家公司，办公室的一位年轻同事将遇到中层和一漂亮女人暧昧地看电影的事儿与人说后，一传十，十传百，成了全公司皆知的秘密后，最后自己就莫名其妙地在公司“人间蒸发”。后来，知情人士说，那是被炒掉的。那一次之后，苏悦悦对于公司这类事，能避就避，因为一旦沾惹，一句不经意的话都有可能让人丢了工作。

JSCT这么大的企业，内部关系盘根错节，苏悦悦更不敢在自己三个月的试用期内出什么岔子。

于小佳在苏悦悦嘴里得不到半点儿消息，显得很沮丧，仿佛错过了一件极其重要的事，正要离开，忽而又想起了什么，赶紧再次压低声，说道：“对了，别人的事儿你不愿意说，你的事儿该和我说吧。我今天正好从侧门过来，看到你从……嘿嘿，那个钻石王老五车里出来，你们……”

“别瞎说，我们正巧顺路，我就搭了他的车。”

“哦……”于小佳若有所思地拖长了调子，继而又端详起苏悦悦，低喃：“又写信，又搭车，有问题。”

“好了好了，没问题的，你看我，脸不红心不跳的，能有啥问题。”苏悦悦正了脸色与于小佳说，只见对方摇摇头，说道：“你脸红了。”

说完，转了身就不再理会苏悦悦，苏悦悦一愣，赶紧看起镜子里的自己，果然脸红得很。自己这是此地无银三百两，分明把这事儿往黄河里推嘛！正要回头找于小佳回来解释，目光却遭遇了茹安心。

好怪的眼神，那眼神中似有一种敌意，只是在碰及她目光的时候，立刻转成了悦色，冲苏悦悦露了不甚自然的笑容，茹安心说道："北京之行还顺利吧？"

"嗯，挺好的。"

苏悦悦隐约地感觉茹安心的话意似乎并不在此，只是又猜不出她究竟为何对自己有敌意，于是也只能笑笑作罢。

从北京回来后，苏悦悦的活儿在无形中又多了不少，按照平日里做事的习惯，她有条理地把北京的事儿及自己分内的事儿一件件记清楚，想找Shelly谈谈。只是Shelly却好似在躲她一样，不是说有事，就是称要开会，总之，一天都见不到个影子。

苏悦悦不由想到了宋逸浚，然而，自己的这位帅哥老板似乎也玩起了失踪。好不容易挨到了下班时间，能够伸个懒腰，突然看见宋逸浚与Shelly一同回来，腾地一下站了起来，朝他们大步流星地走去，这才发现他们彼此的神情甚是沉重，本还在低语，因为她的出现一下停了。

"你找我？"宋逸浚问道。

"不是，我找Shelly。"

苏悦悦看向Shelly，Shelly笑了笑，与宋逸浚打趣道："呵，Kevin你也有自作多情的时候。"

"那我就先撤了，你们好好聊，记得一会儿的饭局。"

"OK，没问题。"Shelly笑答宋逸浚，先前两人脸上薄薄的乌云似乎顷刻就消失得无影无踪。苏悦悦知道虽然宋逸浚说了让她们好好聊，但他们之间还有饭局，那一定是工作上的晚饭，不然又怎么会说是饭局呢？北京的事虽然重要，可也不至于紧急，耽误领导饭局，这并不明智，因而只是与Shelly简要地说了北京的事。

Shelly似乎有些心不在焉，对苏悦悦已经精简扼要过的话总是用"嗯"来打发，这让苏悦悦的一腔热血打得剩了小半，最后，小吴还打了个岔，让Shelly签了两字，苏悦悦就更没有了说下去的热情，Shelly见她没什么话，顺道地说了句："你不在这儿的一个礼拜，我们都很忙，需要处理的事很多，Emma留下的工作并不多，你先替她做着。等我们都空些后，再好好开个会商量下究竟怎么办。”

“哦。”

这话的意思就是说，她一人得做两人的活，自己真的有些后悔，怎么当初就去了北京呢？自己这么一去，就把事给扛自己身上了。苏悦悦心里叨叨，下班上了车在车上继续叨叨，时不时地还问嬴绍杰当初怎么就没有和Shelly事先说好。其实，这一点，嬴绍杰已经给她做了提醒，如今吃了亏，他自然不能旧事重提，免得又惹了她不快。回到美丽花园的时候，嬴绍杰赶紧把小浴缸送还给了苏悦悦，动物疗伤是很有用的，在苏悦悦这么善良的女孩儿身上更是明显。

小浴缸边在苏悦悦的怀里撒娇地“嗯嗯”，边用小眼珠子瞅着嬴绍杰，继而盯着嬴绍杰递与她的狗零食，口水忍不住滴了下来。

“小浴缸，以后，叔，叔来看，看你。”

摸了摸狗脑袋，嬴绍杰与苏悦悦打招呼先回家，小浴缸却不舍起来，一个劲地蹬起苏悦悦来，在它看来，自己的主人应该是面前离开自己下楼的男人。他善良，他温柔，它用自己的狗鼻子就能嗅得清楚，只是，任它如何折腾，自己还是被悦悦阿姨给带回了小屋。

小眼珠瞥了下楼梯，又朝苏悦悦看了眼，耳朵摆了摆，若是他们住一起，自己该多幸福。

“小浴缸呀小浴缸，你可不能吃里扒外哦，阿姨给你好吃的。”

门，关了上去，他抬头看楼梯灯暗下，平静地笑了笑：“傻丫头。”

手机突然跳出条短信，这是那个女人发的，上头写得简单：“我在菲儿斯吧，醉了，你来么？”

醉了？

她想拿这个做借口么？她的酒量一直很好，又如何会醉呢？此时此刻的她，不是该与林子文在一起么？冷冷地嗤笑了下，比起楼上那个傻憨的女孩儿，她是多么让自己觉得不舒服。也罢，物欲横流的时代，她不过选择了适应这个社会。

两分钟后，手机再次收到了短信。

他只是看了看，塞入口袋，不再理会。

第二十七章 关于年终尾牙的八卦

夜色下，美丽花园的大门口，一辆奥迪TT按着刺耳的喇叭，急速驶了出去，保安大声地喝斥，周遭被吓到的路人齐刷刷地回头去看那车子的牌照，奈何连个尾数都未来得及看清，车子已遥遥而去。

“毛病！”骂声成了路人不约而同的话语。

接着的几天，苏悦悦的生活没有波澜，只是很忙碌，忙碌得把出差报销的事情给耽搁了，待到周五想起的时候，财务部却以申请单缺了宋逸浚出差批准而被退了回来。好不容易跑上跑下，终于找到宋逸浚把名签了，苏悦悦这才是放下了心里的一块大石头。毕竟，这是一笔极大的开销，足足地够她一个多月工资的钱。要不是之前存了点钱，她根本承担不起这份差旅费。如此，她也可以等下周拿了报销，将搭车费给付清。

同样，忙碌在JS集团华东区总部的嬴绍杰为了S项目的事，每天都会与Wagner开电话会议，并且会以私密邮件的形式为接下来的事情做部署。嬴绍杰努力地把工作控制在工作周期内，这样一来，周六就可以放下心思去公安局。许阳打电话来，说是滔滔会和其他被解救的小朋友在周六回来，想起那一年的事，嬴绍杰至今无法忘却，是他的错，一切都是他的错。

周五临下班的时候，JSCT发了年度尾牙的正式通知，说是两个礼拜之后，在洲际酒店举办年终尾牙，届时，JS集团通讯部的CEO与CFO都会亲临。

这一消息仿似一颗重磅炸弹瞬息之间就把JSCT所有的八卦渠道都给炸开了条道。合同

管理部门自然也和其他部门一样开始讨论了起来。

“Wagner已经有两年没来过JSCT的尾牙了。”任何一个八卦都脱不了于小佳的干系，坐在转椅上，把脚当作了桨，滑到了中间，好似要开讲一件很重要的事。

“JS集团通讯部有五家公司，他不来JSCT也很正常吧。”接话的是小吴，她正好将这个礼拜最后一份合同交给苏悦悦，顺道加入了讨论。

“对啊。有CFO在，他就不需要来了嘛。”

“哎呀，我说你们一个个都缺乏分析能力。CEO和CFO哪个大？”于小佳四下观察周围人的表情，不言而喻，在JS集团里头CEO与CFO名义上虽是平级，但手头的权利是前者更大，因为他掌握了销售，更掌握了技术。于小佳见众人的答案已经默然在心，便继续说道：“依据我的判断，这次CEO与CFO一同参加尾牙必定是……”

于小佳说到一半，手机突然响了起来，于是从椅子上跳了起来，故作神秘地朝大伙眨了眨眼，回座位去接电话。围着听她八卦的人寥寥地评论了两声，正要回自己座位，就听于小佳大声地说了句：“真的啊！”

众人齐刷刷地把目光投向于小佳，只见于小佳走到适才并未参与讨论的苏悦悦身旁，一边挂电话，一边拱了下苏悦悦的手臂，压低了声说道：“刚收到密报，你家钻石王老五要来我们JSCT。”

虽说刚才没有转身和着同事们听尾牙的事儿，但于小佳喇叭似的音调她也“被听”了一把。此刻于小佳突然一句“你家钻石王老五”倒是让苏悦悦一下摸不着头脑，见苏悦悦一脸茫然，于小佳又凑上她耳朵，说道：“就是楼上那帅哥，小样，别假装茫然。”

楼上那帅哥？

皱眉抬手指了指楼上，苏悦悦瞪起于小佳说道：“你是说他？”

“那是，你家还有几个帅哥啊？”

于小佳诡秘一笑，逗起苏悦悦，苏悦悦没好气地答道：“我和他只是认识，连朋友都算不上。”

“我才不信呢。”于小佳正说着，身后传来Shelly的问话：“于小佳，今日又有什么八卦要和Sue窃窃私语。”

"Shelly？"于小佳立刻直起身子看了眼Shelly，立马俏皮一笑说道："自然是说CFO要来的事。"

"当真？"Shelly反问道。

"那是，谁不知道CFO是我们Kevin，哦，不对，是我们部门的大靠山啊。"于小佳并不避讳，这事儿苏悦悦之前也有所耳闻，说是宋逸浚是JS集团通讯部CFO钦点的部门经理。

"知道就好，你们尾牙的时候可都得乖巧点。"Shelly笑答。

"那是一定的。"合同管理部门的同事们异口同声地附和Shelly，随后收拾了行头，准备过个愉快的周末。说实话，每到周五的时候，人就懒得干活，虽说年纪也都不小了，可像孩子盼假期一样，盼着个周末。黄金周是年盼，而周末则是周盼。

苏悦悦将小吴给的文件放到了架子上，也跟着大伙准时下班，因为一早上班的时候，嬴绍杰与自己说晚上有事，要早些回家，她也不好意思耽搁人家的时间，自然也就准点儿下班回家。

才上车，苏悦悦突然想起于小佳与自己说的八卦新闻，便问道："哎，问你个事儿，你可得老实说了。"

嬴绍杰发动车子，热了会儿车，便开出停车场，边道："问吧。"

"你是不是要到我们公司来了？"

"听谁，谁说的？"

虽然他打了个停顿，不过苏悦悦知道，这只是他口吃的正常表现，从他平稳的挂档动作与侧脸正常的表情判定，他似乎并不知晓此事，但却也不惊愕。苏悦悦也学着于小佳一样，探起口风道："就是听别人说的呗，谁像你，这么不讲义气。白天晚上都搭你的车，可这种新闻却是最后一个才知道。"

"呵呵。"

嬴绍杰傻笑了两声，那声听似憨傻，可却是默认了苏悦悦的话。看样子，这个家伙是真不声不响地要到自己待的公司了，苏悦悦从后座探过一半身子，仔仔细细地又扫描了番嬴绍杰的脸，想要好好地瞧瞧面前的男人是如何不动声色地掩藏自己的秘密。嬴绍杰感觉脸上有丝丝暖暖的气息，心不禁躁动起来，思绪不由得闪回到之前清晨她如婴儿般睡着的模

样，纯净得就若晨日中的甘露。

“滴———”

忽而，一声喇叭长啸而过，一辆白色凯美瑞飞驰而过，嬴绍杰的思绪猛地跳了回来。

“吓死我了，刚刚那辆车。你，你怎么没看见啊？就和我们差那么丁点儿的距离，五厘米，哦，不，三厘米。天哪，差点撞到我们！”

苏悦悦拍着怦怦乱跳的心，仰在后座，责怪了两句嬴绍杰，继而开始庆幸Polo没有和那白车撞在一起。

“别看我只是一只羊，羊儿的聪明难以想象，天再高，心情一样奔放……”手机铃声乍的响了，苏悦悦一看，是小猫打来的，赶紧接了起来，道：“小猫，你想我啦？”

“是啊是啊，想你这个大忙人了，进了五百强公司后，都不怎么给我打电话了呢。”小猫在那头调侃起苏悦悦，自从流产事件之后，苏悦悦除了问候身体外，很少再主动发些什么。当然，苏悦悦自然知道小猫的抱怨并非真的动气，只是找个理由，让彼此聚聚，于是，立刻主动道：“我去了一个礼拜北京，还没来得及和你聚聚。”

“北京？你去看故宫，逛颐和园，登长城了？”

“哪有？瞧你说的，我是出差。”

“一样啦。”

“谁说的，可不相同呢。”苏悦悦逐条理由地与小猫分析起来，直到对方开口约她去市区的“如果爱”咖啡厅喝咖啡，这才决定先收了部分的话题留与明天再谈。嬴绍杰此时亦长长地吁了口气，只是心里寻思，这傻姑娘怎么会这般快地知晓自己会去JSCT？看样子，JSCT在总部的眼线果是不少，当然，这是自己和Wagner早已预料到的事，所以，任何人问起或是谈及的时候，他都不会在意。因为，在这么一个庞大的世界五百强企业，只有被当成事实传播的谣言，与被当成谣言传播的事实。

职场待久了，看待事情的眼光也就显得坦然得多。嬴绍杰完成送苏悦悦回家的任务后，开车去往“星期五”西餐厅。

星期五西餐厅离美丽家园约莫有六七公里的样子，到那儿的时候，时间已近七点，与中餐厅不同的是，这儿虽已座上满席，但声音却是很低。

“对不起，先生，您有订座么？”服务生礼貌地问他，他点点头，独自走了进去。适才停车的时候，他已经看到了对方的身影，自然不再需要服务生引座。

“你很少迟到。”临窗卡座上的男人搁下手头并未点着的烟，示意嬴绍杰坐下。这儿是禁烟区，他只是习惯地拿烟，但并未点上，眉头偶尔闪过些犹豫。

“说吧，找我来什么事？”嬴绍杰的话语有些冰冷，因他所想，他与这个男人根本不该坐这儿吃饭，毕竟，他们间的关系已经破碎到无可挽回。没有了姐姐，昔日所有的温馨只是回忆。

“在五百强做了这么久，还是这么感情用事。”男人呵了口气，再次示意嬴绍杰坐下。

“于枫，明天滔滔回来，你现在找我是为了什么？”见后座的一个女人对自己瞧，嬴绍杰拢了下风衣坐下。

“小姐，点单。”

于枫并不理会嬴绍杰，兀自地喊服务员过来点单，服务员自是很热情地记单子，问及嬴绍杰的时候，热情撞上冰山，好一会儿后，面前冷峻的男人才点上个简单的意大利面。

“喝酒么？”

“我开车了。”于枫提出了喝酒，嬴绍杰毫不犹豫地拒绝。于枫双手摊了下，身子往后仰道：“滔滔要回来了，我想我们应该表现得融洽些。”

“和你？”嬴绍杰不屑地瞧于枫，对方点了点头，拿起一旁的柠檬水，朝窗外望去，平静道：“最近查了次身体，那个‘字’。”

“你是说……”他一惊，紧紧地盯着于枫。他神采奕奕，看上去根本不像有病的样子，怎么会是那个病呢？于枫的唇角颤微地挤出个笑容，说道：“中晚期了，也就这半年一年的事，所以，等我走了后也没有人和你抢滔滔。”

一时语塞，两人的对话因为话题的沉重中止在静谧的环境中，周围偶尔传出些别人的笑声，显得极不相符，甚至有些讽刺的意味。

嬴绍杰盯着玻璃杯许久，心里不免一阵难受，怪罪他这么久，如今听到他患了绝症，那份恨意突然地少了很多，甚至，他开始有些同情，怜悯，眼前竟突然地闪回到了过往他们曾经坐在一张桌前，吃着姐姐烧的饭菜。

“先生，两份番茄意大利面。”

两人不约而同地笑笑，记得当年头回吃西餐，因为番茄意大利面最便宜，大家就点了番茄意大利面，之后，姐姐学了如何做番茄意大利面，就做给两人吃，两人吃得很欢，常常吃得精光，让姐姐添面。

如今，点了同一种意大利面，回忆的味道萦绕在彼此间。于枫拿起柠檬水杯示意嬴绍杰碰一下，虽然这样的碰杯很好笑，但嬴绍杰却不假思索地举了杯子。他们不需要再谈太多，于枫的生命已快到尽头，回到家的滔滔该得到久违的父爱，这是一个离家很久的孩子需要的温暖，来自父亲，也来自这个早已不存在的家庭。嬴绍杰需要做好自己的角色，为了滔滔，临时与于枫搭起一个家。

“一会儿去酒吧喝几杯。”这一次，是嬴绍杰提出的，男人间情感交流的方式简单得很，于枫笑了笑，说道：“去我那儿吧。”

“好。”

星期五西餐厅继续着它的安静，两个男人很快地吃完意大利面，浓厚的番茄味留在齿间，就像当初的记忆，酸中带了甜味。

于枫住在挹翠湖雅居，这是一块房价颇高的小区，仅从进出的车子便能得悉里头住着的人至少也是非富即贵。嬴绍杰知道这些年于枫在经济上可以说是飞黄腾达，住在这样的地方也是情理之中。

房子是高层的，面积有一百八十平米左右，欧式简约风格的，吧台架子上陈列了好些红酒，于枫挑了瓶倒入杯中晃了下，说道：“PETRUS如何？”

PETRUS（帕图斯）是极其珍贵的红酒，产自法国波尔多，由于价格昂贵，它也是富人们追逐的一种红酒，记得当年，于枫很喜欢研究红酒，他说等他以后有钱了，一定会买上一架子的红酒尤其是PETRUS，当时姐姐说，那得多少钱啊？浪费，喝到肚子里的东西不值得。

嬴绍杰在职场多年，这酒，他已不再陌生，笑着接过杯子，转了下杯脚，说道：“你追求的都得到了。”

“可以这么说吧，但却少了一样最重要的。”于枫自己倒了一杯，靠在吧台上，眼中流溢出一种居在山顶却怅然若失的感觉。嬴绍杰知道他指的是什么，饮了口酒，问道：“那女人走了？”

“这儿都换了很多女人了，就好比这架子上的酒。”于枫站到架子前，展示着他的酒，也展示了他落寞的内心。

女人？

那或许是男人生命中最致命的武器，因为她们汲取了男人的情感与男人身上最脆弱的那部分。嬴绍杰也失去过，只是与于枫不同的是，那个女人是主动地离开了他。

两人喝了一瓶PETRUS，于枫让嬴绍杰打自己，狠狠地打自己，嬴绍杰怔然地看他，那不是他的醉话，那是他的真心话。这是自责，是他对这个家的自责，当年如果他不离开这个家，或许事情就不会若今天这么复杂。

于枫抓着嬴绍杰的手朝自己胸膛砸，那愤恨的目光是对自己过往错误的归咎，他要对方的惩罚。嬴绍杰盯着他，手本是被迫地砸他身上，但内心里对他的恨在瞬间爆发，掌一下握成了拳，狠狠地锤他，声音亦瞬间迸发：“于枫，你个负心人！你对得起我姐么？这一拳，是我替姐打的！”

于枫被这一拳砸得生疼，人倒在了沙发旁，嬴绍杰跟着上来，压他身上，又是一拳砸他身上，蓝色衬衣的扣子滚落到了地上。嬴绍杰喘气道：“这是替滔滔打的！”

“好！……”于枫抹了把嘴，半起了身子，朝嬴绍杰身上挥了一拳，骂道：“这是替你姐打的！”

嬴绍杰还没有来得及反应，心里倒是突然地一阵痛快，积压了多年的内疚似乎一下迸发了出来。他笑了，在被于枫打了一拳后，竟笑了。

这夜，他们互相打了很久，随后躺在地热恒温的地板上，同时仰望天花板上的水晶灯，那是一盏美丽的灯，耀出的光芒就若他们彼此认识的那个女人一样，美丽得让人无法忘却。

泪，终是流出了眼眶。

第二十八章 关于“口吃男”的悲惨故事

第二日，苏悦悦去了“如果爱”咖啡厅，到那儿的时候，小猫还没有个影子。从来没有独自到过咖啡厅，坐在靠窗的位置很是不自在，尤其是服务员还热情地问了两次要不要点单，她只能说在等人。

手机拨了好几次，小猫都没有接电话，心里不禁有些埋怨这小猫什么时候变得真很猫似的，懒了起来？正想着，突然听见小猫喊了自己：“悦悦！”

“小猫美……”苏悦悦连个“人”字还没说出口，就见小猫的边上站着一个男人，个子不高，约莫一米七出头点，眼睛大大的，穿了件条纹毛衣，见着苏悦悦便礼貌地笑了下。小猫如以往一样，时尚的穿着，美丽的笑容，见苏悦悦盯着身旁的男人看，便介绍道：“这位是方伟，我一朋友。”

小猫又向方伟介绍了苏悦悦，苏悦悦别扭地看着方伟坐到了自己对面，而小猫却在自己身旁坐下。不一会儿，服务员便来点单，小猫很熟门熟路地问了下意见，点好单子。只是苏悦悦却尤其别扭。好久不见小猫，难得见一次，还带了个什么朋友，多怪异的一件事。

只是，小猫却不觉得，反而很自然地与苏悦悦问起北京的事儿，继而，从一开始就保持沉默的方伟开始说起了北京。

方伟是在北京读的书，本硕连读的材料学，如今在自己爸爸家的公司里干活，算是一个有知识有文化的富二代吧。随着与苏悦悦的渐渐熟悉，他也放开了适才的拘谨，说起了关于自己的一些事来。苏悦悦顿然感觉，这好像是场相亲，尤其是方伟的眼神，时不时地会像扫描仪一样打量自己。苏悦悦用手肘示意了下小猫，说道：“我去洗手间，你去不？”

小猫立刻明白了意思，与方伟打个招呼便同苏悦悦一起去了洗手间。刚进门，苏悦悦便一指小猫道：“喂，请你老老实实明明白白地告诉我，你是不是未经我本人的许可，擅自地安排了一场相亲会。”

小猫扑哧一声，笑了起来，答道：“不是怕你成剩女嘛？那天我看了本书，说是现在白领女性容易成剩女，我吧，觉得你挺忙，特像书上形容那状况。恰碰上人家没有女朋友，就想着带给你看看。你说是相亲就是相亲，不是的话，也算是多认识个朋友吧。”

“什么叫我说是相亲就是相亲，这我没有男朋友，他没有女朋友，你安排两个陌生男女在一个咖啡厅里见面，无论是主观意识，还是客观事实都证明了这是一场有预谋、有组织的相亲见面会。”

苏悦悦一抱臂，振振有词地分析道，小猫见她严肃了起来，推了推她手臂，说道：“好了，瞧你这正经的模样，都说添个朋友了，这么紧张干什么？哦，你该不是喜欢上你的司机了吧？”

“什么我的司机？我哪来的司机啊？”

“瞧瞧，才这一说，你就脸红了，这表情，和当时暗恋某某人一样，啊，真的是一模一样。”小猫戏谑地调侃起苏悦悦，苏悦悦立刻寻了个格子进去躲避，小猫可不放过，继续隔着门板说道：“我说我的悦悦，你到了公司上班那么忙，见着男人的机会也不多。你那司机长那么帅气，他要是没结婚又没女朋友，哦，或者说是情感空窗期的话，记得抓住机会啊。上次，是我教导失误，让你贻误了战机，这次不会了。”

“我上厕所呢，不谈了。”

“你上你的，我说我的。再说了，你的死党我，说的能不是金玉良言吗？”小猫絮絮叨叨地说着话，直到苏悦悦忍无可忍地从格子里出来，洗完手，赶紧出了洗手间。当然，小猫也是个明白人，看得出苏悦悦心里头真是喜欢上了“司机”，或是说有好感，立刻将自己为她准备的候补以逛街为由给劝退了。

走出咖啡店的时候，小猫拱了下苏悦悦的手臂道：“哎，去哪儿逛街？”

“随便喽。”

“那先和我去取车吧，刚才这儿都停满了，连我小小的Smart都塞不进。大都市啊，人多车多，什么都多。”小猫挽了苏悦悦就往对面的弄堂里走，七拐八拐地到了后面条街，苏悦悦突然觉得有些熟悉。小猫则说道：“靠近公安局，最最最安全了。”

“公安局？”苏悦悦心里一叹，怪不得这么熟悉，这就是上次嬴绍杰横冲直撞进的公安局嘛。那牌子醒目得很，总让人莫名生畏。

“悦悦，你家司机抱着一男孩儿，哎，一旁有一中年有钱人，哟！还有警察呢！”

苏悦悦正瞧着，小猫似发现了惊天大秘密一样死死地拽了一把苏悦悦，顺着小猫目光的方向看去，她说的没错，嬴绍杰正抱着一个瘦瘦的男孩儿，一旁的男人好像就是当初在警察局与他起冲突的前任姐夫于枫，至于那个警察好似就是拉架的小许。上次见他们的时候还水火不容，这会儿怎么就好似一家人了？由于他们都在公安局大院里，苏悦悦看得并不清楚，小猫拽上她往大院门口走，口中叨叨道：“来，去看看发生什么事情了？”

“不好吧。”

苏悦悦刚说了小猫，于枫便看到了她们，与嬴绍杰使了个眼色，低声道“你女朋友”，抱着滔滔的嬴绍杰往那儿看去，小猫已拉着苏悦悦迎了上来，尴尬地朝于枫低声解释道：“同事。”

“嗨，真巧，我和悦悦拿车的时候恰巧看到你们。这是你儿子吧？好可爱啊。”

小猫刚说，苏悦悦就瞪了一眼，朝嬴绍杰说道：“是滔滔吧？”

“嗯。滔滔，喊阿姨。”嬴绍杰轻声地关照滔滔，然而滔滔葡萄大的眸子只是上下地打量面前两个女人，淡淡的眉毛蹙在一起，小嘴抿得极拢。

苏悦悦见状，朝于枫与小许点头打了招呼，走上两步，微笑道：“滔滔。”

滔滔再次皱了皱眉头，并不说话。嬴绍杰有些尴尬，又关照滔滔喊“阿姨”，苏悦悦也伸手去搀搀他小手，减却他的害怕。

“啪——”

“呸——”

小手狠狠地打了下苏悦悦，苏悦悦正猝不及防地收回手，脸上又被滔滔一口吐沫，刹那间，人便慌了神，寻起纸巾来。

“你怎么可以这么对阿姨？太不像话了！”

嬴绍杰还未曾反应，于枫已走上来斥骂起滔滔，小猫则在慌慌乱乱中，把纸巾递向苏悦悦，谁也不知道这个看似平静的男孩儿为什么突然朝着苏悦悦吐口水，甚至还充满敌意地打她。

这让苏悦悦有些难受，这难受倒不仅仅是因为自己被吐了口水，而是因为在他的面前，自己竟然招了孩子的讨厌。

“还愣着干什么？ 快去和人家说对不起。”

于枫抱过滔滔，促嬴绍杰去和苏悦悦道歉，嬴绍杰这才将苏悦悦拉到一旁角落，低声道：“滔滔刚回到家，对陌生人有抵触情绪，你别怪他。”

苏悦悦本还擦着脸，听他道歉的话突然非常连贯，不由得朝他看去，只是不远处滔滔又朝小猫尖叫。幸而，小猫离滔滔有段距离，而于枫也再次以父亲的严厉斥责了滔滔的不礼貌。苏悦悦皱了皱眉头，说道：“他好像特别不喜欢女人。”

嬴绍杰轻叹，自责道：“都是我的错。”

“你的错？”苏悦悦追问道。

嬴绍杰回避地朝于枫那儿望了眼，对苏悦悦说：“晚上告诉你。”

“好啊，不过，我喜欢你现在说话的样子。”苏悦悦眯了下眼睛，狭长的凤眼里展着天真的笑容。刚才所有的尴尬与不愉快就好似一小片乌云，被风一吹就消散得全无痕迹。嬴绍杰不自然地笑笑，两人就好似校园里萌生了好感又不愿捅破的学生，站着互相望起对方。直到小猫跑到一旁，故意挑唆地说道：“哎，这儿可是公安局大院儿，你们俩能别这么含情脉脉地看对方不？”

“小猫！”苏悦悦一把抓了小猫的手臂，压低了声与嬴绍杰道要去逛街，匆匆拉起还想继续调侃的小猫从嬴绍杰面前“逃走”。

“绍杰，她真是你女朋友啊？”小许不知何时站到嬴绍杰身旁八卦起来，惹来嬴绍杰一个冷眼，倒是于枫抱着滔滔在一旁爽朗地笑了起来。小许心想这两个男人怎么不见几日又恢复成了往日一般好？是为了孩子么？或许是，或许，又不是，因为他们眼中看待彼此的目光是真诚的。如果他们真的能如过去一样，哪怕是为了孩子，这应是一件值得庆幸的事。毕竟事情过去了这么久，刻意地追究只会让人更难受。

傍晚时分，苏悦悦本准备与小猫一起在久光百货旁的饭店吃饭，但小猫突然像失了神一样看着东面的扶梯，并朝着扶梯跑了过去。苏悦悦赶紧跟着她跑过去，还险些撞倒一位阔绰的太太，只是待到近了小猫，却发现她的眸瞳里蓄了泪。低声问她，她却并不言语，再问，她只是强忍着泪，不说是为了何事。苏悦悦朝着电梯往上看，那儿连个人影都没有，心里突然涌上电视剧里才有可能出现的场景。难道是她看到林子文与别的女人出现在这儿？然而这一猜想在三秒内又被自己的冷静分析捏得粉碎。林子文那么爱小猫怎么可能会和别的女人在一起呢？再说了，就小猫这性子，要是真遇上什么小三，能这么静静地站在电梯前么？

木然地站在电梯旁凝视滚动的阶梯，她究竟在想什么？苏悦悦还在反复猜度，小猫已称自己有其他事要走，改日再约她出来玩，避开她探索的目光，便上了扶梯。苏悦悦心里有些矛盾，或许小猫真的看到了什么不该看的事。良久，苏悦悦等在电梯旁。奢华的商场里没有任何电视剧里的大吵大闹声，她这才放心地自己寻了公交车回家。

下了公交车后，苏悦悦走了段路，因为觉得肚子饥饿便随意找了家店吃晚饭，没想到才进去就见嬴绍杰点了碗面刚坐下。

两人相视一笑，自然一起共进了晚餐。

嬴绍杰送苏悦悦回住处，一路上讲述了关于自己姐姐的事。嬴绍杰的父亲在他快上初中的时候与一家庭颇有背景的女人走了，母亲在他读高中的时候去世，当时正在上大一的姐姐打零工给他赚学费，加上家里剩余的钱，供他读完高中考上大学。于枫是他姐姐在打工时认识的同事，那时的于枫是个技术销售，虽然工资不高，但为人肯干，与姐姐相识后在她毕业后便结婚了。那些年，嬴绍杰的大学学费基本都是姐夫于枫赞助的，包括后来买美丽家园的首付，嬴绍杰也向于枫借了不少钱。虽然家庭条件愈加宽松，但辞职与同事干起小企业的于枫却开始从打工仔蜕变成了老板。同样，他身上亦难免地沾染上了恶俗的习气。嬴绍杰姐姐怀上滔滔的时候，也正巧是于枫出轨的时候，而滔滔诞生，于枫则抛弃妻子，搬出了这个曾经温暖的家。嬴绍杰的姐姐在痛苦之下抱着未满月的滔滔痛下决心与于枫离婚，只是没有想到噩运却始终追随着他们，在滔滔四岁的时候，因为嬴绍杰的一次疏忽，滔滔被人贩子拐跑，双重打击之下的姐姐在医院里抑郁而终。

嬴绍杰与苏悦悦讲述着故事，两人绕着美丽花园走了三圈，他的每一步都很沉重，言语中总时不时地流溢出愧疚，苏悦悦虽很想表扬他今晚说话没有口吃，但思及当下他的心情，便只是作为一个倾听者，聆听每一句话。不过，她有了更深的猜测，因为嬴绍杰在说话的时候好似隐去了部分的环节，这让整段回忆显得有些失了度。究竟那是一次什么样的疏忽？他并未说及。

“滔滔今天还好吧？”苏悦悦问他。

“他挺，挺开心的。”叙述完故事后的嬴绍杰再次口吃，苏悦悦笑了笑，心里却也跟着沉重。一个好好的孩子，他所经历的，或许是大人们永远体会不到的苦，想到白天在公安局，自己被他吐了一口，她并不怪他，反而觉得他很可怜，需要更多的关爱，于是说道：“往后，你要带滔滔玩，喊上我吧。虽然他现在很讨厌女人，但我想他其实更希望有女性的关爱吧。我可以带着小浴缸，听说狗狗都有慰藉人的作用。”

嬴绍杰斜了下眼，低望身旁的女孩儿，她真的很善良，这种善良发自内心，不带任何的做作。

或许，他该越出情感的魔障与她说些什么，手握了下拳，继而松了开来，向她靠去。忽而，一个中年妇女的声音打破了他挣扎的冲动。

“小嬴呀，你三幢的小房子租出去了哦？”

那是嬴绍杰对门的张阿姨，女儿嫁到了国外，前三个月都在欧洲待着了，刚回来就正巧遇上嬴绍杰，想起她出门那会儿听到嬴绍杰要把房子租掉的事儿，就大声问起了他。

苏悦悦心里一愣，三幢的小房子？那不就是她那幢么？还是小房子？那就是说……？这一想，黑镜框后的丹凤眼斜挑起来看着身旁的男人。

“租，租掉了。”嬴绍杰被张阿姨的话惊得说不出话来，其实，他早想告诉身边的女孩儿那房子是自个儿的，要是他刚才大点儿勇气，这事儿也就跟着绕几圈美丽花园解释清楚了，没想到却让人先挑了出来，自己倒落得个不是了。

“哟，那就好，租掉就好。这是你女朋友啊？我咋出去三个月，你有女朋友啦，也不和你张阿姨说一声。那时候还老给你介绍女孩子，你都不要，原来是有了。”张阿姨乐呵地笑着，见嬴绍杰不好意思，一旁的女孩儿直瞪着嬴绍杰，便随意寻了要回家的理由赶紧留给两人空间。

只是她不知晓她的一番话，却引来了另一场“硝烟”。

“悦悦，我，我，其实，我……”嬴绍杰刚要解释，对方却立刻站到他面前说道：“好你个嬴绍杰，我和你，好歹也是同事一场，你至于这么欺骗我吗？怪不得对三幢那么熟悉，原来我租的房子就是你的房子。哈，还收我这么贵，精装修，哼，原来那个把精简装修搞成精装修的人就是你。大骗子，我终于抓到房东——你，这个大骗子了。瞧瞧，我一个月要给你多少钱啊？车费六百，房费一千五，一共两千一百块。你太过份了，你！”

“悦悦，我，我，我打算，我……我真的想告诉你的！”嬴绍杰急得厉害，可越急，这话也就跟着说不清楚，苏悦悦不等他解释清楚，冷冷地哼了一声，说道：“我决定和你划清界限！”

往前头迈了好些步后，苏悦悦回头，想说什么，但最终只留下了一个“哼”声。

她赌气走了，实际上她留了约有十步的时间给他解释，她数了十步，可他在后头竟然没有反应，原来，他对自己真的只是普通朋友。说实话，她刚刚的确特别生气，但一码归一码，六百的车费与一千五的房费是很合算的，只是他明明知道自己租了他的房子，却不告诉自己，这就是对自己不诚实。

嬴绍杰黯然地看她离开自己，心里有些隐隐的疼意，在路边寻了地方坐下，想了想，或许上天的意思就是要自己孤身一人吧，不然，为什么想迈开这一步了，她又偏偏知道了租房的真相？

“呵……”

淡笑一声，或许人生就是如此吧。

第二十九章 酒肉穿肠的尾牙

第二天的时候，嬴绍杰照常接苏悦悦上班，只是两人都没有话语。嬴绍杰等着苏悦悦开口，而苏悦悦却等着他先开口，结果，一路上，谁都没有启口。

接着的日子也都如此，两人间没有谁愿意先开口，沉默似乎成了唯一可以形容他们间的动词。直到JSCT尾牙那日，苏悦悦穿了件深紫的裙子，披了风衣出现在嬴绍杰面前时，他有些愕然地说道："你今天，很漂亮。"

苏悦悦微吸了口气，耸耸肩，说道："你也是，很帅气。"

的确，今天对于嬴绍杰而言很重要，JSCT的尾牙是他正式以S项目负责人的身份进入JSCT的场合。路上，他想要和身后的女孩说清楚这件事，但反光镜中，她却始终看着窗外。安安静静的，唇角带着独属于她的那份纯净笑容。他有些失神，但很快又回到认真开车的专注上，心再次将涌起的一阵涟漪压了下去。事业吧，他需要的还是事业，不是么？

今日，JSCT所有人做事都有些心不在焉，总是盼着尾牙晚宴早点来。除却此，大家都穿得很好，一年一度，各个部门的领导早已暗暗地关照自己的下属这一年需要出点风头撑些场面的时刻到了，就连财务部上了年纪的阿姨也都化了妆。离出发前约莫一小时的辰光，苏悦悦被于小佳拉进了卫生间，也不顾自己不愿意，就被涂了唇彩。然而，就在这个时候，苏悦悦的手机响了。

一看来电竟是公司电话，苏悦悦立刻接了起来，对方说是总经理秘书Ada，请她"立刻，马上”到M会议室来，JS集团通讯部中国区CFO找她。

苏悦悦一惊，JS集团通讯部中国区CFO，这是何其高的一个领导？大伙都喊这样的高官叫“大土豆”，“大土豆”召唤自己，必定凶多吉少。

“我先上楼了。”

等不及于小佳帮她描眉画目，苏悦悦立刻跑出洗手间，险些与茹安心撞个满怀。茹安心问于小佳怎么回事，拿着眉笔的于小佳吐吐舌头表示不知缘由。

M会议室是JSCT最重要的会议室之一，就在VIP办公室一旁。VIP办公室有两间，虽然不大，但都是为了给JS集团通讯部中国区CEO和CFO来时坐的。M会议室的作用多半是为一些特殊的会而用，平日里的利用率极其低。

“Sue，你进去吧。”Ada见一戴着眼镜的女孩儿走进来，便领她去了M会议室，说实话，她并不认识这位到JSCT不到三个月的同事，只是从她焦灼的面容看出来人便是苏悦悦。

“谢谢。”

敲门进入M会议室时，一股香水味扑面而来，苏悦悦紧张地扫了一下陌生环境，只见离自己约莫有三米左右的老板椅上坐着一位中年女人，她不冷不热地朝自己扫了眼，说道：“你就是Sue？”

苏悦悦“嗯”了声，发现桌上放了一只黑色的文件夹，乍一看这文件夹没什么特别，但细细看标签，苏悦悦便知道这是自己从北京带回来的，也就是说从Emma那儿接手来的活。可是这文件夹应该在Shelly那儿才对。昨天下午的时候，Shelly问她借走了文件夹，怎么这时候却在CFO手里了。

“我看过你的履历，在进入JSCT的时候只有一年半的工作经验，还是在……”中年女人穿了件黑色缎做套裙，显得有些孤冷，瞧苏悦悦的眼神里竟带着鄙夷。她就是被人捧作JS通讯部中国区女神的朱歆女士，神秘的背景，超强的工作能力，传说她能坐上这位子，是因为她在政界与商界都叱咤风云的丈夫，也有传闻说她是总部某第三把手的党羽，又有一说是她完完全全就是靠的自己。不过，这些都只是传说，见她本人，只有一种感觉，那便是疏远。至少，这是苏悦悦此刻的感觉。

“还是在一家民营企业。”

“嗯。”

苏悦悦又点了点头，中年女人轻笑道：“怪不得出了这么大的差错都没有感觉。”

“差错？”苏悦悦一惊，目光立刻移到了文件夹上，难道说这上头出了差错。不会的，自己在北京的时候与Emma对过一遍，回来后，又细细地检查了一番，怎么可能错呢？只是，连JS通讯部中国区CFO都说错了，这事儿能冤枉她么？

“Kevin做事一向都很谨慎，没想到你这刚进JSCT不到三个月的员工就给他捅了这么大个娄子。”

朱歆凌厉的目色一递，继续道：“N钢厂海城三期厂房的项目是你做的合同吧？”

“嗯。”

“合同总金额是人民币六百五十七万，N钢厂是我们公司的大客户，海城项目前两期都是JSCT做的，为此，JSCT得了我的批示，承诺给N钢厂百分之十一的折扣以及账期上的优惠，同时向总部申请了进口产品八八折的特扣。可是，你却在合同控制的环节里没有给予他们百分之十一的折扣，内部也没有给予采购部门折扣编号，甚至在账期也没有给予优惠。由于你的一时疏忽，财务信控部未能及时更改信用额度，N钢厂账户被锁死，所有产品发不出货，到不了现场。N钢厂的钱总今早一个电话投诉到我这儿，说他们现场工人各个在干等着。可我们这儿倒好，一点儿都没有察觉自己做错了什么。”朱歆的声音愈加地大，苏悦悦听清了自己犯下的错误，只是，惊跳的心里却不禁发问，这N钢厂百分之十一的折扣与账期优惠，她是从来都没有由Emma嘴里得到半句，更没有从自己手头的文件中看到任何的蛛丝马迹，可是，朱歆的话定然不会是玩笑。因为高高在上的集团CFO根本就不会对她这么一个小职员撒谎，而面前的这场谈话似乎意味着自己在JSCT的工作即将走到尽头。

没想到，连尾牙都还没有参加过的苏悦悦就将结束自己外企的工作。记得当初，她是如何信誓旦旦地要把事情做好，向爸妈保证过，向小猫保证过，甚至还向宋逸浚保证过。可是，她却在一个毫不知情的情况下，犯了一个不可饶恕的错误。

N钢厂是何其知名的一个公司，苏悦悦的脑子里突然跳出工程人员无法施工的焦灼，一张张脸，充满了埋怨。可是，Emma真的没有告诉她这件极其重要的事。苏悦悦突然闪过一个念头，莫非，这是Emma故意这么做的？

“我，我……”焦灼的心逼得泪水在眸子里打转，她想要为自己寻根救命的稻草，哪怕只是暂时的那么几秒让她喘口气，也变得不甚可能。朱歆的唇角微微勾起，那是一抹得胜后的笑意，这笑是如此的隐晦，个中的情感丝毫不会让第二人察觉。

“笃笃。”有人敲了下门，未待朱歆应允，门便被打了开来。淡淡的香水味随着门带过的风吹进M会议室，朱歆与苏悦悦同时望去，进来的男人已朝着朱歆开口道：“Joe，你找悦悦有事么？”

“悦悦？”朱歆脸色一沉，适才的笑意瞬间扫得全无，冷眼瞥过苏悦悦，继续道：“Kevin，N钢厂的合同出了状况，你的新员工苏悦悦把总部的特扣扔了，同时也把JSCT给客户的折扣和信用给疏忽了。”

“是么？我半小时前刚去过总经理办公室，Roger和我大致讲了下，没想到你已经找到了Sue。”宋逸浚并未看苏悦悦，口头的称谓由“悦悦”改成了“Sue”，随手拿起桌上的文件夹看了会儿，说道：“这是我的疏忽。”

“Kevin，你……这是什么意思？”见宋逸浚放下了文件夹把所有责任揽在自己身上，朱歆立刻有些不安起来。

“Joe，我们都很清楚这件事是Emma搞的鬼，Sue在做文件后都有给我看过，我没有察觉，这是我的错。”

“Kevin，现在不是袒护下属的时候。”朱歆并不满意宋逸浚的答案，眼神愠色地盯着对方。

“我知道，现在是解决问题的时候。刚才，我已经和总部打过招呼，他们答应会开红票给我们。至于钱伯伯，我约他改日出来喝喝酒，这事就此了结了。”仅仅半个小时不到，宋逸浚已经将补救工作做得完满。这果然是她最得意也最爱的下属，只是，他这般做，分明不是为了公司，而是为了这个叫苏悦悦的女人。朱歆在职场上虽不能说是叱咤风云，但也是赫赫有名的职业经理人，掐灭苏悦悦这样的小角色，本不需要自己亲自动手，只是这一回，她似乎被情感战胜了理智，竟然在宋逸浚面前失了气度。当然，这并不是最重要的。JS集团中最不会被提及的谣言是真实的，面前这位英俊的年轻经理人，就是自己的情人。

第一次见他的时候，那是他还不过刚毕业，本就是能力不错，加之他的继母又是自己丈夫的同事，三转两转的功夫，自己就把他招入了JSCT。那个时候，自己刚巧要升职到JS集团中国区总部当CFO，宋逸浚是她在JSCT招的最后一个员工。

不知自己是不是真到了如狼似虎的年纪，还是与丈夫疏离的关系，又或是因为宋逸浚本身是一个“聪明”又极富女人缘的男人。只是几次的相遇，他就顺利成章地成了她的情人。在这些年里，她保证了宋逸浚在各种人事争斗中保持不败，甚至，还提升做了合同管理部门的经理。

当然，她也非常不放心这个招蜂引蝶的男人突然有一天会飞走，因而，派了自己的嫡系下属Shelly到JSCT做了眼线，美其名曰是个主管。最近，种种迹象表明，自己的这个情人真的开始不再安分当下的角色，似乎对新员工苏悦悦尤其好。见到这个女人后，女人的直觉告诉自己，宋逸浚似乎爱上了她。

所以，她绝对不能让这个女人存在，而且，她要让宋逸浚知道谁才是决定他命运的人。然而，这一次，她失算了。

“OK。”朱歆显得有些无话可说，双手摊了下，朝苏悦悦道：“我会和人事部商量下，关于你试用期……”

“Joe，人事部今天早上给我Sue的试用期测评，我已经确认了。况且，我觉得这事是因Emma而起，我又一时疏忽，这才犯下了错误，既然事情解决了，口头警告下，Sue就能知道自己的错。她是个很不错的员工，做事会很谨慎的。”

宋逸浚侧目看着苏悦悦递过份征询的眼神，本是惊诧中的苏悦悦赶紧点头，朱歆还想说什么，JSCT总经理Roger敲门进来，笑意连连地说尾牙的事儿。碍于自己并不是JSCT的总经理，朱歆亦只能随着大局走。尽管自己还想纠缠此事，但今日的尾牙更是一场没有硝烟的战争。自己在北京最紧密的同事，JS集团通讯部中国区CEO Wagner会在尾牙中与自己一起致辞，而与此同时，他将会把一个阴谋带到JSCT来，自己与派系如何应对这场战争，这才是当务之急。

M会议室的谈话结束后，苏悦悦独自下楼躲在卫生间的格子里，自己越想，心里就越憋得难受。记得当初自己是如何信誓旦旦地与宋逸浚说她能做好交接的工作，可是，自己为什么就这般的疏忽呢？如今，这一摊子烂事还得宋逸浚来收拾？看刚才宋逸浚与朱歆之间的对话，虽然见不着火星，但总能感到他对自己越了一级的大领导颇是抵触。这么一来，也不知道自己是不是会影响宋逸浚在JSCT的未来?

她越想，这脑中的思路就越如乱麻一般绞缠得厉害，忍不住的，泪滴落在了手上。洗手间进进出出的人很多，偶尔有人怨埋格子被占用，但更多的则是大家的欢声笑语，有讨论年度最佳团队的，也有讨论晚上的抽奖是什么神秘礼物的，更有人在讨论说是今晚有个神秘嘉宾，不知道是谁?

人尽数散去，苏悦悦抹了下眼泪，手机响了一次，那是于小佳发的短信，说是班车就要走了。苏悦悦知道自己这副模样下去，一定会被人追问，只能推说自己有事要晚点走。出洗手间的时候，苏悦悦低着头，才迈出两步，地上突然闪现一双极好看的小牛皮鞋，刚抬头，鞋的主人已递过纸巾，说道："擦擦吧。"

宋逸浚?

温和的廊灯下，他面容上的笑意迷人依旧，她愣愣地看着，呆得未去接纸巾。

"我们可是今年的最佳团队，你这么红了眼睛和小兔子似的，别人看到的话定是会说我这个领导欺负了你。"

说着，宋逸浚小心翼翼地替她擦却眼角处的泪花，原只是眼睛红，没想他温柔的动作惹得她白皙的脸庞瞬间染了红霞，眸光急于躲避，耳朵里却传来他的话语，低而磁性："做我女朋友。"

"啊?!"

她一个惊颤，猛地抬头看面前的他，这是童话里才有的王子，高贵的气质，令人艳羡的才华，英俊的外貌。这样一个优秀的男人居然向她，一个没有出众外貌，没有前凸后翘身材的眼镜妹表白?

这是自己幻听了?

还是他在逗自己开心?

"别看我只是一只羊，羊儿的聪明难以想象，天再高，心情一样奔放……"恰在这时，手机响了起来，苏悦悦仿佛突然在这窒息中找到了一根吸食空气的管子，一把抓起手机按下通话键。

“你，你人呢？”

声音从手机与走廊尽头先后传来，苏悦悦朝着那声源看去，只见嬴绍杰在见到他们的时候微微一停，继而来得迅速，几秒的工夫就到了他们面前。

“你找悦悦？”

宋逸浚突然改了称呼，虽然嬴绍杰也是这么称呼苏悦悦，但这话出自宋逸浚口，而且还是在这只有他们三人的地方道出来，不由得挑衅了嬴绍杰心底的一份忌火。任谁都不会对自己潜在的情敌有足够的容忍，更何况他知道宋逸浚接近苏悦悦的心思就是旨在玩弄一个单纯的女孩儿。虽然自己并没有向苏悦悦坦露心迹，且自己这几日和她的关系才刚有所修复，但是，他作为一个男人总有正常的情绪，冰冷地与宋逸浚说道：“恰看到有人在说她没上车，所以，所以……”

本是在和宋逸浚说话，不经意间朝苏悦悦看过，宋逸浚明白面前的男人想要表达什么，并没有等他道完，拉起苏悦悦的手，说道：“没关系，我送她。”

“你……”

嬴绍杰眼睁睁地看着宋逸浚牵着苏悦悦到电梯口，恍惚间，只是看到她脸上小小的慌神突然转成了羞涩的绯红。与宋逸浚相比，他在女人面前显得拙劣，甚至都不知该如何说话。他知道像苏悦悦这样的女孩儿根本无法挡住宋逸浚这样有手腕的男人，自己想要去揭露对方，只会僵化和苏悦悦之间的关系。正想着，宋逸浚已在电梯口说：“电梯来了，一起吧？”

“我还有事。”

进入电梯的时候，宋逸浚瞥过长廊里的男人，这是一场博弈，他能清楚地感觉嬴绍杰对自己的敌意，这种敌意是源于他与苏悦悦的暧昧。不过，他知道自己并没有完全赢了博弈，因为苏悦悦不自觉地将手抽离了自己掌心，虽然这一动作发生在进电梯后，不过多多少少能看得出这个女孩儿并没有完完全全地被自己适才的表白所迷惑。

的确，苏悦悦此刻的心怦怦乱跳，这剧烈的跳动并不仅仅来自于宋逸浚突然的表白，更在于嬴绍杰的眼神。看得出，他对彼刻自己与宋逸浚的亲近很不满意，甚至还想一把拉过自己，只是最终还是停在了那儿，“我还有事”的话不过是个借口吧。苏悦悦脑海中不断浮现出与赢绍杰认识以来的一个个场景，她突然很想扑在赢绍杰的怀里和他倾诉自己今天受到的委屈，可这一切，因为宋逸浚的出现，或是说，此刻她从未预料到的场景出现而打消得全无。

坐在宋逸浚奥迪TT上，苏悦悦并没有仔细地看这辆比赢绍杰Polo奢华很多的车子，只是呆呆地瞧窗外华灯初上的景象，即使宋逸浚与她说话，她都未曾全神地应对他。

“刚才的话，我是认真的，如果你需要时间，我会等。”

“我……”

苏悦悦被这突然提及的话题再次怔得不轻，侧脸去看宋逸浚，然而又说不出个什么，恍然地看这前方的路，心里急盼快些到酒店好解除所有的尴尬。

他太完美了，完美得让自己觉得不真实。

到洲际酒店的时候，于小佳正从洗手间出来，见到宋逸浚与苏悦悦一同进来，一双眼睛瞪得极大，仿似发现了惊天大秘密。宋逸浚只是微笑地问她怎么站着不动了，于小佳这才缓过神似的，与两人一起进了宴席厅。

JSCT的尾牙是中餐，这是JS集团的传统，因为进驻中国已经有十几年，用中国人习惯地方式来与员工亲近，这正是JS集团高层的一个习惯。所以，与其他外企的冷餐会相比，虽然JSCT的尾牙显得没有那般洋气，但却同样奢华。

一年一度聚在一起，普通员工什么也不图，也就图个抽奖，祝个新年吧。JS集团通讯部中国区CEO Wagner，CFO朱歆简短地做了祝酒词。大致的内容是赞扬JSCT在这一年度为JS集团通讯集团在中国的业务作出的贡献，言辞中反复提及JSCT由去年5亿销售额增长为6亿8，还有那令人羡慕不已的息税前利润，这让总经理Roger与各产品部门销售经理神采奕奕。在座的员工们则心里想着未来的工资增幅是不是也能破天荒地飞速发展一下，只是每一年，尾牙上领导们的慷慨激昂与丰盛晚餐都代替了工资的发展。

期望，失望，再到期望，每一年总在反复一样的事，这就是职场生活，大家都知晓，尾牙庆的就是一个公司，一个集团的胜利，而不是一个人的胜利。

总经理很程序化地谢过了CEO，CFO的祝酒词，再添了几句之后，就准备宣布今年的最佳团队。

总经理平日看上去很平和，很多人说他即便是火烧眉毛，都很少会着急，这也就是为什么JSCT能够在他上任之后就如温开水一样，不冷，不热，业绩的好坏似乎对于他而言并不重要，他也就是在JSCT混着等退休的人。虽然这是很嘲讽的事，但它却真实存在。JS集团是五百强集团，再叱咤风云，再经历风雨的人都会有他退位让贤的日子，虽然不免有些凄婉，但能够全身而退，亦是件幸事。

"今年的最佳团队是……"总经理突然止了话，众人本已洗耳恭听，见那面目慈祥的老外诡秘一笑，心里不由捣鼓，这位和兔子罗杰同名的老板什么时候也和奥斯卡奖主持人一样有喜感了。

"我想还是请我们JSCT新任大项目经理来为我们宣读吧。"总经理笑了笑，脸朝向右边，只见一个卓然英挺的身影轻快地上了台，与总经理握了下手，微笑道："很高兴又回到JSCT。"

台下的众人惊愕地看着台上，苏悦悦更是诧异，原来他早上穿得这么帅气潇洒是有目的的，大项目经理，以这么一个神秘的身份来到JSCT，看样子可不简单。对，他本来就是一个花瓶鼻子影帝，骗了她这么久，连一段好好的解释都没有，刚才在走道里也没瞧见他瞪自己的眼神，也没有要表达清楚的意思，此刻一副英俊无比的模样，也不知是不是特意让大家给个极佳的印象分。

"今年的最佳团队是合同管理部门。"

苏悦悦还在想着，坐在部门经理席位上的宋逸浚已经站起身，朝自己部门的下属示意上台。能评上合同管理部门自然是非常高兴，于小佳等人更是十分兴奋，只是茹安心却失神地坐在座位上，苏悦悦本想去喊她，只见宋逸浚先一步到了她跟前低语了两句，茹安心这才随着上了台。

"嗨，瞧瞧，我的八卦多准呐，你呀，明明知道也不告诉我这姐妹。"于小佳站到台上，紧紧挨着苏悦悦，与这个重要人物的"女朋友"靠近些，如此一来，往后也能算是"沾亲带故"吧。大集团就是大集团，先前她以为苏悦悦被CFO喊去问话定是要惨遭不幸了，没想到雨过天晴见彩虹，苏悦悦非但是坐着宋逸浚的奥迪TT来的，关系暧昧的朋友嬴绍杰也在情理之中意料之外成了JSCT的重要人物。于小佳正想着，苏悦悦在旁"哎呀"一声，虽轻，却透过背景音乐进了于小佳耳朵。于小佳眼尖，面前的一切看得清晰，趁着大家上台的机会，茹安心的高跟鞋竟一下踩在了苏悦悦脚上。虽然她面露歉意地与苏悦悦道了句话，但很明显她这一脚是故意的。

不光是她，就连嬴绍杰与宋逸浚都看在了眼里，宋逸浚特意将茹安心引到了一旁，嬴绍杰迷人的目色中更是流露了心疼，于小佳更加地肯定，身旁的四眼妹妹一定是与他有着特别的关系。

“非常感谢各位同事的支持，合同管理部门能够获得年度最佳团队是大家对我们的肯定，也是我们部门每个同事辛勤工作的结果。在这儿，我向部门的每一位同事表示感谢。”

宋逸浚在讲话台前说了话，目光朝向自己的团队，的的确确，没有他们的话，他确实没法做到这么出色。诚挚的话语与俯身鞠躬不由引得合同管理部门每一位员工，甚至是Shelly心中一番感慨。

这是一个新生不过两年多的部门，同样，这也是一个经常被人诟病的部门，虽然这年度最佳部门的称号未必全靠真本事，但却不能抹杀每个人的功劳。每年，JSCT的年度最佳部门都是给了事业部门或是财务部，这一次，真的是不容易。

“我也代表公司管理层感谢合同管理部门在过去一年中给予公司与在座各个部门的支持。今年的最佳部门的奖励是丽江四日游，希望大家能够玩的开心。”嬴绍杰领着大家鼓起掌来，余光却时不时地关注在身后不远的苏悦悦身上。

她一定是疼的很，刚才的那一脚是挑衅，亦是一种报复。

嬴绍杰清楚，这是对自己的报复，只是让苏悦悦莫名地承受了。下台的时候，本想去搀她一把，宋逸浚却以部门经理的身份将她扶了下去。虽然大家都不会在意一个部门经理，尤其是刚带领部门领得年度最佳部门的宋逸浚去搀扶身子不太好的苏悦悦。然而，这一幕于嬴绍杰而言，心里却是不适，而主席座中的朱歆更是紧拽了手中的餐布。雏鸟的翅膀长硬了，他已经不再受自己束缚了，看样子，得让他知道什么才是最重要的。

在JSCT M会议室的场景再次浮现在脑中，朱歆暗自冷笑，腹中的思绪反复翻滚。任谁也不知，何样的困难会出现在宋逸浚与苏悦悦面前。

尾牙正式开席后没过多久，大家就迅速进入了传统流程——拼酒。奢华的水晶灯照耀着宴会大厅，柔软的地毯上留着各种鞋印，偶尔几声大笑，继而便是乒乒乓乓的碰杯声，红酒，白酒，黄酒，各色的酒，混杂着刺鼻的味道慢慢地弥散在其中，菜品的味道已然不重要，借着这个机会让“仇人”醉倒，让“朋友”飘然，这才是最重要的。

事业部，服务部，连同采购部等部门都纷纷地跑来与年度最佳部门合同管理部敬酒，说是庆贺，实则各怀各的心思，当然也不乏几个已经喝高的销售意图通过酒量来顺便揩油。令他们略有失望的是，那个新来没多久的美女茹安心竟然不在席了。机敏的Shelly早已看出了他们的心思，吩咐起部门的同事起身回应，嘴里的话亦像抹了蜜一样甜。

“Shelly，你们Kevin怎么也不见个人影儿了，太不够意思，难道怕我们敲他竹杠，影响他做万花丛中一棵草？”说话的正是先前与Shelly拍桌子的Edward，虽然眼睛已涨的通红，但听得出他的话语并非是醉话。Shelly正要说上两句，Edward一下瞅准了苏悦悦，忙又与身后服务部的同事道：“来，快来给小吴和苏妹妹敬酒，要不是她们，我们服务部万事皆难啊。”

一下子，Edward后冒出来了好几人，纷纷地满了酒要与小吴与苏悦悦喝酒，两人的杯子本是橙汁，Edward立刻展露笑容道：“哟，赏个脸喝一杯。”

说罢，Edward不知从哪儿拎出瓶实实在在的红酒要为两人倒，身后的人反映也极快，利索地将两人的杯子倒空，取过Edward手里的瓶子给杯子添了大半红酒。小吴急忙道：“喔唷，这可不行，我这人酒精过敏，一碰了红酒人就会发大疹子，不行不行，Sue，你替我喝吧，这些日子来，要不是你帮着我忙，服务部的单子也不会这么顺利。”小吴的反应极快，一边将杯子推给了苏悦悦，话语上又把喝酒应酬的事儿推得一干二净。

Edward自然知道小吴门槛最精，那苏悦悦一直就是被使唤的人，不过，说心里话，小吴是个见风使舵的人，但苏悦悦却是个干事儿的人，有的时候，还少不了要给他们服务部挑点错。看她一脸推不了的样子，立刻追着小吴的话说道：“小吴说的对，来，我得好好地敬你。”

苏悦悦并不是一个十分能喝酒的人，脚又被踩得极疼，本都不敢挪动，要不是别人送上来敬酒，她也不会起身。可没有想到的是，小吴居然乘火打劫，明明知晓她不太舒服，居然还把这等好事留给自己。

“苏妹妹，怎么？不赏脸啊？”Edward见苏悦悦愣着，立刻又领了后头的同事挑衅起来，众人灼灼的目色打在自己脸上，炙得绯红，手中拿起的杯子飘过浓醇的酒精味。虽然自己不是一杯倒，但酒的味道实在堪比中药，苏悦悦打心眼里厌恶，被人劝得紧，正想闭下眼睛咕咚地往肚子里倒灌。手中的高脚杯突然被抽了空，抬眼去看，竟是嬴绍杰。众人一下愣了住，齐刷刷地看向这个重量级新同事，服务部与事业部的人拼搏于市场风口浪尖，心里一百个了解嬴绍杰这次临时从技术部调任JSCT做大项目经理定是上面派来的“无间道”，至于要查谁，想干什么，不得而知罢了。

嬴绍杰微微一笑，拿着苏悦悦的酒杯说道：“很高兴又做了你们同事。”笑意之下，酒杯刚刚抬起，宋逸浚已站在一旁，优雅地拿着红酒杯晃了下液体，说道：“Edward，你们一群饿狼，趁我不在就欺负我们部门的美女。”

“呵。”Edward尴尬地挤出笑容，说道：“怎么会？我连半点儿的机会都没有，瞧瞧，才不过是敬酒嘛，两个精英男士出来挡酒，哎，我连一滴酒都还没有尝到。”

“保护部门的花可是我这个护花使者该做的，你放心，欠你的酒，我喝，两杯换四杯。”

Edward还想说什么，宋逸浚已然与他碰了杯，这不同意的话也只能吞进肚子，再说了，刚出了风头的宋逸浚还有坚强支柱在主桌坐着，扫了他的面子并非明智之举，于是，也就跟着应承了。

趁着第二杯的间隙，宋逸浚压低声与嬴绍杰说了句话，话语很短，嬴绍杰只是微微皱了下眉头，转身离开了桌子打起手机来。苏悦悦本站着，但转瞬改变的形势让自己成了一个添头的背景。脚背疼得钻心，看着宋逸浚为自己连着喝了四杯红酒，脸倏地红了好些，心里不由担心。在不远处与财务敬酒的各个事业部同事见着宋逸浚与Edward连拼了四杯酒，互相递过眼色，也到了合同管理部门，纷纷地要敬酒，嘴里还不停地说着：“Kevin是越来越有酒量了。”

“咳……”连着灌了六七杯，酒的味道已然失去了它的芳韵，一种勾动肠胃的恶臭肆意地捣过宋逸浚的喉咙，抵不过那份刺激，不由得咳嗽了两下，苏悦悦在一旁忙道：“Kevin，别喝那么多了。”

“大家高兴嘛。”

宋逸浚刚刚摆手，事业部的部门经理又是拍着肩膀，又是笑道：“你们领导能喝的很，千杯不醉。Shelly姐不在，自然就靠他了。”

苏悦悦这才发现，原来Shelly已经离开座位去了财务那儿，与财务部坐北朝南的几个主管打得火热。

酒，一杯又一杯地灌了下去，宋逸浚接连去了两次洗手间，然而都没有挡住，第三次从洗手间出来的时候，身上淡淡的香水味已经消失得全无，取而代之的是一股浓厚的酒精味。这一次，苏悦悦放心不下，跟着他到了走廊那儿，待到见着他步履轻飘，手不停擦拭湿漉的唇时，赶紧上前道：“你不能再喝了，这么喝会吐伤胃的。”

“悦……悦悦……”

第三十章 车后座的杜蕾斯

抬眼定睛的瞬间，脚一轻飘，一下子撞上了冷冰的墙体，手想要拉住什么借把力气却扑了个空，肘部磕碰上去，立刻麻得厉害。苏悦悦赶紧上去相扶，宋逸浚借势将身子倚靠于墙上，深深吸了口气，自嘲道："被你看到这副窘样了。"

"要不是我笨嘴笨舌的，你也不会被灌那么多酒。"苏悦悦站在一旁歉意地看着他，清爽的发丝落了几根贴在沁满汗水的额上，脸上泛起的醉红渐渐成了苍白，这是醉到难受才会有的面容。苏悦悦了解这滋味，记得大学散伙饭的时候，自己就喝醉了。肠胃里翻江倒海到吐，吐光了吃的，继续吐酸水，直到全身发冷得哆嗦，汗亦豆大地往外冒。

这是一种难以形容的痛苦，苏悦悦拿出纸巾递给宋逸浚，道："擦擦汗吧，不如，早点回去，反正他们也搞不清楚谁走了谁在，绍杰好像就没有回来过。"

宋逸浚接过纸巾，刚拭了下额头，听到她称呼嬴绍杰，稍稍一停，微落眼睑低望起一旁的女孩儿，如澈水的眼眸因为酒的烈意添了少许的红丝，但其中的温柔却未减半分，反而因为一层薄薄的氤氲而更添了更多的柔情。

"陪我走一段，好么？"

磁性的声音就好似一个巨大的磁场，将周围所有的物体在瞬间拖入其中，苏悦悦努力地移开目光，可是眸瞳却不听使唤地停留在那儿，任由对方磁石般的眼眸吸得紧紧。这一刻，她的呼吸仿佛都被凝住了，他太完美了，在她的眼中，就如童话里的王子，而自己，一只丑小鸭，怎么能够高攀呢？

只是，心里又存了份悸动，是他的表白，他的关怀，更是刚才他的保护。他为了自己，才落得如此模样，王子能为一只不起眼的丑小鸭做这么多，她寻不到更多的理由去拒绝，因为拒绝显得太过奢侈。

“我，我去拿包包，放心，没人会在意我的。”一抿嘴，穿着裙子的女孩儿一拐一拐地朝着宴会厅走去。宋逸浚抬手扶了下额，自己是真的喝醉了，居然忘了她在上台的时候被茹安心踩了一脚，如此，还让她陪自己走一段，这么混账的话也说得出口。想唤住她，却见她忽而折道一旁帮助服务生捡起落下的东西，这才进了里头。

这是个极小的动作，只是进进出出的人没有一个停留过，宋逸浚微微勾唇，平静的心不由浮起一片涟漪，曾经，他想做这么一个人，只是现实却是如此的残酷。她有的这份善良，他竟然只能怀着梦想去奢望。

苏悦悦拿包出来的时候，宋逸浚已打了出租车电话，没等得及苏悦悦问他为什么，他已顺势进车坐到了后排，说道：“麻烦去三院。”

“怎么了？你是不是醉得难受？”

苏悦悦听是去医院，赶紧问宋逸浚，出租车司机不情愿道：“你别吐我车上哦，我刚换了白套子，明天公司还要检查呢。”

“我没事，说话正常。”宋逸浚反驳道，朝苏悦悦惊异的脸上看了会儿，笑道：“是看你的脚。”

“我的脚？”

“难道你准备一直金鸡独立？”

“金鸡独立？哈哈……”她不禁露齿大笑起来，狭小的出租车里竟只剩了肆无忌惮的笑，几秒后，苏悦悦才意识到自己是如此唐突，赶紧抿嘴，压低声儿道：“青蛙跳。”

“傻丫头。”

出租车司机见后座的人谈笑风生，便也放心地开车赶往三院。路上，Shelly打了宋逸浚手机问他去了哪儿，宋逸浚只是简单地答了句回家，然而，没过一分钟，手机再次响起，宋逸浚却直接按了挂断，口中解释是骚扰电话。苏悦悦看他说话的时候并没有看自己，非但如此，他还刻意地侧了下脸，将手中的机器塞入口袋，知道他的解释该是在掩饰什么，他不说，那是不想让她胡思乱想担忧他吧？

或许，他真的已经把她当做了女朋友。

恋爱。

恋爱中的人，该都如此吧？

到达三院的时候，门口正在进行地下管道施工，路坑洼得厉害，几根简单的木板搭接两头，算是给人通行的。虽极不合理，但也奈何不了，宋逸浚耸了下肩，说道："我背你。"

"你喝那么多，还背我？不用了，就这点儿路，我不怕。"

"别说了，我背你进去。"宋逸浚一卷衣袖，愣是在苏悦悦面前弯下身，等她上去。见她仍是迟疑，不免激将法般说道："怎么，怕我醉倒拉你下去不成？"

"才没有呢。"

靠在他背上的时候，她能听到他的心跳，扑通，扑通，很平稳，亦很有力。这让她想起那次在JS华东区总部，嬴绍杰背着她下楼的情形，这种感觉与此刻好像是不同的，只是她说不出有什么不同。心跳？感觉？还是……

"喝酒撞人了？"

他背着她，她贴着他背想着另一个场景，急诊处的护士打量两人，一股重重的酒精味扑面而来，自然臆断地问起宋逸浚。

"不是，她被人踩到了脚背，想找医生看看。"

"哦。"

护士再次打量起宋逸浚小心翼翼放下的苏悦悦，她看上去也没什么大碍，一听宋逸浚说是要找医生看，便更觉得小题大做，没好气地按流程做起事。

"别看我只是一只羊……"

苏悦悦拿出手机，脑中想着的人与屏幕上的名字竟重合了起来——嬴绍杰，接起电话的时候有些迫不及待，只是恰巧医生喊了她。宋逸浚目色一敛，立刻拿了苏悦悦的手机，说道："你先和医生说情况，我替你接。"

急诊的病人并不多，医生很快替苏悦悦检查起来，因为袜子与干却的血粘在了一起，医生娴熟地剪开袜子，但撕扯的痛仍是牵得女孩儿叫了声疼。

“悦悦！”

嬴绍杰听得清楚，只是答他的却是宋逸浚，轻步离开急诊室，答道：“她没事。”

“怎么是你？”

“我陪悦悦在医院看下伤。”

“她是不是很疼？”

“其实这个时候，你该关心的是她，而不是悦悦，悦悦有我这个男朋友就可以了。好了，不说了，我要进去陪她。”嬴绍杰的话还在口中，宋逸浚已按了红键，转身再入门诊室，只见苏悦悦早已待他回来，开口的第一句并非谈及自己的情况，只是问“绍杰有事找我吗”。宋逸浚紧了紧掌间的手机，说道：“没事，问问我们在哪儿？”

“哦。”

苏悦悦抿唇傻傻一笑，是自己想多了，那个花瓶鼻子又怎么会专门关心自己？医生关照宋逸浚用药的方法，语落之时，不忘说道：“回家后不能让伤口沾水了。”

彼此互视，医生分明已将两人当成了情侣或是夫妻，情理得当，然而火候却似少了很多。尤其是苏悦悦，脸上虽是绯红，但眼眸里总有一丝心神不定。宋逸浚心底一沉，他并没有想过像苏悦悦一样的女孩儿，竟然不是一哄就能得到的。自己高估了自己，抑或是将她与别的女人等同了，其实她与她们不一样，因而，在追她的时候，人也会跟着沉沦进去。宋逸浚心一颤，送苏悦悦回家的途中，不再言语。

“谢谢你送我回来，晚安。”

“悦悦。”苏悦悦往后退了半步准备关门，宋逸浚则往里跨了一大步，顺势将她逼到一旁墙上，低颌凝视起只及了自己胸口高的女孩儿。凤眼虽小，但扑闪的睫下藏了半分惊异，半分妩媚，待不得她的抗拒，宋逸浚已俯身轻吻住她的额，一手托住娇细的腰肢，一手撑过墙壁，吻慢慢地顺着鼻梁碰上她已颤微的唇。酒精蕴在他的呼吸，轻扑在她的脸庞，从未被人吻过的苏悦悦木木地不知如何应付，突然想要一把推开面前的男人，只听见“汪——汪汪——呼——汪汪——”

不知何时，小浴缸冲了出来，拼命地朝宋逸浚叫嚷，一双眸子里好似点了火一般，定要

将宋逸浚欲要夺取的吻中断。

“小浴缸。”

趁着宋逸浚不耐烦地松了手，苏悦悦忙蹲下身，将吠叫的小浴缸抱在怀里。宋逸浚问道：“你什么时候养的狗？”

“小浴缸别吵了，是逸浚叔叔。”苏悦悦边摸着小浴缸的脑袋，边解释道：“有段时间了，是我朋友给的，上次你来的时候，绍杰帮我看管着，所以也就不在家里。”

“哦，怪不得见着我就叫。”

“不好意思，或许是你身上有酒味，所以它才叫这么响，绍杰来的时候，它就不叫了。”苏悦悦并未意识到自己说及了宋逸浚心里的疙瘩，虽然宋逸浚面上依旧漾着笑意，但却知晓似乎今晚安排的一切在此刻却输给了一只狗，不，应该说输给了嬴绍杰。

“对了，明天去看电影？我接你？”

“不，不了。”

“那去吃饭？”

苏悦悦只是一犹豫，怀里的小浴缸便冲宋逸浚直吠，苏悦悦没了法子，只得暂时推诿道：“小浴缸叫得厉害，我怕吵了邻居，不如你先回家，我们明天再打电话。”

“也好。”宋逸浚想要上前Kiss-bye，只是小浴缸再次吠起，无奈之下只是留下个笑容，退出了房门。两人匆匆忙忙地道别，下楼的时候，宋逸浚的手机显示嬴绍杰的来电，唇角微挑过一丝笑容，只是由着铃声响，并不去接它。

宋逸浚知道嬴绍杰此刻打电话来不过是想问自己是否和苏悦悦在一起，因为苏悦悦的手机在回家的途中已经没了电，那么他想作确认，就只能打这个电话，自己故意不去接，就是让他焦心。此刻，宋逸浚不知为何突然想到小浴缸，一对愤怒的眸子，一张一翕的嘴巴“汪汪”地冲自己狂吠，心里堵得厉害，报复的欲望在嬴绍杰接二连三的电话声中才得以宣泄。冷冷的笑在寒意十足的月色下显得邪佞而涩然，嬴绍杰，你是个懦夫，不是么？！

周末的时候，宋逸浚没有放过丁点儿的机会予嬴绍杰，周六一早便去洲际酒店取了车子在美丽花园等苏悦悦。两人单独过了一个周末，只是每一次宋逸浚送苏悦悦回家的时候，小浴缸都会极其厌恶地冲他狂吠。这让每一次的浪漫在升华的过程中乍遇冰凝，使得彼此的关系停留在尴尬间，苏悦悦既没有特别热忱，但却也没有拒绝。宋逸浚并不逼她，只是继续地保持等待的态度，这让女孩儿反而生了些许的内疚。

同时，苏悦悦也纳闷，为什么小浴缸会对宋逸浚有这么大的反应？打电话问过小猫原因，但小猫却说小浴缸不会对人吠，不过，苏悦悦支支吾吾的声音却也引来小猫的疑问："哎，你家司机见小浴缸的时候，它也没叫啊。"

"没有，不是对他叫。"

"不是对他叫？那对谁叫啊？你这么急着打电话给我，不是为了你家司机啊？难道说……你有新目标了？"小猫拉长了调子质问起来，苏悦悦才辩驳了两句"不是，不是"，小猫已继续说道："喂，你家司机一看就是个好男人，别不懂得珍惜。"

"什么和什么嘛？你知道他这人有多坏吗？我租的房子是他的，认识这么久也不吭气。"想到这儿，这花瓶鼻子就让她来气，小猫却在那头大声地笑了起来，丝毫不含半点平日里的温柔："我说苏悦悦你这笨丫头，这叫缘分，你懂吗？这叫缘分！你坐他的车，租他的房，你算算这个城市，两千多万人口呐，为什么你就偏偏遇上他呢？这就是缘分，听过么？五百年才能换得同船渡，你们这是多少个五百年才换来的，你还不珍惜，居然看上别人？我要是你，赶紧拉帆回航，用根绳子把他绑住。"

"你别笑我了，我哪有看上别人？是，是别人追我。"苏悦悦平日里理直气壮的时候多，今日说话却愈加地轻若蚊蝇，小猫听着可是赶紧追问道："老实交代是谁？"

"我上司。"

"喂。你有没有搞错，你上司？苏悦悦，你清醒点，听过兔子不吃窝边草么？怎么样？他想潜规则你啊？这种事，我听多了，也看多了，怎么可以这样？……"

小猫愤愤不平地说了起来，话语就好似连珠炮一般不给苏悦悦半点驳斥的机会，直到喘口气的时候，苏悦悦才低声辩解道："那绍杰也是我同事。"

"同事？上司？这是两码事，苏悦悦，在我小猫的眼里，你是极有原则的女孩子，怎么能屈服于潜规则呢？"

"不是潜规则，他是真的想和我交往。"

"傻丫头，到社会上这么久了，还不如我这个家庭主妇清楚。"小猫讲了很多条理由想要对苏悦悦谆谆善诱，苏悦悦只得暗叹，自己又不像小猫一样花容月貌，宋逸浚这么优秀的人为什么要潜规则自己？要是潜规则，他为什么没看上茹安心？她比自己要美丽得多。尾牙上茹安心的那一脚究竟是为什么呢？难道她也觉得宋逸浚是在潜规则自己？

"呜……"

怀里的小浴缸闷闷地呜咽了两声，苏悦悦摸了下它的脑袋，说道："要是我能和你一样多好，无忧无虑的，宋逸浚那么好，怎么会喜欢我呢？"

小浴缸动了动耳朵，转过头，好似极不喜欢听到这个名字，苏悦悦叹了口气道："人家都说狗眼看人低，你把他这么优秀的男人都看得那么低，反倒是花瓶鼻子，看到他就像看到自己亲爹似的。"说到这儿，苏悦悦不由得扑哧笑出了声。

不知道他怎么样？尾牙的时候还很仗义地要替自己解围，结果突然失踪得连个影子都没有，要不是晚上去医院的时候还来问候过，周一见到他的时候，一定得说上他两句。跑JSCT来做大项目经理，他的秘密真多。

周一的清晨，都市竟落了些雪，黑色的柏油若隐若现，不若北方，这儿的雪大部分是湿的，落了薄薄的一层，地上滑得厉害。苏悦悦出门的时候，门外站了一个熟悉的身影，高大英俊，只是开口一如既往的口吃："早啊，外，外面下雪了，我怕你，你滑，滑倒。"

"花瓶鼻子，你吧，竟唬我，一和我说话就口吃，在大庭广众下说话，一个停顿儿都不打。"

"我没骗，你。"

嬴绍杰说话不利索，可动作却是利索得很，霸道地把苏悦悦从家门口背到了车上，不由分说地关上门，兀自回驾驶室启动了车子。苏悦悦涨红了脸嘀嘀咕咕道："真野蛮。"冷不丁被座椅上的东西硌了下，说道："哎哟，什么东西放这儿，分明是想谋害我嘛。"抽出身下的东西一看，掌心大小的彩盒，本以为是口香糖，但上面却清晰地写了三字"杜蕾斯"。

心突然像倒翻了醋瓶一样，极不舒服，苏悦悦眉宇一皱朝窗外看去，谁都知道这杜蕾斯是用来干吗的，没想到这花瓶鼻子真的姓"淫"，风流完了，还不忘放盒新的在车上。

嬴绍杰并不知情，只是从反光镜中看到女孩儿突然静得很，碍于角度，并未看清她正愠怒的面容。直到车子进了地下停车场与苏悦悦说是那位怀孕的同事休产假，自己换回原来车位时，他才发现车座后的女孩儿竟然连半句都不搭理自己。

为什么女孩儿的心思总是变得极快？开车门的时候，苏悦悦冲自己瞪了一眼，甩头便走。他这才发现后座好像放了一个方盒，探身进去看了仔细，方才意识到那女孩儿为何会对自己这么动怒。

杜蕾斯？

他的车上怎么会有这东西？这几天，车上只载过两个人，一个是苏悦悦，一个便是她。难道是……

一定是她。

尾牙那日她既然能做到那么狠，也就能把这盆子脏水倒自己身上。别说是苏悦悦这个没有心计的女孩儿，任谁都会觉得自己是个“恶心”的人。

嬴绍杰懊恼自己的心软，为什么就信了那女人不舒服送她回去，要不是宋逸浚，自己根本就不会送她回去。只是，嬴绍杰突然意识到这好似是一场安排好的局。他怎么就没有想到宋逸浚和她是联合地在演一场戏，一个装可怜，一个装英雄，将自己和苏悦悦之间的间隙变得更大？没想到这JSCT的战场还没拉开，自己在情感上的仗却已输了一次。

他们太了解自己。

只是他们忘了，其实，他也同样了解他们。苏悦悦虽然厌恶他，但她是在意自己的，不是么？一盒杜蕾丝更证明了自己。如果她只是当他路人甲，路人乙，或者同事丙，房东丁的，她瞪自己的眼神根本不会流露出酸溜溜的情态。

“傻丫头。”

紧绷的脸展开释然的笑靥，适才的忧虑转念间成了一阵风卷走了他的疑惑，还有那份迟疑。今晚下班的时候，他一定会好好向她说清楚。

第三十一章 组织架构与权力争斗

虽然尾牙上宣布了嬴绍杰加入JSCT，但任何事都不如纸面上来得更清晰，也更具说服力。JSCT变动后的组织架构图在周一清晨以公司重要通告的形式发给了JSCT所有员工。嬴绍杰的级别竟定在了总经理之下，众经理之上的位置。这就好似一个古代王朝一人之下万人之上的宰相，而且，在通告中着重指出，嬴绍杰是S项目总负责人，在JSCT有任意调用各部门相关同事作为S项目成员的权利，请各个部门的部门经理予以支持与配合。

仅是几分钟后，S项目的粗略信息已跟着前一封发给了大家，S项目是指在A城的机场项目，JS集团中国区拿到了这个项目的总包，作为通讯部唯一的项目公司，JSCT承担了总包下的通讯分包，项目大小在五千八百万人民币，分三阶段进行。

这样大的合同，是JSCT成立以来最大的合同，把它列为大项目自然无可争议。众人正在纷纷议论合同大小的时候，人事部的Amy突然打电话给了苏悦悦，关照她到楼上会议室去。一早上因为嬴绍杰车上杜蕾斯事件，苏悦悦正满脑子不知想着什么事，被点名儿去楼上，立刻想起是不是因为之前那个项目做错的缘故，心里自然忐忑得厉害。

只是到了楼上会议室门口，却迎上淡笑拂面的Amy："Sue，你开完会到我这儿来拿试用期评定书。"

"哦。"

苏悦悦赶紧点头，慌慌张张地拿了本子进入会议室，里头竟已坐着采购部、项目部、质量部、服务部、工程部的同事，就连财务部的同事也跟在苏悦悦的后头进了里头。这都不是最重要的。最扎眼的，也是最重要的是，那个"淫邪无比"的花瓶鼻子已西装笔挺站在会议桌主位上，说道："各位同事，相信大家已经看到公司发的邮件，S项目对于JSCT来说是今年乃至明年的重中之重，请大家到这儿参加项目开工会，也是征得了各位同事部门经理的批准。当然，如果各位有不愿意加入这一项目的话，可以在这儿提出，我绝对不会为难大家。"

各部门的同事或交头接耳，或是翻动桌上关于S项目的资料，但没有一人对于嬴绍杰的话语提出异议。这并非意味着他已折服了大家，而是因为所有的人与他，太过疏远，疏远到不知如何对这个总部来的技术部经理提出什么。

"不好意思，打扰一下。"正在这时，虚掩的门被推了开来，淡淡的香水味随着男人进来的风儿飘入会议室。苏悦悦立刻投去惊异的目光，突然闯入的男人已开口道："Eric，不好意思，我还需要Sue做很多事情，况且，她还不具备大项目合同管理经验。我已经和Roger说过，我们合同管理部门的小吴更适合这个工作。"

"Kevin，之前Shelly已经同意了这件事。"嬴绍杰早已听闻朱歆在尾牙之前对苏悦悦的不满，自己提出要苏悦悦加入S项目虽然不甚妥当，但是能够避免她被人排挤，被人陷害，所以，向Shelly提出要人，而Shelly原本授意于朱歆，一定要把苏悦悦踢出JSCT，如果让她去了S项目，犯了错误，那么就连宋逸浚都没有办法保住她。自然地，Shelly就应了嬴绍杰的需求。

"但合同管理部门是我的部门，Shelly只是代理执行我的安排。我给你的人，一定是合同管理部门最合适的人，她会帮你解决很多问题。"

"其实，我也考虑过小吴，只是人事部告诉我她怀孕了，可能需要保胎，所以，我只能另选他人。"

嬴绍杰的话语说得坦荡而无把柄，宋逸浚心里一沉，苏悦悦亦如此，小吴怀孕的事是何等的机密，他俩都不曾知晓，而嬴绍杰一个初来乍到的人却很清楚。但宋逸浚在职场上也非一日两日，对于这样的情况，自然是处变不惊，温和地回了嬴绍杰道："如果你放心不下小吴，那么我会和Shelly商量，重新给你一个合适的人。"

宋逸浚边说，边拉开一旁的空座兀自地坐了下来，与苏悦悦点头示意道："悦悦，你先

去忙服务部的事情，我先替我们部门开这会。”

苏悦悦“嗯”了一声，瞧了眼嬴绍杰，只见他的眸子里闪过一丝不满，但迅速又以默许的点头来回应苏悦悦的疑问。自然地，她也就退出了会议室。嬴绍杰很清楚，S项目其实不仅仅是一个项目，它的背后是一场“政治”斗争，甚至说，就是一个阴谋。也因为如此，S项目组所有成员都是未超过五年服务期的年轻员工，嬴绍杰仔仔细细地看过他们的简历与过往的绩效考评。这些员工大都表现良好且怀有升职的欲望，那么通过他们找到JSCT暗藏的玄机，怕是最合适不过了，也因为如此，他们将会是这场血雨腥风后的赢家，当然，也有可能成为牺牲品。

这在职场上并不奇怪，嬴绍杰亦很清楚其实自己何尝不是CEO的一枚棋子，胜，是功臣，败，便一无所有，甚至连留在JS集团的机会都不会有。嬴绍杰想到此，不禁望了眼苏悦悦离去时的那抹背影，多么希望她能够成为局外人，只是跳出了自己这个局，她是否能够跳出朱歆布下的局呢？

眉头紧蹙，嬴绍杰微低下头，翻过项目册，继续道：“大家面前放着的是S项目的计划表及具体信息，由于项目周期比较长，所以，项目进程也需要大家在完成自己阶段性任务后进行更新。S项目的总包是JS集团，这项目不需要分包招投标，但是，我们对合作商和分包商都需要进行必要的招标……”

S项目的开工会进行了一个半小时，宋逸浚拿着文件下楼的时候，脸色显得有些阴沉，手还时不时地去扯领带，好似平日里增添气质的配件成了一种累赘。

于小佳本来拿着文件要去批，只是还没有来得及与宋逸浚说上一句话，英俊的老板已沉声喊了Shelly进自己办公室。隔着玻璃，于小佳看到宋逸浚竟一把扔了领带，将手中的文件甩在桌上，Shelly则立刻将百叶窗合了起来。

进公司这么久，竟从未见到这样的场景，于小佳立刻八卦地跑到苏悦悦那儿说道：“你猜我看到什么了？”

苏悦悦正忙着整理文件，随口道：“什么？”

“Kevin发火了，我刚才看见他扔了领带，又甩了文件。哎，要不是Shelly拉了百叶窗，我还想看下去呢。”

“他发火了？”

苏悦悦赶紧转头看于小佳，于小佳立刻掩着嘴说道：“当然了，我进JSCT这么久都没有看到他发火，你刚才不是和Shelly说他去参加S项目的开工会了么？怎么回来就是这个样子了？不过，Kevin发火的样子好帅气，就和电视剧里的男主角一样。”

于小佳话语连连，从惊愕的表情一下跳跃到了花痴，苏悦悦忍不住往那儿看了一眼，办公室门紧闭，她想不出有什么理由，宋逸浚会如此生气。不过，他真的待自己很好，试用期评定书的字字句句把她写得都很好，甚至还在建议栏中填了三个月后调薪的话。按自己之前犯的错误而言，别说是调薪了，不终止试用期已经是格外开恩。苏悦悦知道，这一切都是因为宋逸浚对她的喜欢。

这不是潜规则，而是王子与灰姑娘的相识，而自己还没有灰姑娘的那份美丽。宋逸浚与Shelly的话谈了很久，直到中午十二点多，他们中的任何一人都未出过办公室。苏悦悦偶尔朝那门看看，不由得为宋逸浚担忧起来。吃午饭的时候，苏悦悦遇上嬴绍杰，如以往一样，他往自个儿的饭盆里加了两大勺的米饭，见着苏悦悦便示意她一起吃。苏悦悦却不乐意，想起他车里的杜蕾斯，想起宋逸浚的不快乐，心里就更不舒坦，兀自地寻了服务部的一个同事对面坐下。

嬴绍杰摇摇头，心里猜度出几分，刚才在开工会的时候，他下了任务，让采购部和合同管理部把分包公司资质背景以及三年来与JSCT所做的合同全部交给他。这一任务虽看似简单，但用意却深。一般人看文件是看不出个道理，哪怕是审计也未必知晓其中的猫腻，但嬴绍杰不同，他是从JSCT出来的，又谙熟其中的门道，交给他，自然是将把柄交与他。因而，宋逸浚在第一时间提出了反对，当然，他的理由并不是不愿意给，而是不方便给，因为这是合同管理部门的存档资料。嬴绍杰作为S项目的负责人，他该负责的只是S项目，而不是其他。但嬴绍杰也有不可辩驳的理由，说是为了保证S项目顺利进行，他这么做，完全是在为S项目做准备，甚至是为往后大项目的筹备立下一个标杆性流程。

开工会的其他人只是默默听着，虽然他们还年轻，但也能感觉到嬴绍杰与宋逸浚之间隐隐藏着的斗争，而看似谦和的对答根本就是一场未着硝烟的战火。这战火好似从苏悦悦这个不起眼的员工就开始点燃了，不过，她应该只是导火索。

饭后，服务部的同事有事先离开了公司，苏悦悦便独自坐电梯上楼，嬴绍杰也跟着进了电梯，因为过了午餐时间，电梯里的人极少，苏悦悦故意按着开门键等了会儿，然而，却没有遇上搭乘的人。

“没人。”嬴绍杰边说，边按了关，苏悦悦一努嘴，收回手，脸侧向一旁，故意不搭理。一旁的男人却已开口道：“我，我不是装的，对女孩子说话时就，就是如此的。还有，今晚请你吃饭？”

请吃饭？

铁公鸡会请吃饭？他每次都恨不得把她苏悦悦身上的钱全粘自个儿身上，还会请吃饭？记得最后一次一起吃饭还是在家里吃的火锅。只是，他刚才说的话是在解释自己口吃的原因么？呵，分明是用另一个秘密来套取自己的信任，他的心思可是越来越坏了，坏到还要出卖自己的“隐私”。

“我，我有事要和你，和你说。”

“现在也可以说。”

“现在是工作，嗯，工作场合。”

“分得倒是挺清楚。”苏悦悦低声喃喃，高速电梯只是一会儿的工夫就到了JSCT楼层，苏悦悦正要走出去，嬴绍杰情急之下，说道：“别和他走这么近。”

话语落下的时候，苏悦悦已离开了自己视线，倒是进来的于小佳见着电梯里是嬴绍杰，不由得扑哧笑了起来。这莫名其妙的笑，反倒将嬴绍杰弄得尴尬，唯有装了些笑意。

“Eric，我和Sue是一个办公室的，我叫于小佳，英文名Jill。”

“哦。”

嬴绍杰并无心思去听于小佳说，直到自己出电梯的时候，于小佳跟着他走了出来，说道：“Kevin让我加入S项目组。”

“你？”

嬴绍杰突然停步看起面前的女孩儿，这才想起她就是尾牙那会儿站在苏悦悦身旁的人，只是宋逸浚这安排显得极突兀，早上刚刚参加完项目开工会，下午就安排了于小佳过来。看样子，他有了第二手准备。于小佳的资料自己已经看过，虽然没什么特别之处，但也没有什么可取之处，这几年的绩效考评很普通，以一个名牌大学为敲门砖进入JSCT的于小佳显然不是最好的选择。

这一招，该是宋逸浚故意卖“傻”，不过，嬴绍杰又一沉心思，这于小佳虽然绩效考评普通，但是人并非没心计，尤其是她对自己的介绍，竟拖入了苏悦悦。由此看来，她多多少少对苏悦悦和自己相识的事有所了解。

“Eric，我虽然没有Sue那么聪明，但在JSCT也有挺长段时间了。”

“OK，我，我，还有些，有些事要做，我会和Kevin先商量会儿。”嬴绍杰口吃的问题只是一句话便被于小佳听了进去。当然，于小佳并没有因为嬴绍杰推脱自己的借口而生气，反而觉得这男人极有趣。笑了笑又下楼准备和苏悦悦说这事儿，没想到人才回办公室，就闻到一股淡淡的花香。

“哇，不是吧……”

花香的源头竟是苏悦悦桌上突然添上的大束百合，墨绿的纸包裹着白色的花儿，清雅大方，束花的带子上竟还扎了一只可爱的懒羊羊，让这束美丽的花儿又多了份活泼的气息。

“什么不是？”小吴已站在不远的地方反驳起于小佳，苏悦悦却只是听着电话，电话的内容不得而知。

“我现在在去机场的路上，花还喜欢吧？”

“很漂亮，谢谢。”

于小佳想要探些消息，不想被警觉的苏悦悦看到了自己微弯的腰，赶紧起身离开办公室去了楼道。那头的话语在微微停顿后继续：“做我女朋友，好么？”

“你，你可以找到比我好很多的女孩儿，我，我……”第一次被男人追求，竟就是这么出色的男人，苏悦悦可以在任何时候充满自己的信心与骨气，可是，在一个她认为完美的无可挑剔的男人面前，她好像突然失去了说“不”的勇气。

“是，我可以找到很多，但不是什么女孩儿我都喜欢的，答应我，做我女朋友。不然的话，我就会和那只懒羊羊缠着花一样缠着你。”

没想到他会说这么肉麻的话，苏悦悦脸庞灼烧得厉害，心扑通跳动的声自己都能感受得清晰。

答应，还是不答应？

这好似哈姆雷特的台词一样，让她踌躇，宋逸浚听得清电话那头不甚清晰的呼吸声，自然地加力道：“答应我，小羊。”

甜蜜的昵称，然而这端沉默继续。

“再不答应我，我就折道回JSCT……”

“不，不要，我答应你。”

“呵呵，傻小羊，被逼无奈似的。”宋逸浚听到苏悦悦慌慌张张的回答，忍不住逗起来她。虽然只是通过电话，但他能想象得出苏悦悦该是如何的神态。与她温柔地又细语了一番，苏悦悦问及他是不是不开心，他否认得极快，因为才确定了关系，苏悦悦便不再追问，不过，确定关系之后的宋逸浚立刻就去了北京，这让她不由得多了不少牵挂。

下午的时候，于小佳与小吴又旁敲侧击地问苏悦悦送花的是不是她的男朋友？他是做什么的，长得如何，有没有照片。

大凡公司谁有了男朋友，或是女朋友，女人们总是激动地寻找答案，这样可以很好地和自己心里为他人所想的对象进行对比，好的就激动到吃醋，差的就多有幸灾乐祸之嫌。像苏悦悦这样戴眼镜的女孩儿能有这么浪漫的男朋友，那该是长得什么样的呢？

傍晚的时候，苏悦悦正常下班，嬴绍杰早早地发了条消息说是在早上停车的地方等，去的时候，嬴绍杰已经在那儿等她，不知是不是有些无意识的条件反射，苏悦悦瞥了眼后座，里头空无一物，早上的那盒杜蕾斯自然已经消失。

“你收，收到花了？”

“是。”

他没有开门的意思，只是站着质问她，面色凝重，好似她犯了什么错一般。不知是不是因为他们之间的关系突然地又添了阶层关系，她有些不习惯，眼色闪躲，而他亦是如此，手插在裤袋里显得极不自然。

“他给你的？”他问道。

苏悦悦正要答话，手机突然响了起来，打开手机盖的时候，他单从她眼镜片上的反光就能看到上头清晰的“宋逸浚”三字，何况她还特意压低了声背过他去打手机，这一动作，很显然将自己排斥在外。嬴绍杰心一急，站她背后直想把手机夺过来，好好地斥上一番宋逸浚，他要让苏悦悦知道其实电话那头的男人并不如她想的那么简单。然而，这冲动的想法只是在脑中停留了一秒就立刻换做冷静，倘若自己真这么做，就乱了阵脚，苏悦悦一定会认为他是在无理取闹。在她的眼里，或是在大多数的女人眼中，宋逸浚是一个完美的男人，高雅的举止，时尚的品位，最重要的是他英俊的外貌。如果自己说这样一个男人是道貌岸然，不惜出卖自己靠女人上位，玩弄各种女人的情场骗子，任谁都会说他嬴绍杰是妒忌。他没有证据，就好似宋逸浚及朱歆一派在JSCT做的手脚，他还没有证据，所以，要打赢他们，只有靠证据。

“你干吗偷听我电话？”

没想到她很快挂了电话，一回头就见他在自己背后，好像很入神地在想什么，立刻不满地问他。

“没偷听，上，上车吧。”

“听了还说没听，还有，今天，你对逸浚说了什么？他一回办公室就特别不开心，现在他在北京，心里肯定也不好受，我什么都帮不上。”

她的心里在牵挂北京的男人，听宋逸浚刚才在电话里的口气，虽然温柔有余，但似乎承载了很多压力难以释放般，她能感受得到。这让她不由得把宋逸浚此时此刻的心情与他今日参加嬴绍杰S项目开工会后与Shelly在办公室中的反应联系在一起。

“我什么都没说，他，他是自己有问题。”正要开车，听她站在宋逸浚的立场上质询自己，忍不住说起他。

“他有什么问题？肯定是你说话不让人，或者耍了什么手段。算了，不和你说了，你现在级别比我高了一大茬。我可是个小喽啰，刚过试用期，万一得罪了你，工作都不保了。”

“我，我耍手段？！悦悦，我耍什么，什么手段了？宋逸浚和你，和你说了什么？”

“他什么都没说。”

“没说？没说，没说的话，你又怎么来的理据说我？”

“你为什么老对他有偏见？早上开工会的时候，我也在，你选择我去本来就是不合适的，就连我自己都觉得不合适，他说那些话，也是为你的项目考虑，可是你呢，说话那么咄咄

逼人。”

“我？”

车子驶出的时候，嬴绍杰心里一阵怒意，冷不丁地拍了下方向盘上的喇叭，看门的保安一愣，朝黑色Polo看了过去，一见是熟悉面孔，也便不再吱声。

“好了，不和你说了，免得你又横冲直撞。”

“苏悦悦你……”嬴绍杰瞪了眼后视镜里的女孩儿，也不知自己哪里来的小孩子气，听她处处说宋逸浚好，心里就酸得厉害。

嬴绍杰这声“苏悦悦”喊得很响，苏悦悦被他一怔，听不到后续的话，不由得冷嗤了一声，暗想这男人终是没话说了吧。该保持距离的，不该是宋逸浚，而是他。车里放了盒杜蕾斯，明摆着就是昨晚去哪儿风流了，而早上的事明明是自己不对，还非要赖在宋逸浚身上。

两人保持了沉默，直到半小时后嬴绍杰说请苏悦悦吃晚饭，彼此间才有了三言两语。这是一家粤菜馆，虽然不甚繁华，但却装修简洁，服务生的态度也是热情得当。苏悦悦心里盘算，今天莫非真的太阳从西边出来，铁公鸡居然拔毛了。

“你是不是还有什么事情瞒着我？”

“没有。”嬴绍杰点了几个菜，听着菜名，苏悦悦知道价格不菲。服务生满带笑容地拿了单子离开，嬴绍杰这才继续道：“悦悦，我，其实，我想说……”

虽然和她在一起的时间不长，但面对面看她的时候，心总静不了，明明已经想好要说什么，喉咙却好像被堵了一样，开不了口，或许，他被女人伤得太厉害，已经忘了如何去向自己喜欢的人表白，那一次的伤，至今仍是那么痛。

手机突然响了起来，苏悦悦看着嬴绍杰微漾温柔的目光与自己碰撞瞬间好似要说什么，可又并不出口。她有些急，很想知道他葫芦里卖的是什么药，心跳得厉害，这种感觉和宋逸浚向她表白是不同的，虽然她解释不出这种感觉，但好像很期待听到他说什么。

“对不起，我要，我要接个电话。”

“哦，故意逃避。”

苏悦悦瞥了眼，嬴绍杰“呃”了一声，但碍于电话是Wagner打来的，他别无选择，不过，心底深处竟庆幸自己能够在这个时候有电话来。只是他没有想到这通电话并非轻松，

Wagner很少会在晚上的电话谈及公事，此刻的电话竟在三句之后直切入正题，而且言辞犀利，这让他脸上不由得添了些肃然的气氛。

“Joe一定在做着什么，我希望你再努力些。”

“是，我知道。”

“对了，Kevin已经到了北京。”听到Wagner说Kevin的名字时，他下意识地看了眼苏悦悦，生怕又起误会，与苏悦悦打招呼，离开座位，继续打电话，苏悦悦起初并未在意，反而在想刚才他究竟有什么话要和自己说。只是，等了好久之后，菜都上齐，他却还在不远处边打电话边来回踱步。这也叫请自己吃饭？菜点了，人走了，嘴张了，话却藏肚子里，除了让人用没有诚意来形容之外，她想不到更好的词汇来比喻。肚子早已闹腾起来，苏悦悦鼓鼓嘴，拿起筷子猛插了两下鱼，喊服务生添了瓶可乐，搞起恶作剧，以此来惩戒自顾电话的男人。

先倒了半杯可乐，继而，又搀了小瓶醋在其中，摇出很多气体后，等候他回来，时机倒也真抓得牢实，嬴绍杰挂了电话后回到桌前，应该是话说得太多，见着有一杯可乐放在面前，拿起来便大口吞了下去。

“扑……咳……咳咳……这……这……什……什么……”

服务生见客人大声地咳嗽起来，赶忙过来，苏悦悦捂嘴挥手让人离开，笑着解释道：“给你吃吃开胃汤喽。”

“咳……咳……开……开胃汤？”酸意涌得厉害，五官七窍好像突然被人灌了醋一样，闻着的空气都是酸酸的。

“是，正是。”

苏悦悦强忍住笑，捡起鱼肉就往嘴里塞，冷不丁一根藏在鲜美鱼肉中的鱼刺卡在喉咙里，本是小小的眼睛一下瞪得奇圆，泪水一下子涌了起来，嬴绍杰坐在对面一下意识发生了什么，赶紧拿起一旁的醋瓶为她倒了满满一勺子，小心翼翼看她吞服下去，这才将突然提起的心放下。

“瞧瞧，害我，害，害到自己了。”

“喂……咳咳……你还好意思说我呢，痛死了，都怪你，哪有请人家吃饭自个儿打电话去的。”

“我有重要的事，事情。”

“对对对，重要的事，你现在是大项目经理，业务繁忙。说吧，大经理，你有什么事要和我这个小喽啰说。我可不想吃你的嘴短，拿你的手软。”

“先，先吃饭，肚子都叫了。刚才那么多醋，肚子，肚子更饿了。”

“哦。”

头也不抬地便促苏悦悦吃饭，这让女孩儿更添了些思量，嘴里虽塞了两筷菜，但目光却总在搜寻他微小的动作。他是不是对自己有意思？耳朵都红了？不，不可能，他才不会喜欢自己！和他认识这么久了，他这人哪句话是真，哪句话是假都值得商榷，怎么会喜欢上她？不过，自己好似又盼着他说什么。忽而，宋逸浚发来一条彩信，苏悦悦一看，屏幕上的图片正是他们那次在北京堆懒羊羊的地方，那儿竟有只缩小很多倍的懒羊羊，手里握着支红玫瑰，很乖的模样。

“想你。”

跟着的短信好似一股暖流透过屏幕涌入她的心底，从来没有一个男人对她这么温柔，这是她第一次感觉有男朋友是多么不同，他好像时时在想她，不能离开了她。漂泊在异乡，除了小猫是她一直以来倾诉的对象，她找寻不到第二个人可以分享自己的情感，快乐，抑或是忧伤。他好似一种依靠，对，他就是自己的依靠，几次的困难，他总是替自己着想，为自己考虑，甚至得罪朱歆都愿意。

赢绍杰虽然没有看到短信，但她露出的笑意却告诉自己短信是宋逸浚发的，正要再说什么，小许却突然打电话给他。

“绍杰，你在哪儿？”

“在外头吃饭。”

“你最好马上到滨江花园来。”小许的话语声很急促，好似发生了大事。滨江花园是那个人的住所，原本她没有可能买上那么豪华的房子，他知道，这两年来，她得到的很多，只是她所有拥有的都是践踏尊严与道德的，在车后座放上杜蕾斯的事，他一早就已经打电话斥责过她，他要她知道无论她做什么，都无法弥补当初的一切，既然当初是她选择的路，为什么到今天她还要纠缠不清呢？

“绍杰，你还是来一趟，她情绪很不稳定。”

“我很忙。”

“绍杰，她今天魂不守舍地开车子和卡车撞了，要不是我正巧在交警大队看到，这事儿都不晓得。虽然没受伤，但吓得不轻。我问她开车怎么这么不小心，她故意不答我，倒是卡车司机说，她好像胡乱地开车，做过酒精测试，什么问题都没有。送她回来的时候，我看到你们之前拍的结婚照，所以……”

结婚照?

“呵……”左手抚着前额，扯过眼镜揉了揉眼角，嬴绍杰轻飘飘地道：“她真会演戏。”

结婚照?

对，他们差点儿就结婚了，婚房，结婚照，连同请柬都已经派送了那么多，可是到头来她做了什么？为了所谓的 “自由”、“生活”，随意地丢弃了跟着她的滔滔，害得滔滔被人贩子拐跑，而自己竟在登记前消失得无影无踪，待他发现，她竟然和别的男人在一起，虽然没有看得清楚那男人的样子，但是他们同时进酒店开房的那一幕，他看得清清楚楚。豪车，名宅，奢侈的包包，限量的腕表，他给不起她，可这并不是她离开自己的理由。难道所有的生活一定要有这些才是不落档次么？社会已经充斥了利益，本以为结婚能有一个让心灵依靠的港湾，没有想到过却是一把割心剜肉的刀。

过去的记忆纵然有美好，可在现实的面前，它只是落在地上破碎了的玻璃，拼不出完整的一面来。

“绍杰。”小许还要继续说下去，嬴绍杰已阻止道：“不要再说了，我不想谈她。”他匆匆地挂了电话，手机随意地放在盘子的边上，颀长的手遮掩住脸上所有的表情。苏悦悦并非刻意地看听他的电话，只是从他口中只字吐出的话语与他此刻沮丧的模样，她猜度他口中“不想谈”的“她”是他前任的女友吧。

“你有事的话不用陪我，多吃点去做事吧。”

他的动作定格了一分钟，在这一分钟里，苏悦悦甚至能够感受他的痛意，虽然他不言语，虽然他并未改变任何动作，可她真的好似能从他微弱的呼吸声中感受到他心里的不舒服。

“我，我没事。”

深深地吸了口气，男人重新戴上眼镜，喊服务生拿些酒。只是喝了许久，自己却清醒得很，都说醉生梦死能够让人忘却，然而，酒喝得越多，所有的美好在痛苦的记忆中变得更添了扭曲，仅有残存的丁点儿美好犹似气泡一样飞到半空突然破碎。苏悦悦不想打扰他独自以酒发泄，只是一个人闷闷地吃着菜，等待他醉了，好把他拖回美丽花园。

“悦悦。”

不知饮了多少瓶，嬴绍杰突然一把抓住苏悦悦的手，热烫的掌心一下灼住了安静的女孩儿，惊慌地想要抽回去，可是力道却少得很，服务生正要送上瓶酒，见这暧昧的姿势，赶忙收了脚步，往别的方向走去。

“你干吗呢，被人看到了，喂，放开我。”苏悦悦一惊，立刻去推他，脸涨得通红，手推得急，但力道却不大，丹凤眼灵快地瞅周围，生怕被人看到自己这副窘样，只是心惊起波澜的时候，有股细细的暖流逆流而上，促动自己放弃挣扎。嬴绍杰的紧张丝毫不输给对方，眼里燃起的星点火苗停留在她的身上，她是不同的，单纯、清澈。

曾经，那个女孩儿也是这么单纯，只是，物质终究夺走了她身上的一切，将所有能够想象及不能想象的脏污染了她的纯净。他犹豫了，在开口的瞬间犹豫了，他害怕这事情再次地扑向自己。困难，是他从来都不畏惧的，可是，这心里的伤痛比起任何困难都难受，因为她，自己才会得了PTSD（创伤后应激障碍），也因为如此，他才会对所有的女人言语困难。

“别看我只是一只羊……”几秒的停顿可以发生很多事，也可以什么都没有发生，手机铃声在他的迟疑、她的等待中成了中断音符，苏悦悦拿起手机听电话的瞬间，嬴绍杰往后退了下身子，松开了手，脸上的表情瞬间松弛了下来。

“悦悦，你回家了么？”

电话是宋逸浚打来的，苏悦悦不由看了眼嬴绍杰，压低声，说道：“一会儿就回去。”

“这么晚了，一个人在外面很不安全。”

“没事，我，我就在家附近。”

她闪躲的目色，嬴绍杰看得清楚，他知道宋逸浚一次次的电话，分明是紧追不舍，只是突然地，苏悦悦手里的电话竟断了，丹凤眼眨了两下，皱眉看看手机屏幕，再拨了两次，那头始终都是忙，无法接通云云之类的话语。

“没电了吧。”嬴绍杰看到电话断了，似乎有些幸灾乐祸，唇角处不由得勾起弧度，这细微的表情变化引起了苏悦悦的不满，她并不知道他们两人究竟是怎么回事，记得那次，宋逸浚介绍自己给嬴绍杰的时候，他是多么的友好，甚至到现在，他都没有表现出对嬴绍杰任何的排斥。

“一会儿再打喽。”

她自言自语。

他则落了笑容。

有的时候，情感只是在乎一条界线，如果没有迈过去，它就永远只是停在界线的这边，没有增，更不会改。

第三十二章 潜规则与真爱碰撞

“小心……”话才说了两字，耳旁的手机被抽了走，取而代之的是一股浓郁的五号香水味。身后的女人试图通过这独特魅人的味道来夺取自己的温柔。虽她不比梦露那般妖娆，但说到风姿，却也绰绰有余。深紫色的衬衣领间松垮地搭了一条银色领带，未敞开的领子里隐约地透着他完美的肌线，他并未回头，只是旁若无人地鸟瞰落地玻璃外依旧霓虹灯亮的马路，滞情其中。

“你不怕我把她立刻踢出JSCT？”从身后拦住他的腰，手里的红酒因为这一突然的动作溅出两滴深红的液体，话语藏了暗刃，她好似在提醒这个冷冰的男人电话那头的女人是她的忌讳，男子落了下长长的睫，将首都醉人的夜色敛入目中，脱开她的抱揽，说道：“Joe，她不是你的目标，Wagner和嬴绍杰才是。”

“逸浚，对于我而言，没有区别。”

“你……太认真了。”宋逸浚拿起吧台的红酒倒入杯中，轻啜了一口，笑道。豹纹的低胸晚装将朱歆的身体凹凸有致地显露了出来，脱了鞋，光着的脚在长厚的地毯上走过，谁都无法猜度这双看似属于花季少女的脚竟已在地上踩过了四十多个年头，她每走一步，都在倒数自己的青春，也因为如此，她的步履总是吝啬的。

“是你太认真了，看得出来，你对这个样貌无奇的女人是放了真心思吧。”以往，他玩的时候，从来不会在与她吃饭的时候注视自己的手机，更不会趁她离开一会儿的时候打电话给别的女人。

这一次，他不是在玩，他是真的喜欢上了苏悦悦。

“心思？呵……”宋逸浚饮了一口酒，继续道：“她是个局外人，什么事都不知道。”

“但介入了我和你之间！”朱歆几步上前，站到宋逸浚的面前，一双眼直勾勾地看着他。他是她一手培育起来的人，为了一个女人，他竟如此与自己说话。

“Joe，一开始到现在，我就说得很清楚，你不能干涉我的生活。”

“呵呵，你是在提醒我？！”目色里的妖娆瞬间转成了妒火，切齿的话语在冷笑间挤出牙缝，朱歆看着面前男人一脸不屑的模样，那火愈加地旺了上来。手，颤抖地捏着杯子，里头的液体不停地晃动。

“是。”

“扑——”的一声，红色液体泼溅在了俊美的脸上，随着刀刻般的轮廓顺落地滴下，偶尔留下两滴挂在唇角，将他邪邪的笑意凸显得让人心痛。

“你！”

没想到当初与他的随意承诺竟然成了他今日的借口，他的心思真是难以估量，或许，这正是自己这些年来教授于他的“本事”，对职场冷漠无情的同时，也对自己毫无情义。玻璃杯生生地摔在了地上，朱歆冷冷一哼，拥上宋逸浚的胸膛，说道：“好，那就做你承诺我的事。”

他，一如以往，俯身去迎合她的索求，这些年来，她是他上位的靠山，更是他风雨无阻的保证，她的索求，他必须满足，如此，他才能在JS集团再上一步。她答应过自己，明年，他就可以调任JS集团通讯部中国区商务部经理，这是他在JS集团的大升职。很小的时候，他就渴望出人头地，因为他是家中最小的孩子，处处受到庇护，也因为如此，所有的人都认为他的姐姐，他的哥哥都比他强，甚至，连同他的父母都如此认为。以为父母离婚之后，跟了爸爸，能够得到后妈的疼爱，可是，后妈对于自己的感情总是淡漠的。他缺乏温暖，更缺乏一种安全感，所以，他不断地使用各种手段证明自己。从进入JSCT的那一刻起，他就知道停留在自己身上的那双眼睛是指引自己上位的灯火。

惹火上身又如何？她能帮助自己，为什么不呢？

接连的几天，JSCT的S项目开始了第一阶段的项目运作，嬴绍杰每日都花很多时间在上头，S项目的所有人也都非常努力，JSCT合同部里，缺了两个人，一个是茹安心，据说是休假了，而另一个则是宋逸浚，他好似失踪了一般，一直没有回到A都市，苏悦悦偶尔会打个电话，只是电话那头永远都是无人接听，不过每回，几分钟后，她都会收到同一短信，说是“有事，稍后联系，宝贝”。字句虽短，但是留给她的却是心里的焦灼。

他究竟去了哪儿？

为什么去了北京后就没有了声儿？他不是把自己当做了女朋友么？可为什么去了哪儿都不和自己说呢？

究竟发生了什么事情？正想着，服务部的May打来电话催合同，苏悦悦立刻将思绪拉了回来，摊开文件夹仔细地寻找。这时，于小佳开完会，跑到苏悦悦面前，低声道：“喂，告诉你个秘密。”

“什么秘密？”

苏悦悦心里乱乱的并没有什么心思去听秘密，但又不好扫了于小佳的兴。于小佳见她漫不经心，倒也卖起了关子，说道：“不感兴趣就拉倒。”

“好了，等我空了后再来找你。”

“切，很忙的样子。”于小佳直了直身子，兀自地埋怨起来。苏悦悦摇摇头，继续手头的工作。只是五分钟后，突然部门里惊起了于小佳的一句惊叹：“不是吧，张广明居然离职了！”

张广明是JSCT的采购经理，在JSCT已经有了八年多工龄，在此之前也是这个行当里有名的采购，对于金属件与塑料件颇有研究，其技术水平丝毫不差于技术员。

“不是吧，他可是老臣啊，多朝老臣啊。”

一窝蜂地，这话题就吸引了众人，谁都认为像张广明这样的采购经理是绝不会离开JSCT的，没想到他竟然离开JSCT了。

“你们说他是自愿走的，还是被公司给那个什么走的？”于小佳问起了众人，小吴则说道：“都说是因为个人原因啦，怎么会和公司有关呢？”

“切，哪次不是因为个人原因走的，你们想想张广明呐，老臣呐，多次人事大波动，这棵大树也是屹立不倒。”

“人事大波动？公司上层的事，我们这些平头老百姓还是不要管了。管了也没用，只要混口饭吃就好了。”

“呵，那也得有饭吃啰。”

“你怕什么怕，我们跟着Kevin，当然有饭吃，没见我们这次是最佳团队嘛。”大伙依旧热血沸腾地在讨论，苏悦悦虽在认真地看文件，但也听进了一些话语。张广明这个人，她没有什么接触，不过，人事震动的事儿似乎对自己忠诚于JSCT有了丁点儿的动摇。一个八年多的老臣都会离开JSCT，这意味着什么呢？

真的是个人原因么？

傍晚回家的途中，苏悦悦坐在车上，嬴绍杰接了个电话，电话居然提到了张广明，原本不习惯偷听的自己，竖起了耳朵，抓住了只字片语。

“我已经让人备份了他电脑里所有的资料。”

备份资料？苏悦悦听着嬴绍杰的话不禁思索，一个人正常离开公司又怎么需要备份他的资料，采购部是一个敏感的部门，在以前的民营企业里，采购部与销售部都是老板的直系亲属，这就说明，这位子不好坐。现下，嬴绍杰在说备份张广明的资料，这让苏悦悦不由得怀疑起他离开的理由。当然，作为JSCT的普通员工，其实，这都不关自己的事。

“还有些事，我会整理后发邮件给你。”

嬴绍杰在苏悦悦思考的时候又说了几句话，苏悦悦听到他说再见时的称呼，得知电话的那头正是Wagner，不知道为什么自从他进入JSCT做了S项目的经理后，电话总会变得神神秘秘。

电话刚挂，苏悦悦还没来得及开口，嬴绍杰的手机再次响了起来。这一次，嬴绍杰没有想到居然是宋逸浚打来的。

“什么事？”嬴绍杰的话语极其平淡，甚至还带了丝冷漠。电话那头的口气并不温和，开门见山地便回道：“你该适可而止。”

“这话，应该是我对你说。”

“绍杰，你不用再查了，张广明那儿，你不会查到什么。”

“你紧张了，这可不像你。”

“我不是紧张，我只是告诉你，不要白费心机了。”电话那头的男人轻轻地咳嗽了声，嬴绍杰听得清楚，之前就已经听说在北京病了，原以为他是在逃避，没想到是真的。嬴绍杰放慢了车速，回道：“张广明的事情，我一定会查清楚，不光是张广明，还有些人，我也会摸得清楚。”

“摸清楚？呵呵，嬴绍杰，你知道你在走一条什么样的路吗？若不是我们之间的关系，我大可不必提醒你，咳……”

“我知道我在做什么。”嬴绍杰话语灼灼，宋逸浚轻咳着摇头，笑问道：“大家都是打工的，为什么一定要逼人到绝路？”

“底线。”

“底线？职场没有底线一说。”

“逸浚，我还在开车，如果没有事的话，就挂电话了。”

“悦悦在你车上？”

“是。”

“以后，这事就让我来做吧。”话锋一转，宋逸浚将话题转到了苏悦悦身上，嬴绍杰心里一惊，脚底不由得踩了下刹车，惹得后头的车子一阵喇叭。苏悦悦亦被一吓，愣地揣摩他究竟在和失踪多日的宋逸浚说了什么。为什么宋逸浚打电话给他，却不打电话给自己？

“你是她什么人？”

这话好像是在说自己，苏悦悦紧张地拽着后座上的靠垫，嬴绍杰的耳朵里传来对方自信满满的话语：“男朋友。”

男朋友？

车子再次戛然而止，幸而这一次后面没有别的车跟着，只是刹车声尖锐地响彻在车内人的耳朵里，而电话那头的人却是清冷一笑，挂断了线路。

“你怎么回事儿？开车的时候听电话也就算了，还这么不小心。”苏悦悦在后面埋怨，嬴绍杰一捏电话回头看女孩儿，问道：“你答应，答应了宋逸浚做他女朋友？”

“嗯。”

“你疯啦？你，你知不知道他是什么样的人？你……”嬴绍杰胸口闷得厉害，短暂的酸楚一下变成了愠怒，苏悦悦羞涩的回答在他看来好似引起内心怒火的种源，话也跟着难听了起来。苏悦悦本是平平和和地回答他，没想到他竟是一种质问的口气来说自己，而且脸上的表现变化比夏季晴天突然降落的暴雨还要大得多，不由得燃起的怒火也跟着上了上来，厉声地回他道：“我什么时候疯了？你为什么有事无事都要说他不好？是，我知道，我的条件和他差一截，但是，他追求我，我答应了，我们在交往，难道不可以吗？！”

“不可以！你，你根本不了解他！”嬴绍杰双目充满了怒火，面前的女人一定是被他迷住了眼睛，不，JSCT的大部分人，尤其是女人，哪个不是被他迷住了眼睛，不知所向？

“你口口声声说我不了解他，你了解他什么了？我们合同管理部门的人都认为他是一个好领导，好上司，他所有的条件都比我好，他追求我，关心我，对我好，我答应了他，有什么不对的？再说，这是我和他之间的事，你凭什么要反对？！”苏悦悦不懂，为什么嬴绍杰总是莫名其妙地咬着宋逸浚不放，心里窝着的火促得自己不假思索地骂了出来。

“好，好，你说的在理，可你知不知道，他，他这是在演戏，他追你只是演戏！他在玩你！”

“演戏？玩我？我什么都没有，没外貌，没钱，没背景，他追我是演戏，是玩我？！嬴绍杰，不是所有男人都和你一样这么喜欢欺骗和演戏的！”

“我？”

在她的心目里，自己才是一个骗子？自己才是演戏的那个人？对，她骂得没错，披着文雅俊美外套的宋逸浚不是骗子，自己这个租给她房子，给她拼车上下班的人才是骗子。他是世界最傻的骗子，在这场局里，宋逸浚甚至还没有给他泼上脏水，他就把黄河里的水往自己身上倒了。

“砰——”的一声，苏悦悦下了Polo，甩上车门朝路前方走去，娇小的背影在路灯下显得单薄无比。嬴绍杰微微地叹了口气，自己这是怎么了？究竟是怎么了？

她离开了车子，不，她是离开了自己。

“悦悦。”他刚要追上去，手机却在这个时候响了起来，屏幕上的名字竟是于枫，这个时候打电话给自己，一定是十分重要的事情。握着手机下了车子，一边接听，一边想要追上苏悦悦，此刻，一辆白色出租车已经停在了苏悦悦身旁，想要唤住她，手头电话里的男人却告诉自己“滔滔误吞了弹珠，正在儿童医院里急救。”

选择。他必须在这短暂的几秒做出选择，要么，他就追上苏悦悦告诉她自己喜欢她，宋逸浚只是玩玩而已，他是一个靠女人上位，靠谋取公司利益生存的伪君子，要么，他就放弃追苏悦悦，立刻回到自己车子上立刻开汽车去儿童医院看滔滔。

“绍杰，你还在听吗？”

路上的车子一辆辆飞驰而过，嬴绍杰的手垂了下来，他没有去追苏悦悦，因为她已经坐上出租车离开了。

“车子坏了要打双跳灯加故障牌，懂不懂啊！”身旁，忽而驰过一辆跑车，司机特意开了窗大声地教育嬴绍杰，嬴绍杰恍恍惚惚地回了车子，使劲地捶打了方向盘，泄恨道：“该死！”

有的时候，选择就是这么短暂的一个决定。嬴绍杰到儿童医院的时候，滔滔吞入的弹珠已经取了出来，于枫在滔滔睡了之后，问他究竟出了什么事情，为什么打电话的时候，听到了很多杂音。嬴绍杰并不说，只是把所有的话压制在心里，这就好似回到了当初自我封闭的状态。

于枫看得出来嬴绍杰似乎遇到了感情问题，作为他的亲人，一个曾经走入过歧途的男人，他不想多说什么，只是压低了声，告诉他：“绍杰，得了这个病后，我知道珍惜眼前人有多重要，很多事，自己要把握好。”

于枫拍了拍他的肩膀，以兄长特有的方式，告诉嬴绍杰，人必须活在眼下，不能等到来不及挽回的时候，才知道失去会是如何教人痛苦。

嬴绍杰懂的，只是这一次，事情被自己搞得复杂了。

第二天，苏悦悦并没有坐他的车子，只是一早关照保安，让保安给他传了话说是不用等她了。到公司的时候，她与其他的员工在等候电梯，他试图和她走得近一些，却被同事们的招呼隔得越远。接下来的时候，他们之间便没有交集。直到下班前半小时，嬴绍杰交代完于小佳工作上的事情后，关照她把苏悦悦喊到自己办公室，苏悦悦这才上来，只是彼此的气氛显得甚是尴尬。

嬴绍杰喝了口水，如此，可以缓解下自己的紧张，苏悦悦见他不语，低声说道："嬴经理，虽然我们之间不存在汇报关系，但毕竟是上下级，所以，我以后都不会搭你的车了，之前拼车的钱，我都会给你。"

"悦悦，昨晚……"

"还有房子的事情，我会自己再找一间，我希望以后我们之间只是单纯的上下级关系。"苏悦悦说话的时候，只是看了嬴绍杰一眼，虽然戴了眼镜，但薄薄的镜片根本没有办法挡住她眼里复杂的神色。本就不大的眼睛因为一宿没睡好上了层黑眼圈，显得不甚精神。嬴绍杰不自然地抽动了下唇角，身子仰靠在皮椅上，吸了口气，答道："我，我公私分明，住所和交通对，对你很重要。"

嬴绍杰说的并没有错，回想三个月前自己找房子找拼车时的辛苦，到现在都觉得累，更何况那个时候自己还只是刚上班，时间还比现在充裕得多。只是，心里的这份矛盾昨晚到今天都没有消退过。

昨晚，他说的话真的很过分，甚至都没有考虑过自己，是，她是与宋逸浚这样高质素的男人有距离，在他的面前，自己甚至都没有想过爱情，因为在心里总有隐隐的自卑。而这些自卑感竟被嬴绍杰剥露在外头，她甚至寻找不到一点理由去遮掩自己受到的创伤，连同自尊也一并被他打击得全无。为什么他要把宋逸浚对自己的追求说成那样呢？玩弄，演戏？这不仅仅是对宋逸浚的诋毁，更是对她的伤害，也是对他与自己这些日子以来建立起来的友谊扼杀性的破坏。

躺在床上的时候，她的眼前闪过很多幕自己与嬴绍杰之间的过往，想说"不再坐他车，不再住这房子"真的需要勇气，经济上的，情感上的。小浴缸好似知道了主人烦躁的心绪，整晚都很安静地靠在离狗厕所不远的地方看她。苏悦悦看那只狗厕所，记得那一次在超市的时候，居然还有人说他们是小两口。

痴痴一笑，心觉得异常的痛。以前从来都没有过这种感觉，自从进了JSCT后，不，自从认识了他之后，自己好像开始变了。

现在，听到嬴绍杰带有挽留的口气，心刹那地软了下来，只是眼睑下落时看到他桌上放着宋逸浚的资料，她知道面前这个男人始终都对宋逸浚有着成见，这与他口中的"公私分明”似乎差得很远，沉了声，低低道：“我会尽快找的。没什么事，我下去了，服务部还有很多合同需要我去做。”

她的语气是自问自答，嬴绍杰甚至都没有来得及补充，她已经出了门。门，就好似他们之间的界限，生生地隔断了两人，嬴绍杰呆滞地看着门板，揉起眉心，不经意间意识到自己的桌上竟放了宋逸浚的资料。

这怪不得她了，看到自己男朋友被他调查，又怎会不动气？更何况他们昨晚还吵过，看样子，他们之间仅剩的一点友谊也被自己的粗心大意给破坏了。

不过，调查清楚宋逸浚变得更重要，于公，宋逸浚这些年来在朱歆的支持下所做的事都会成为他们一系列彻底除去对方的资本，于私，她与他之间的误会会因事实而解除，除此之外，他也是在保护一个人。一早的时候，嬴绍杰已经将张广明离开JSCT的消息放给了行业里的人事部与相关的猎头公司，而与此同时，也从猎头公司那里寻求反馈，第一轮收集的结果是张广明并没有去行业内任何一家公司。

张广明是自己提出辞职的，在这一点上，虽然公司里疯传是高层因为他油水捞得太多，要踢他出局，但的的确确没有人逼他，辞职信也是他主动提出的。不过，嬴绍杰知道，张广明的辞职并非这么简单。因为一个当了八年多的采购经理突然辞职且还没有下家接手，这不是一件正常的事。

电脑一旁有一大摞的文件夹，这是他关照S项目组采购部的同事拿来的文件，里头是这三年来大型项目分包合同的归档。分包合同是做项目中最重要却也是最容易被忽视的一部分，嬴绍杰让采购部的同事拿来，除却是为了参考，更多的是查阅过往的一些文件有无可疑。当然，集团总部已经对大部分文件进行过审计，原则来说，即便有问题，也已经封尘不咎。

在这些文件中，嬴绍杰看到了一个熟悉的设计院的名字——“伟杰设计院”，记得当年宋逸浚和自己都是项目经理的时候，他就曾用过这个设计院的分包方案，而自己无意间看过方案后就发现整套图纸非但没有按照JS集团“尽可能配套JS集团旗下产品”的规定，还大量使用了竞争对手的产品，而且，整个分包价格条目不清晰，尤其是工程费一块儿高得让人匪夷所思。当时自己就提出过疑问，但宋逸浚却只是笑笑，说这设计院不是他选的，他只是负责项目管理，其他的事一概不晓。然而，在一次偶然的机会中，他听到宋逸浚沉声与人电话说该项目分账的事，他才断定他定然是在里面收取了好处，可是当时自己第一次发现这样的问题，缺乏经验，贸贸然地与宋逸浚起了争执，最后还因没有证据落得自己尴尬。

这一次，他不会这么笨，他会看通看透这些事情。

“伟杰设计院。”嬴绍杰反复地说了两遍，如今，宋逸浚已经不再是项目经理，而这个“伟杰设计院”是不是还在分账给他，或者说分账给其他的项目经理，也或许说，他与张广明还有千丝万缕的联系？

嬴绍杰仰靠在椅背望起天花板，自己该如何下手呢？长长地吁了口气，脑子里竟时不时地跳出和这件事毫无关联的女孩儿来。

“傻丫头，我要怎样才能让你明白？”

第三十三章 “口吃男”的凄凉情史

苏悦悦回办公室后神情恍恍惚惚，坐在电脑前，手放在键盘上竟许久没有打出一个字来。于小佳去茶水间倒水，来回一趟发现这女人从嬴绍杰的办公室回来后默默地没有了声音，仔细一瞅，她的眸子里竟覆了层薄薄的雾气。

“喂，他欺负你啦？”

于小佳虽然大嘴，可也懂得有些话需要低声地说。苏悦悦佯笑了下，辩驳道：“没什么。”

“还说不是呢？他又不是你直线上级，你也不是S项目的人，找你一定是为了私事。”于小佳将茶杯放在苏悦悦的桌上，继续道：“瞧瞧你这副熊样子，你也可怜可怜人家嘛，他吧，条件那么好，就是口吃。不过，我和你说，他也不是天生口吃的，那是遇到了重大挫折后，才会这样的。”

“重大挫折？”

苏悦悦一抬眼，这四个字好似将他在自己心目中摇摆不定的形象又生生地拽了一次。他受过重大挫折？什么样的重大挫折？

见苏悦悦一脸疑惑，于小佳眨了下眼，说道：“中午吃饭的时候告诉你吧，我便宜你了。之前问你要知道秘密嘛，你不感兴趣，现在就拿一顿午饭贿赂我吧。”

说不想知道是假的，苏悦悦想开口说“不”，才发现自己大大咧咧的性格居然会成了婆婆妈妈，于小佳见状，赶紧拿走了杯子，如此好敲定这个竹杠。眼睛一瞥过茹安心的座位，随口冒了句话：“嗯？真奇怪，茹安心怎么病假这么多天还没有回来？”

“她请过假了。”

这话恰巧被Shelly接个正着，于小佳便诺诺不语，回了自己座位，庆幸自己后面没有跟上“居然和老板一个样子了”的话，还好，自己这个断句说得好，要不然被Shelly听见了，自己可是要吃不了兜着走。

中午的时候，于小佳拉上苏悦悦去附近的茶餐厅吃饭，坐电梯的时候，非常巧合地与嬴绍杰一班。

“Eric，你也去吃饭啊？”于小佳诡秘地问道。嬴绍杰点点头，轻轻地“嗯”了声，唇角微扬笑意，显得更是英俊。

“悦悦，你说我们一会儿吃河粉好不？”

苏悦悦板正了脸，只是低头看电梯缝，听到于小佳这么问，也低低地“嗯”了声。电梯里的人并不多，他们本有目光交错的机会，只是这个机会她没有给他，他知道她依旧在生气，于是只能悻悻作罢。

茶餐厅里，于小佳点了单子，见苏悦悦一脸心事，便也跟着点了一样的炒河粉。服务员收了单子后，于小佳在她面前甩了下手，笑道：“我的苏悦悦小姐啊，人家想给自己弄个台阶下，你吧，还不给人家面子。我看，你可真够狠的。”

“什么和什么嘛？都听不懂。”苏悦悦喝了口茶，否认道。

“哎哟哟，我刚才分明看到我们的嬴大经理低头看了你三眼，你却连个白眼也没给，瞧瞧这吝啬劲儿哦。”于小佳一捂嘴，苏悦悦再次否认说：“他是总部派来的S项目经理，我是合同管理部门的人，又没什么关系，你总在瞎猜。”

“瞎猜？我于小佳敏感的可都是真事儿。我和你说的秘密吧……”服务员很快地端来了炒河粉，于小佳故意把话停了会儿，吃了两口河粉，慢悠悠道：“嬴大经理可是个极其可怜的人呐。”

苏悦悦看了盘子里的河粉，并没有什么胃口，只是象征性地吃了一口，喃喃道：“一个经理有什么可怜的。”

“话不是这么说的，你说恋爱几年的女朋友要结婚的时候突然把自己甩了，这不可怜吗？我想想都觉得可怜，据说这婚房啊什么的都买了，请柬也发了，还不惨吗？有传闻说，他女朋友跟一个有钱人跑了。”

于小佳说到这儿，心有愤恨地吃了一大口河粉。苏悦悦则是一惊，没想到他还有过这样的感情经历，那么，他的口吃应该源于此。筷子上的河粉散发着热气，苏悦悦却没了心思。于小佳嚼着嘴里的河粉，继续道：“瞧瞧，心疼了吧，吃不下了吧？你说说他遇上的是什么人嘛！据说那个女人还把他的外甥给弄丢了，都这么对不起人家了，居然还在结婚前悔婚踹他，要我都觉得这女人忒不要脸，害人家家散，多好一个男人啊，就被折腾成了这样。”

苏悦悦听着就好似觉得这是电视剧里才会有的，之前他与自己说过是他的疏忽才致使外甥被拐了的，这和于小佳此时此刻说的并不一致，疑惑道：“你怎么知道得那么清楚？”

“我。”于小佳指指自个儿鼻子，说道：“那你就不用管了，我说的虽然是‘据说’，但绝对是真实可靠。”

真实可靠，苏悦悦细细想来于小佳的话应该更可信，因为他实在有太多的事让她不相信。不过，他这一次的隐瞒并没有引起自己的不满，反而让她开始有些怀疑自己的判断。他欺骗自己，隐瞒事实，是不是都有苦衷？滔滔被拐卖并不是因为他，而是因为他前任女朋友，准确地说是未婚妻。只是这个未婚妻竟在犯下这样的错误之后，背叛了他。很难想象他当时是何等痛苦，一方面要面对失去儿子的姐姐，另一方面要面对背弃自己的未婚妻。他口吃的根结应该就是如此，还有滔滔，他这么厌恶女人应也是因为他未婚妻。

“怎么？不说话了？听着很可怜吧，哎，不过，说真的，他真的不错哦。我眼光呢很准的，你要真和他好了，他一定会是个二十四孝级的好男友。”于小佳郑重其事地说着，苏悦悦未防她多想，笑道：“你见谁都说好，只要长得帅，你就说好。”

“喂，我对你可是推心置腹的，虽然我也很花痴的，在公众场合说Kevin多帅多好，可说实话，他有多好，我可是真的不知道。”

于小佳吐吐舌头，吃了口河粉，低声咕哝了句：“都说吃软饭上位，哎……”

“你说什么？”苏悦悦诘问道，手机却突然响了。电话是宋逸浚打来的，苏悦悦接得很快，生怕被于小佳这个大喇叭发现来电的人是谁。

“悦悦，我回来了，你怎么不在办公室？”

“哦，我在外面吃饭，一会儿就回公司了。”

“这就好，免得我担心。”

电话只是三言两语，于小佳侧着脑袋想要听出谁来，但却十分困难，只是待苏悦悦一挂电话，试探地问道：“男的？”

“没有，快点吃吧，吃完了早点回去。”苏悦悦的眼睛虽小，可于小佳还是在她眼里看出了端倪，八卦地试探道：“你脸都红了，一定是个男的，哦，我猜猜，是不是那个送你花的男人，之前你不愿意说，小吴和我左右开口都套不出话。我估摸着是嬴帅哥，看样子是另有其人。快交代吧，这人是不是你们之间不愉快的焦点？”

“大姐，你的想象力可以去做编剧了，如今的电视剧还不如你的想象力呢。”苏悦悦埋头吃了几大口河粉，把账结了，赶紧拉着于小佳回公司。于小佳一路上偷着乐，心里想这戴眼镜的小女生别看长得没人家茹安心那么标致可人，但好像很有男人缘，送花的男人一定不是嬴绍杰。不过，平时大大咧咧的苏悦悦没有坦然地公开那送花的男人，也便是说她心底深处还没有认那男人做男朋友，这么讲来，她还是有可能成为嬴绍杰的女朋友，那么，自己找她做“好姐妹”的计划，也还是可行的。于小佳的算盘打得很精明，适才吃饭时对苏悦悦的一番话，的的确确是她通过以往在JSCT的同事那儿打听来的，之所以打听这些消息，并不是真的八卦至极，其实，她是希望苏悦悦能够早早地和嬴绍杰在一起，这样，她这个“好姐妹”也少不了升职加薪。

特别是现在，她还参与了S项目组，这样一来，也在嬴绍杰面前多添了份熟悉。当然，这件事情，她也是花了代价的，那就是打两个电话给自己在某重点小学做领导的大伯以此解决Shelly孩子读书的事儿。不然，在部门里，除了小吴之外，比她更适合S项目的人还有几个，所以，不先下点本钱，那是绝对不行的，更何况，依照公司的规矩，如果项目成本控制良好，最后利润高于设定，全组的人还有奖励，就是不冲着将来升职加薪的远大理想，就是冲这么个短期诱惑，也值得她去投资一把，反正她知道自己大伯手里头每年都会有那么几个名额，难得开口问他要，一定是满口答应的。Shelly不是圣人，更何况在A都市里要上个好的小学没有点关系是不行的，她所提供的便利是Shelly所需要的，因此，她进入S项目也便顺理成章了。前前后后，她也就只花了一个小时，每每想到，自己都挺佩服自己的高效率。不过，她很厌恶小吴，平时就喜欢倚老卖老，做事推三阻四，没想到竟还有偷偷怀孕这招数。记得前不久还说自己要做丁克，没想到怀孕的事儿早就上了日程。于小佳在感叹自己手腕的同时，也冷不丁地唾弃了别人的手腕阴。

回到办公室后，苏悦悦的桌上又留了一束花，与之前相同的是花束上扎了一只懒羊羊，只是花由百合改成了玫瑰，颜色还是娇艳欲滴的红色。

苏悦悦心头一紧，不由去看他的办公室，只是百叶窗却将并不透明的玻璃遮得严实。于小佳则在一旁拿着话，低声道："哎哟，这下完了，某人可要加把劲了，红玫瑰都逼上了。"

这话囫囵地在于小佳嘴里，身后传来磁性的声音："我回来了。"淡淡的香水味夹在略带鼻音的话语中，显得更添了一份男人的魅力。

"Kevin，你回来啦？"

于小佳把玫瑰花一放，赶紧站正。宋逸浚则笑了笑，走近两步，好似有事要宣布。苏悦悦极其紧张，时不时地盯着他，生怕他说出什么惊人的话来。

"不好意思，前些日子在北京得了流感，躺了两天。"宋逸浚扫睨了周围，见着苏悦悦桌上自己送的红玫瑰佯作不知，诡秘地笑问："我不在，就有人送花了？"

苏悦悦不知怎么答，白皙的脸上晕了层淡淡的红色，于小佳则在一旁说道："已经第二束了。"

"看样子，追得很紧。"宋逸浚盯着苏悦悦，唇角漾着抹淡笑。

"那可不是，生怕被我们公司的优质男抢走呗。"于小佳补添了一句，宋逸浚便笑得更坏，问起苏悦悦道："送花的人岂不是很紧张？"

"没有，Kevin，你别听于小佳乱说，她没事儿尽爱开玩笑的。"

"那你自己呢？"

宋逸浚凝视她，这让苏悦悦脸更红，周围的人自然不会认为是宋逸浚送的花，只是纷纷在那儿起了会儿小哄，倒是Shelly与宋逸浚说道：“Kevin，去丽江旅游的事已经走完流程，我还有事要和你说。”

宋逸浚知道Shelly并不是别人，她是朱歆的助手兼卧底，她的眼神告诉自己，她非常清楚这花究竟是怎么回事。与她一起进了办公室后，Shelly果不其然地就问道：“Kevin，你刚从北京回来就送花给苏悦悦，若是让Joe知道了，一定会很不开心。”

“Joe最得力的自己人在我面前，我担心也没有用，做都做了。”

“她有什么好的，要长相没长相，要背景没背景，要钱没……”Shelly正要再说下去，如炬的目光已愤意满满地盯着自己，到了口边的话硬生生地吞了进去。这话触及了他的底线，温和若水的眸色瞬间急变，宋逸浚言辞灼灼道：“我希望这是你最后一次说错话。而我的答案也只有一次，就是因为她什么都没有，包括心计。所以，我追求她。”

“呵，是么？任何人都会追求上位，追求物质，她才工作两年不到，不是她没有心计，而是她没有将棱角变得圆滑。”Shelly被他冷冰的话语剥去了自己的尊严，出言驳斥大半是为了已然不是十几年前初入社会曾经同样纯洁的自己。她不相信有谁可以逃脱职场这个锻造“重生”的炼狱。

“她不会。”他的回答淡得没有波澜。Shelly只是笑笑，继而，将话题转到了工作上：“张广明那儿会不会有问题？”

“有什么问题？”宋逸浚笑了笑，回了座位，惬意地坐了下来。

“你摆平了？”

“Eric就是再聪明，人脉再广也管不到一个要移民的人。”宋逸浚暗笑，那日的电话只是将嬴绍杰引到一个错误的路上，他们并不担心张广明，因为嬴绍杰并不了解张广明的背景。张广明的姐姐在加拿大，这几年他为了自己的孩子去国外读书一直在想移民的事，所以，他这几年来拿的，也是为移民的事做资金铺垫。约莫两个月前，朱歆为张广明在加拿大介绍了个工作，虽然称不上什么高薪厚禄，但是能在加拿大有份像模像样的工作，张广明满足了。

所以，他辞职的的确确是自己的行为，并不关任何人的事，当然，也是他自我保护的方法。

“移民？”Shelly喃喃。

“好了，安排了什么时候去丽江？这天是越来越冷，能去丽江舒服下，也是一个不错的选择。”

“下周四去，周日回来。”

“Good。把这消息发给他们，让他们提前准备好自己工作。”Shelly立刻应了宋逸浚，又提醒道：“再过半个多月要过年了，飞机票会很紧张，如果你要替伯父伯母他们订旅游机票就告诉我。”

“谢谢，今年我有别的安排。”

宋逸浚已想好，既然自己选定苏悦悦做女朋友或是说未来的妻子，那带她去见见自己的爸爸也是很正常的事，至于那个“后母”，他并不在意。

“哦，对了，茹安心她还没有回来。”

“不管她了。这份工作对她来讲可有可无，而且当初招她进JSCT工作的时候，我们就想好了她走的可能，不是么？”

“那倒是。不过，她是不是Eric的……”Shelly迟疑了下，搭在门锁上的手摸了下手把。宋逸浚知道她想问什么，只是笑笑，摊下手道：“不得而知。”

“不得而知”的回答他不过是掩饰，个中的关系，他非常清楚，但是，茹安心当初想来JSCT上班就是冲着那个人来的。不过，谁也没有想到，她会伤害到苏悦悦，当然，他在当初设计让茹安心到自己部门上班的时候，并没有考虑到苏悦悦。因为他没有想到这个并不招人眼球的女孩儿会得到自己的真情。有的时候，缘分或许真的是自己难以控制，不知自己在和嬴绍杰说追求苏悦悦只是玩玩这话的时候，是不是已经喜欢上了她？不过，这都不重要，这傻傻的丫头不会逃脱自己的情网。刚才那一脸绯红的模样，真是可爱。

与此同时，嬴绍杰对伟杰公司也做了自己的安排：为S项目分包合同电子招标，为此，嬴绍杰交代了S项目技术同事与JSCT各分包设计公司接洽，尽快地作出一期方案来，自己则与

BD咨询公司熟络的人联系，期望能在短时间内拿到包括伟杰设计院在内四家JSCT分包设计公司的资信报告。

他相信，资信报告的背后一定能够查出些什么来。下午，嬴绍杰整理了S项目的最新进展后去茶水间泡了杯咖啡，因为昨夜陪着于枫和滔滔，睡眠并不好，但是因为于枫本身身体的缘故，嬴绍杰决定晚上去替他好好照顾滔滔。滔滔回来也有段日子了，和他这个舅舅又熟络了起来，看到于枫悉心照顾滔滔，他真的不希望于枫将来离开滔滔。曾经问过于枫往后怎么办，于枫说是在服用进口的药，希望能够再多撑些日子，不过，非常感谢嬴绍杰可以原谅他，给他机会和滔滔在一起。

嬴绍杰是个重感情的人，能够看到破碎的家如今又重整在一起，虽有裂痕与隐隐的悲伤，但能够重拾滔滔的笑容与他们之间亲人的对话，这就足够了。

“Amy，为什么我们那个茹安心可以请那么多天病假，我怀孕的假期却只有这么丁点儿。”

“你那怀孕的假期是有国家规定的，至于茹安心，那你得问你老板了。”

“呵呵，我们老板？得了吧，问他不是白问么？我听说茹安心就是Shelly开后门进来的。老板？老板还不是向着她。”

对话本还在继续，经过茶水间的时候，Amy和小吴见嬴绍杰在里头，立刻就终止了谈论，神情还有些紧张。嬴绍杰早已猜出茹安心进JSCT一定是宋逸浚的主意，用Shelly来做掩饰，别人看不出，他还是很清楚。

不知道昨晚究竟如何了？想起自己的决绝，嬴绍杰喝了大口咖啡，一阵苦意连同心里的那份痛吞了进去。如果所有的一切可以化作苦水，那吞它十次百次也无妨。嬴绍杰回到办公室，静静地坐着。

手机突然地响了起来，电话是小许打来的，嬴绍杰迟疑了几秒后，接了起来。小许开门见山地与他说道：“绍杰，她走了。”

“走了！”

他靠在椅背的身子倏地坐直，语气惊愕中带了焦急，小许立刻道："你想到哪里去了，她说离开几天A市。你既然关心她，为什么不尝试原谅她？"

"呵，我对她已经没有感情，现在的我，只是不想一个曾经认识的人轻生而已。"

"绍杰，她和我说逸浚已经追到了那个女孩儿，既然这样，你为什么不尝试和她复合？"

"小许，你当我是兄弟的话，就不要参与我感情上的事情，她是一个会演戏的女人，你知道我和我姐的家是因为她才散的，所以，这世界上没有任何一个理由让我可以原谅她。"嬴绍杰并未去猜她究竟和小许说了什么，倒是小许却显得有些紧追不放，他自然知道小许是个好心人。只是破碎了的东西本就弥补不了，更何况她还在演戏。

走了？

她若是真的离开这个城市倒也算有勇气了，但是她不会的，她贪恋这里的一切，金钱，房子，名贵的包，奢华的车，她喜欢的东西太多，谁给予她这些，她就能给谁甜言蜜语。他们根本就是两个世界的人，不过，这倒是和宋逸浚很相似，所以，他们才是朋友。

第三十四章 一个人的日子总也不习惯

这一日，嬴绍杰的黑色Polo里只剩了他一人，习惯性地看下后座，身后的女孩儿只是脑中的幻影。以前，她总是习惯性地要“教育”他两声，可现在，车子开在路上静得很，没有一点儿声响。

这样的日子，持续了好几天，这几天来，他都没有习惯苏悦悦不再拼车的事实。每天早晨还是等她一会儿，晚上下班也是如此，有的时候，这种等待就是一种幻想，只是现实总会把这种残存的幻想打得支离破碎。

周五的早晨，苏悦悦主动到了嬴绍杰的办公室，这让几天以来都很疲惫的嬴绍杰来了精神，菱唇微挑起弧度，示意道：“坐。”

“我不坐了，这里是我欠你的搭车费。”

说着，苏悦悦拿出钱放在桌上，嬴绍杰愣了，他没有想到面前的女孩儿竟是来给他钱的。是，她说过要和自己终止搭车关系，甚至是租房关系，可是，他没有料到短短的几天，她会真的终止与他之间所有的瓜葛。

眼睛盯着桌上的钱，心却觉得生生地发疼。苏悦悦见他不语，眉头紧蹙，便添了句话：“房子，我还在找。”

这话好似根针又扎了他一次，在宋逸浚追她之前，她不是这个样子的，她会大大咧咧地说自己是“花瓶鼻子”，会笑自己“口吃”的样子，还会叨叨自己是个抠门的家伙。可为什么，为什么短短的日子里，她竟然为了一个根本不值得自己去喜欢，去爱的男人对自己这么冷淡？

“我走了。”

见他吐出的气息有些迟重，苏悦悦便选择自己转身，只是这一回，嬴绍杰竟像一股烈风似的堵住了她的去路，死死地挡在门前，把她出去的路堵得严实。苏悦悦一惊，这场景就好似第一次他堵撞了自己般。可是，今天，她骂不出来了。不知道为什么，自从知道了他的过去后，心里总觉得不舒服，每天坐在宋逸浚的车上时，总会走神，眼前总会浮现嬴绍杰与自己说过的话。与宋逸浚单独处了些日子后，她发现宋逸浚虽然人在自己咫尺，可心却总隔着自己好远。她不知道自己与宋逸浚之间发生了什么问题，他在她身上花钱，请她吃饭，送她花，同时，他也在她身上花时间，早上去美丽花园接她，晚上又送她。可是，她总觉得他们之间差了什么，或许，她还没有完完全全适应王子会真的对灰姑娘动情这个童话似的现实。他为自己花钱，她觉得不舒坦，甚至有种负累的感觉。说真的，她倒是宁可吃那只有十五块钱的米线，也不愿意跟着宋逸浚去日本料理店吃高档的刺身。

她几次打电话给小猫都想问问自己这是怎么了？可是小猫每回接起电话来的时候，她想要问的问题就卡在了喉咙里。

此刻，她不敢抬头，只是低头说道：“我还有很多事要做。”

“你，你还在怪我？”

“没有，我只是觉得，觉得……”苏悦悦正不知说什么，嬴绍杰一下把她娇小的身子摆正，苏悦悦一怔，抬头看他。男人的霸道就好似团火一样吞噬自己游移不定的眼神，她承认在这一刻，他只要开口说“我想你继续租我的房，搭我的车”，自己就能立刻答应他。

“觉得我不可理喻？”

偏偏，他没有那么说。苏悦悦咬了咬唇，他就是这么小气，小气得不愿意说任何话。恰这时候，嬴绍杰的手机响了起来，两人的对视也因为铃声的不停骚扰而中断。

“是我。”

“绍杰，你要的资信报告我都已经发到你邮箱了，我相信你看了后就知道个中联系了。不过，之前宋逸浚来过电话，我并没有告诉他你在调查这些公司。”

“我知道了，谢谢你。”

嬴绍杰刚挂电话，苏悦悦已开口质询：“为什么你就是对逸浚有偏见？”电话里的对话，她并不是刻意去听，但“宋逸浚”这三个字，她还是能听得清楚，嬴绍杰正欣喜自己多天来等候的消息有了突破性的回馈。看苏悦悦这么质询自己，感觉就好似凉水泼了下来，心头一急，竟说道：“不是偏见，他，他就是有问题。”

“够了！”

她止了嬴绍杰的话，使劲地推开挡在自己面前的他，说道：“我做事去了。”

被她用力地推开，他一阵讶然，没想到她竟有这样的力气，抑或是说，他根本没有想到她会这么做。想要追出去，采购部与技术部的同事却拿着一摞文件过来，说是与各个分包设计院进行了初步沟通，想找他好好谈谈。

嬴绍杰进退不是，越过他们肩头想要去看她，然而，却只看到Amy将那背影遮住了。

“Eric，你要有事的话，先忙吧，我们把文件放你桌上，等你有空了再谈吧。”

“不用了，现在就谈吧。”

退回办公室里头，嬴绍杰狠骂了自己，为什么在她面前一说到宋逸浚就会不冷静？除了看不惯宋逸浚，自己是不是真的没有一丝妒忌？

“Eric，伟杰设计院的人和我们讲，他们最近分包设计合同太多，接不了我们这个项目。”

“接不了？”

S项目金额庞大，为什么伟杰设计院会推掉？原因怕只有一个，那就是伟杰设计院得到了这儿的风声，得知自己在查它，才会隐瞒。嬴绍杰静了下心思，说道：“替我安排下，我要请伟杰的老总吃个饭。”

“Eric，伟杰的林总很少应酬，不过，我会尽力去安排。”

一个很少应酬的老总，这本不奇怪，但是，就这么一个很少应酬的老板在这几年里做了JSCT如此多的单子，且其中还有多处不明的账目，这就值得怀疑。嬴绍杰留下文件，让两人回去先做事，自己则查看起邮箱。

“是他们。”

BD来的资信报告清清楚楚地列明了伟杰设计院及其他设计院的情况，“林子文”的名字清楚地印在上头，与此同时，在伟杰设计院及另两家设计分包公司的投资名录中都还有一个名字：宋学增。这名字他是如此熟悉却又如此陌生，十多年了，这个名字已经冰冻了十多年了。有他的名字，自然就很容易知晓宋逸浚与伟杰设计院有钱财上的关联。

这么看来，他就更有必要会会伟杰设计院的总经理林子文了。或许，从林子文的身上，能够探查出一些事来。

不过，通过采购部去找他的可能并不高，但如果通过那个女人找他，那见到林子文的可能就会很大，只是要自己向她开口，这没有半点的可能。他会为了自己的计划用手段，但他不会为了这些手段而沾惹上他不愿沾惹的事情。

直接去林子文的家找他，这或许有些唐突，但比起坐在办公室里要强得多。嬴绍杰收拾了东西，余光扫过桌上那几张人民币的时候，心不由得扯痛。他就是只感情上的鸵鸟，不知如何去处理，更不会表达自己，连同劝诫喜欢的人，也变成了伤害别人的话。

手拿起钱的时候，他感到了薄薄的纸承载的沉重感，他不知道什么时候她才能像以前一样可爱地喊他“花瓶鼻子”，也不知道他们之间还能不能修复曾经的关系？一切就好似方程式里的未知数一样，得不到解。

离开嬴绍杰办公室后的苏悦悦也被Amy请到了人事部会议室，说是因为她是新入职不到一年的员工，因此无法和合同管理部门的人一起参加最佳团队的丽江行，如果她非要参加的话，那得缴纳两千八的团费。这句“非要参加”的话显得好似贴上去一般，既然自己是合同管理部门的人，为什么就不能参加这团队活动？心情本就沉闷的苏悦悦与Amy争辩了两句，Amy自然便立刻搬出了肖主管。肖主管一如以往，话语平和，只是句句的意思都说得清楚明白，这最佳团队是别人的功劳，与她苏悦悦是毫无关系，她一个没有贡献的人，真要去参加团队活动的话，也未尝不可。说来说去，她好似非要贴上去参与丽江行，忍不住提高了声，说道：“好了，肖主管，我知道这是公司制度，您也不用多费口舌了，不去就不去了。反正下周正好要排队买春节回家的火车票，不去也省事。”

Amy在旁听到后，提了提嗓门，说道：“就是嘛，可以省些钱买博士伦戴戴，去趟丽江可是不便宜的。”

她明明清楚苏悦悦的工资，这话配上那不屑的表情分明就是挖苦她，肖主管不由瞪了眼Amy示意她不该如此鲁莽，而苏悦悦则立刻站了起来，厉声道："Amy，请你说话的时候尊重我。"

"尊重？我哪句话说得不尊重你了，说你省钱买博士伦吗？我这是为你着想，你天天戴着眼镜鼻梁不酸吗？"

"笃，笃。"

会议室的气氛正凝在冰点，宋逸浚敲门进来，一眼看到苏悦悦眼里覆了层薄雾，心里头便知道她是受了什么委屈，而他上来找到人事部会议室也是有所准备。先让苏悦悦出去等他，随后便独自在会议室里与Amy和肖主管简单地说了话，说到的话却非丽江之行的事。

"肖主管，Amy，往后，你们若是要找Sue，请先知会我。"

"Kevin。"Amy正要插嘴，肖主管立刻起身阻止道："今天是福利上的小事，这才临时找了苏悦悦到会议室来谈，不过是关于员工福利的一些小事，我想并没有必要与部门经理说，毕竟部门经理都很忙。"

"惊动肖主管的事，我想并不是什么小事，关于员工福利，公司也有成文的规定，所以，要是人事部找Sue谈些和公司规定之外的事，包括福利在内，我必须得有提前知情权。不然，我要找她的时候，她不在，会耽搁很多事。"

"Amy，你先出去。"

肖主管支走了Amy，会议室的门再次紧关，肖主管说道："Kevin，你该知道JSCT有规定不允许公司内部员工谈恋爱。"

"很多外企都有这规定，肖主管想说什么？"宋逸浚不紧不慢道。

"那你和Sue的关系……"

"上下级。"

"Kevin，其实你该知道我是一个直爽的人，说话不爱绕弯子。"肖主管脸色微微地沉了下来，人则已步到宋逸浚的身旁，说道："Joe不想留在JSCT的人，你想保也是保不住的。"

"肖主管，我可以清楚地告诉你，我宋逸浚要保的人，自然保得住。"

"你！别忘了你的身份，还有你现在最要紧做的事情！"肖主管褪下脸上仅剩的半点温存，斥起了宋逸浚。然而，面前的男人却是如此玩世不恭，只是笑笑，说道："肖主管，你放心，只要你不为难Sue，你这几年背着Joe在JSCT拿的好处，我也决不会提。"

肖主管面如菜色，一时说不出话来，她没有想到宋逸浚会有她的把柄在手。的确，虽然她是朱歆的人，但这几年来，她通过包括人事猎头、劳务公司、培训在内的多种途径，收取了大量的好处。当然，做人事的，多多少少会沾上这些外人不知的好处，毕竟，没有人会把人事部想象成一个油水部门，就算是有人知晓，也不会有什么把柄。宋逸浚此番的话却是这么肯定，想必，他手里的证据拿得极稳。她不会得罪朱歆，虽然人事部到哪儿跳槽都是香饽饽，但若是自己成了黑名单的人，怕是难以寻到个好工作。随着年龄的老去，女人在职场上也开始过气，因为平稳是最重要的。

"OK，以后你的事，我会少插手。"

"这就好。"宋逸浚冰冷地笑了笑，肖主管牵强地附会一笑。出了会议室，宋逸浚并没有见着苏悦悦，打了手机后才听到安全通道处传来"别看我只是一只羊……"的铃声，轻声地走了过去，见女孩儿坐在阶梯上，默默不语，手里拿着手机并不去接听。

"怎么？在这儿做冻羊？"

苏悦悦还没有缓过神来，身子已被宋逸浚拉了起来："这只小冻羊还挺沉的，嗯，瞧瞧，嘴老嘟着，是不是想挂上些草呢？"

诙谐的话还是挑弄了女孩唇角的弧度，破涕而笑的时候，指腹轻轻拭过眼下，温和的语气拂过自己脸庞："有我在，没有人会欺负你。"

她身上每一点都不出色，但就是因为这样，她显得更让人没有负担，没有距离。宋逸浚喜欢他，这是真的喜欢，不带任何掺假。苏悦悦知道他的心与他的手一样带着真诚的温度，即使嬴绍杰再如何泼脏水说他在演戏，她都不会相信。

"不哭了？"他问道，苏悦悦摇摇头。

楼道里静静的，这儿真的是安全通道，几乎没有人会舍弃高高的电梯去走这毫不起眼的路，可电梯坐久了，乏味了，走着楼梯，一步一个脚印，这种感觉难以形容。对过往自己的回忆，又或是对未来平淡的渴求。

第三十五章 小三并不在背光处

周五的时候，嬴绍杰并没有在林子文家里找到他，小猫十分客气地招呼了他，说是林子文出差了，要周日才能回来。想到天色不早，自己留在林家并不甚方便，便推辞了小猫挽留他吃饭的邀请，说道："我，我改天再来吧。"

"对了，我和悦悦约好明天去吃饭，不如一起吧？"

熟悉的名字，然而却已离他十分遥远，牵强地笑笑，说道："不，不了。"

"怎么？我们都认识了，悦悦难道还把你藏着不成？"小猫比起苏悦悦来，在情感上要敏感得多，从最近的电话中，她能听出苏悦悦在感情上好像出了些状况，看到嬴绍杰逃避的话语，赶紧追问他。

"不，不，你误会了。"

"我误会了？呵呵，你们吵架了吧？"

"悦悦她，她不是我女朋友。"说话的时候，酸涩的味道一阵阵涌上，如果只是情侣间的吵闹，他会让她，一定会让她，可是他没有达到这一步就毁了两人的关系。如今，还如何修复？

"你没追她么？可是最近她好像在……"这会儿，小猫倒是愣住了，作为一个旁观者，她十分肯定面前这个男人是喜欢苏悦悦的，而苏悦悦也是喜欢他的。虽然她从搬进美丽花园搭他车后，每次都会说他怎么怎么小气，人怎么怎么抠门，但小猫知道苏悦悦那是说的反话，只是苏悦悦这样传统的女孩子虽说性格大大咧咧，但还是需要男人主动追求才成。现在，嬴绍杰告诉自己，他不是苏悦悦的男朋友，这倒真的怔住了自己。

“是别人。”

“怎么会？她很喜欢你，怎么会和别人谈恋爱呢？”小猫不解地问道，虽然苏悦悦曾经说过自己的上司在追求她，不过她应该不会被自己上司钓上钩才对。听到小猫的话，嬴绍杰眸瞳忍不住闪过短暂的欣喜之色，她很喜欢自己么？她是不是曾经和小猫说过什么？为什么小猫会说这样的话？为什么自己没有感受到呢？

“我和悦悦已经认识五年多了，说得不好听点，我就是她肚子里的蛔虫。别看她老是说你，这心里一定是喜欢你的。她是个很传统的女孩儿，记得大学的时候，她暗恋别人，成天看人都会脸红，我就和她说男生追求女生的爱情才长久。她还真信了，其实吧，我知道别人早就有私底下倾心的对象了。虽然，她说往后再也不听我的，但她骨子里的传统和单纯是改不了了。”

听她暗恋别人的故事，心里难免泛过酸涩，小猫顿了顿，继续道：“绍杰，如果我是你，我就把她抢回来。她喜欢你，真的，相信我小猫没有错的。虽然我自己……”言谈之间，小猫如花的眸子里闪过泪光，只是她很巧妙地用低眉掩去了这份不经意流露的神态，转了下话题，鼓励嬴绍杰道：“虽然我只见过你几次，但我知道你很适合悦悦。”

嬴绍杰猜想小猫其实早已知晓了林子文在外面有女人的真相，而同时，她上次流产的事应也真的如医生所言是多次流产的结果。原来，局外人看情感总要更透彻，他能看透小猫的情感，而自己的情感却没有办法好好地把握。

“好了，趁她没傻乎乎地被别的男人骗得穿上婚纱，我帮你一把，你也自己努力一把。”

小猫冲他笑着说道。嬴绍杰回了个笑容，尴尬却显得更羞涩。

周六，快日上三竿的时候，苏悦悦才从床上爬起来，因为昨晚宋逸浚就与她道歉，说周末两天他有事不能陪她，让她千万得“饶恕”自己，苏悦悦不是个无理取闹的女孩儿，男朋友说自己有事，自然就该让他去忙自己的事。昨天，她的心情阴沉沉的，后来Amy主动打电话给她，说是他们人事部弄错了规定，新人不能参加的是公司旅游而不是最佳团队游。苏悦悦知道，这一定是宋逸浚为她做的。说实话，她倒真的不是执拗地非要参加丽江游，她要争的只是一口气。可即便这件事情尘埃落定，她心里总还有个结打不开，努力地不去想它，但晚上做梦却总在不停地重复些奇怪的场景，醒来的时候，梦里的故事已不再记得。

才洗漱完，苏悦悦就接到了小猫的电话，说是已经在楼下等她一起去吃午饭，敲了敲脑袋，自己怎么这么混球地忘了这事儿。苏悦悦踢踢踏踏地整理了番，裹了件羽绒服就往楼下跑。只是到楼下后，苏悦悦并没有看到小猫，更没有看到小猫那辆拉风的Smart。

“不是说到了么？”

天有些阴沉，阳光乏力，打在身上并没有太多暖意。苏悦悦拿出手机正要问她去了哪儿，耳朵里却传来小猫的声音：“悦悦，我在这儿。”

“我的小猫美人，这儿不是有空车位吗？你都跑哪儿去了？”

小猫今日穿得很休闲，厚厚的卫衣让苏悦悦感觉面前的女人好似回到了学校。若不是自己很清楚这幸福的小女人已为人妇，还真能被她骗了。

“我在和帅哥聊天呢，车子停他楼下了。”

苏悦悦弯起的笑靥因为小猫提及的“帅哥”变成了一条平线。她知道小猫说的帅哥是谁，当然，自己并没有和小猫说过他们之间的关系已经僵到无可挽回，所以只能催促她道：“好了，去吃午饭吧。”

“怎么，吃醋啦，我可没有多看你家帅哥一眼，只是请他帮我看看车子，轮胎好像扎了个钉子。”

“扎钉子，你刚才怎么没说？”

苏悦悦知道她就是非要调侃下自己，把自己拉往嬴绍杰身上不可。以往这些玩笑都可以，可是现在她已经有了男朋友，而这个男朋友又是嬴绍杰的眼中钉，肉中刺，自己并不希望和他再有什么瓜葛。

“我现在说了，他看得认真，我无聊就催你下来了呗。瞧你，我这是运气好，刚进小区的时候就发现有点问题，正好看到他的车子进小区，就跟着这个救星到了他楼下。我保证，我发誓，自己绝对没有故意的行为。”

小猫故作可怜状，苏悦悦自是相信她，只是和小猫说自己在路口等，她去拿车就好了。小猫知道她一定是在躲避嬴绍杰，但既然自己拍了胸脯要帮嬴绍杰追苏悦悦，自然得费些力气。小猫拉着苏悦悦便往自己车那儿走，任苏悦悦往后逃，人还是被拖到了Smart旁，嬴绍杰正巧刚从地上将千斤顶取出，抬眼间看到苏悦悦，惊愕在原处，不知怎么表白自己。

“帅哥，你搞定啦？”

嬴绍杰只顾呆滞地看苏悦悦，小猫调侃的话似隔了几秒才听了进去，赶紧回道：“好，好了，换好了。”

“是不是真的好了？”

小猫绕Smart转了一圈到嬴绍杰跟前朝他递过眼色，说道：“不过，我还是担心一会儿出什么岔子，不如，你送我们去吃饭？”

“好。”脸上僵硬地答“好”，不远处的苏悦悦却拒绝道：“小猫，他很忙，有很多事要查，我们还是不要耽搁他了。”

“很多事要查？他又不是警察，查什么事？”小猫笑着说苏悦悦，但互视的两人脸色却如这天一般，没有一丝温暖。看得出来，苏悦悦心里好像堵了什么，而从嬴绍杰的目光看来，他一定是做了什么让苏悦悦不开心的事。苏悦悦的性子挺执拗，属于那种钻入牛角尖就拔不出的那种，瞧她嘴上那死死封住的表情，小猫估摸着两人的矛盾是一时半会儿给解不了了。只能耸耸肩，朝嬴绍杰说道：“好吧，既然悦悦同学要自力更生，不耽误你个大忙人，那改日吧，改日找你一起吃饭。”

小猫特意在说话时递了个眼色，示意嬴绍杰暂且放一放，她会继续想办法。他懂小猫的意思，他急不了，这事儿必须得慢慢地来，只是话虽这般说，心里头却乱如麻，宋逸浚只要一天在她身旁，彼此间的结怕是难以消除。

就这样，小猫与苏悦悦一同开车去火锅店吃午饭，期间，小猫左右试探了苏悦悦好一会儿，女孩儿才说自己交往的男朋友正是之前追自己的上司宋逸浚。小猫一听，手中的筷子惊得抖了下，自从那一次苏悦悦不经意地说出上司在追求自己，小猫就曾留意这个好似在哪儿听过的名字，最近小猫发觉林子文经常接到名叫“宋逸浚”的电话，每次他都会独自去书房接听。虽然小猫未听到对话内容，但她明白宋逸浚与丈夫林子文之间有着经济往来。小猫跟着林子文这些年来并不十分清楚他究竟有多少生意，只是安心地做一个全职太太，但即便如此，她对商业上一些不为人道的事并不陌生，她的直觉告诉自己宋逸浚与丈夫之间的经济往来就该属于这类事。

不过，说不定只是名字上的巧合，林子文从来都没有和自己说过与JSCT有生意来往，即便是告诉他苏悦悦进了JSCT后，他都只是附和地说好。

“怎么了？”苏悦悦见小猫陷入沉思，立刻问道。小猫摆摆手，说没事，只是突然想起昨天电视剧剧情这才陷入沉思，苏悦悦想这话有些牵强，明明一直盯着自己问，这会儿却自己走神，吐吐舌头与小猫说起一会儿去哪儿逛街，小猫挑了一处苏悦悦平日里不去的小街。

小街离火锅店有段距离，约莫步行二十分钟的模样，小猫说小街里有好几家不错的服装店，在这儿可以挑到价格不高，但又好看的衣裳。苏悦悦站在巷口往里看，这条街巷挺是幽深，虽说不在繁华地段，但从梧桐树枝叶偶尔探出的招牌看来，颇有些小资的情调。不过，若是挨着梧桐花开的季节，这儿定是更添了份宁谧优雅的美。

“看看那家店，卖围巾饰品的。”在买东西的时刻，苏悦悦就是牵线木偶，小猫说进哪儿，她就立刻跟进，只是挑选的时候，她总是保持静观状态。小猫拱拱她手臂，说道：“喂，没到月底呢，你把钱花完啦？”

“没有，我只是在存回老家的钱嘛。”苏悦悦不想让小猫知道自己提早解除了和嬴绍杰之间的拼车关系，只能随意地拿个借口来说。

“那还有段时间呢，再说了，也不差这点儿。哈，快来看，有你最最喜欢的东西。”小猫钻到了砖木混搭的一排架子上，指着一件东西回头与苏悦悦说道。苏悦悦边咕哝“什么我最最喜欢的东西”，一边走到小猫身旁，只见是枚陶土做的懒羊羊胸针。

“瞧瞧，难道这不是你最喜欢的么？”

小猫又指了指栩栩如生的胸针问起苏悦悦，苏悦悦刚要开口，老板娘模样的女人满脸尴尬地上前说道：“不好意思，这枚胸针已经被人订了，钱也付了，客人一会儿就来拿。”

“是不是真的？就一个胸针还有人预定？”小猫扬起眉毛，不满地埋怨道。开门做生意，自然和气生财，老板娘赔笑道：“是啊，说明您的眼光好嘛。”

“好有什么用，你又不卖给我？”

“算了喽，这只胸针很贵，有货，我还不定舍得买。”苏悦悦打心眼里喜欢这只做工好，样子立体的懒羊羊胸针，不过，一百八十元的价格对于一只陶土制品而言实在太无性价比，

即使镶了两颗黑色水钻，也达不到苏悦悦的购买准则。

“好吧，那我们走吧。”

小猫说要走，老板娘早就瞅准了拿了名牌包包的女人是有钱的主，怎会这么错过这档子生意，忙上前说道：“小姐如果喜欢这种类型的货，可以到我们二楼看看。”

“二楼有什么？”

“和一楼一样，就是款式更多，这种类型的也很多。”老板娘热情地招呼她们上去，小猫喜欢这家店的格调，听说还有类似的款式，便就拉着苏悦悦上楼。只是，二楼的货色虽多却大多是欧美款式的饰品，这个中国原产动画形象怎么都寻不到。小猫气鼓鼓地说“骗人”，逗得苏悦悦笑道：“好啦，还说给我挑呢，这么怨怨叨叨的，小心成小怨妇，子文都见你怕了。”

苏悦悦话语刚落，小猫哼了两声，拉她一起走下楼，恰在这时，外头传来一个低沉磁性的声来：“老板娘，我来取东西。”

“哦，我帮你包好。”

“不好意思，我接个电话。”

是宋逸浚？他不是说自己有事么？怎么会到这里？莫非，那只懒羊羊就是他订的？只是，他为什么要隐瞒自己呢？苏悦悦正想着，小猫在旁催道：“怎么不走了？”

“等等。”苏悦悦压低了声，小猫赶紧跟着缄口。

“安心，我早就和你说过，万事不要过了头，林子文那儿可没这么好骗。”宋逸浚答电话的时候说到了“林子文”三字。苏悦悦与小猫一怔，两人面面相觑，宋逸浚与林子文之间非但是认识，且还都与茹安心有不可揣测的关联。

“好了，不说了，见面再谈，我一会儿就到了。”

宋逸浚挂了电话，老板娘说了好些热情的话，将东西给了宋逸浚。待苏悦悦与小猫在滞目几秒后下楼走出店门口，宋逸浚的身影已渐行远去。风卷过地上一张不知从何处卷起的娱乐报纸，豪门小三的八卦新闻赫然地露出夺目刺眼的字体。苏悦悦回头，问道：“是逸浚，他和子文认识？”

“我……”他言语中说到了“安心”，这名字就若根刺一般戳入她假装了许久坚强的心，痛意阵阵袭来，苏悦悦分明地看到她清亮的眼眸蓦地添了泪，想及刚才宋逸浚电话里说的“安心”，难道说她早就知道茹安心的存在?

“你早就知道?”

“悦悦，我有些不舒服，还是早点回家吧。”小猫没有承认，但她鼻侧滚落的泪无法欺瞒苏悦悦：“小猫，为什么你要逃避? 林子文是不是有小三?”

这是一个何等红火的词汇，在她们脚畔被风刮过的报纸正拼命地翻动“小三”的标题。抓住她胳膊的手第一次感受到面前女子内心的无力，曾经，她是多么让人妒忌的女人，漂亮，优秀，一个童话中的灰姑娘。尽管大部分的人都不相信故事的结局是“王子与灰姑娘幸福地生活在一起”，但是苏悦悦却始终不渝地相信他们之间的爱情是真的。

可当她发现，原来自己坚信了很久的爱情故事只是一个泡沫中的幻影，童话里的灰姑娘与王子间恩爱的话语不过成了一场戏，她不知如何去安慰小猫，更不知道这么久以来，小猫是怎么过的? 为什么她从来都没有和自己这个朋友说呢? 她可以分担小猫的痛苦，虽然她不够强壮，可她愿意成为她倚靠的臂膀，她不会笑小猫，一定不会笑她。

静静地，苏悦悦抱住了小猫，在彼此相拥的刹那，女人久久藏着的痛化作泪扑簌而下，她因哭泣而颤抖的身子让苏悦悦感到心痛。为什么? 像小猫这么美丽动人的女人，她会有这样的婚姻?

王子与灰姑娘之间难道真的不可以永远幸福地生活在一起吗?

风，瑟瑟吹过，脚畔的娱乐报纸飞了起来，吹向远处一家咖啡馆的门口。这是一家青砖墙面的咖啡馆，馆内置了十来张核桃木色的桌子，形态不同的木雕柱子加上褐色的帘子将每张桌子隔出了些许的私密空间。

临街玻璃处座位，男人饮了口柠檬水，说道：“当初，我就不该让你进JSCT。”

“你后悔了? 是因为我上次弄伤了她吧?”女人原本倚靠在沙发上，随意地玩着手机，只是心思却并没有真正地放在上头，对面的男人朝窗外看了眼，低声道：“她现在是我女朋友。”

“什么时候改口味了?”女人薄唇勾起不屑的笑来，在她看来那个女人根本谈不上任何魅力。男人又饮了口柠檬水，看了眼桌上未曾喝上半口的咖啡，说道：“她很不同。”

“不同？呵，戴个眼镜，不懂时尚，缺乏魅力，这就是不同？”女人修长的指放在唇间，嗤笑间，嫉意横流。

“好了，酸意太重不是一个聪明女人该有的。还有，林子文那儿，你还是得多花功夫，别没事总想着绍杰。”

“我忘不了他。”

指后的唇狠狠地一咬，她以为自己可以一辈子只做别人的情人，享受不需要太多力气就可以得到的物质生活，可与一个并不爱的男人在一起，用自己的身体来换取这些，有的时候，她都无法说服自己。尤其是自己赤裸地站在镜前，看着水滴滑过身体，“脏”这个字似乎永远都跟定了她。

“他和你不是一个世界的人，他不会原谅你。”

“滔滔都回来了。”

“但他对你的感情已经回不来了，就好像现在收走你所拥有的一切已不再可能。”男人闻了柠檬水的味道，将杯子放在桌上，说道：“其实林子文对你不错。”

“他根本不会和老婆离婚。”

“这是他的底线，作为一个男人，我提醒你，不要随意去破一个男人的底线。况且……”顿了顿，他继续道：“一开始你就该懂的。好了，我还约了林子文吃饭。”

桌上的咖啡依旧如送上来时一样多，男人起身后轻触了下女人的肩。女人知道他给予自己的信息。当年，自己因为只顾逛街丢了滔滔，嬴绍杰知道后对她大声斥骂，甚至差点打了她。受不了气的自己去夜店买醉恰遇上与妻子冷战、心情烦闷的林子文。两人互诉苦水后，在当晚发生了一夜情。事后，林子文给了她非常可观的钱。在彼时那刻，这于她的尊严是如此严重的亵渎，一记重重的耳光扇在了林子文的脸上，扔下钱，自己便离开了酒店。原本以为这件事就此画上了句号，没有想到接连数日，嬴绍杰非但没有主动去找她，甚至还为滔滔失踪的事在责怪自己。与小姐妹出去的时候，两个已作贵妇的女人纷纷说像她这么好条件的女人要是嫁给了如此不知道体贴的男人，就算他真的原谅她丢了外甥的事，将来也只有一起背房贷的命。什么奢侈包，高档车，洋房豪宅，那都只有妒忌羡慕的份儿。她不甘心，真的不甘心，在别人的挑唆下，极度缺乏安全感与物质满足感的她在即将踏上婚姻殿堂的岔路口迷失了自己。碰巧，她又遇到了与嬴绍杰有着不为人知关系的宋逸浚，那时他正与林子文在凯宾斯基吃饭，于是，两人便再一次地走到了一起。

没想到两年了，自己给林子文做情妇已两年有余，在这两年里，嬴绍杰依旧占据着她的心。如果回到原点什么都没有发生的话，她已是美丽花园的女主人。

涩涩地笑着，拿起桌上的咖啡杯，小饮一口往外望去，玻璃窗外的地上有份报纸，上头刺目的“小三”两字就好似一个丑陋至极的巫婆般朝自己淫笑。

“小三……”

第三十六章 王子脸上的面具

傍晚，苏悦悦陪小猫回家后，见她情绪恢复得不错，就关照她好好休息别多想，等之后寻个机会再与林子文好好谈一次。小猫无力地点头，说是不好意思、自己少了心情没法送她回家，苏悦悦自然瞪起眼睛说道："切，你这只小破猫，都不把我当朋友！我这就回去给你看看。"

小猫扑哧一笑，就知道面前的女孩儿是在逗自己开心，有这么一个朋友，是她的福气。自己曾经的幸福不在了，也希望她能够幸福，小猫拉着苏悦悦的手说道："悦悦，真正适合你的人就在你身边，要好好珍惜他。"

"好了好了，我走了，再待下去，你又要给我上课了。"苏悦悦调皮一笑，离开了小猫家。坐在公交车上，苏悦悦亦陷入了沉思。宋逸浚明明和自己说周末有事的，可为什么他会在那条街巷出现？而他和茹安心之间是不是早就认识？他既然知道林子文是有妻子的，为什么还让茹安心做小三？他……究竟是个什么样的男人？

一下子，她生出好些疑问，这些疑问让自己想起嬴绍杰的话来，难道自己真的误会了嬴绍杰？不，不可能，宋逸浚不会是一个演戏的人，自己没有什么值得他去演戏追求的。可是，他、林子文、茹安心，还有嬴绍杰之间究竟有什么联系呢？

"别看我只是一只羊……"突然响起的手机铃声将苏悦悦从重重疑云中拉了出来。电话是宋逸浚打来的，语气一如以往的温柔："怎么？我的小羊在哪儿呢？"

“回家的路上。”

“你朋友没送你回家？为什么不早点和我说，我来接你。”

“你不是在忙么？”

“怎么，我的小羊生气了？今天的事忙完了，一会儿我去美丽花园接你吃饭？吃什么好呢？烤羊肉？”宋逸浚逗起了苏悦悦，苏悦悦“嗯”地应了他。他既然打电话给自己，那恰巧可以用这机会好好和他沟通，这样也好将堵在胸口的疑云拨开。

约莫一刻钟的光景，苏悦悦到了车站，尚未走到美丽花园，身旁已吹来一阵风。侧脸一看，风度翩翩的男人已出了驾驶座为她拉开门，伸手做了个“请”状，说道：“小羊进来吧。”

路上被车子引擎声吸引过眼球的人本不在少数，而其中两三个随苏悦悦一起下公交车的少女更是迅速地将目光从车子转移到了这位英俊的男人身上，但他却仅是与一旁并不起眼的眼镜妹互换了眼色，周围的人好似一种点缀，根本没有入得他的眼。

“哎，你说他们是什么关系？”

“当然是男女朋友喽，没看见她坐的是副驾么？”

少女妒忌地谈论起来，苏悦悦坐在副驾上微微抿嘴，将安全带扣好。其实，那些少女的话也是事实，她与宋逸浚之间的沟壑其实并不仅仅是样貌，更多的是他们过的生活方式似乎是两个圈子。这种距离比起其他而言更难以逾越，这就好似座位一样，即使坐在他的身边，这心却并没有真正放下过。

“想什么呢？”宋逸浚启动了车子，问身旁的女孩儿。女孩儿摇摇头，宋逸浚不再做声，只是一手从座位后拿出个袋子递于她，道：“给你。”

“什么东西？”

“打开看看就知道了。”

接过袋子，苏悦悦看起身旁的人，刀刻般的五官立体地呈着一副俊逸的面容，黑亮的眸子仿似曜石般闪着光芒。从反光镜里见她看自己，宋逸浚不由轻笑：“傻羊，看我做啥？”

“没，没看你。”

苏悦悦赶忙否认，拿起手上的袋子拆了起来，十来秒的工夫，牛皮纸就被拆得干净，打开盒子一看，镜片后的眸子里映过白天在饰品店里看到的懒羊羊胸针。原来那个订走懒羊羊胸针的人竟是他，自己当时怎么就没有想到呢？没想到这只懒羊羊胸针到最后还是落了自己手里。

“很少去逛女孩儿的店，人家都当我异类，你就行行好，夸我两句吧。”宋逸浚故作可怜状，惹得苏悦悦笑得不轻。为了谢他给自己的礼物，便将懒羊羊别在了毛衣上。宋逸浚这才从适才假作的苦瓜脸恢复了正常。两人在车行了十多分钟后，停在了小肥羊门口，这是一家火锅店，苏悦悦有些惊奇，这儿并不是宋逸浚喜欢的地方。

他喜欢法国菜、意大利菜、日本菜，就是中国菜，也只是粤菜系一类的，因为只有吃这些菜的地方才显得更安静，更有档次。

“吃羊了。”

“你不是不喜欢火锅么？”苏悦悦问道，宋逸浚已拉上她的小手，径直到了里头：“我有说过么？”

火锅店热气腾腾，周遭的窗户因为暖气而变得模糊，服务员领两人到了座位旁就拿起书写板促他们点单，这儿没有什么单独的包厢，环境也很是嘈杂，吃客们可以大声说话，肆意玩笑。苏悦悦原以为宋逸浚会很不舒服，没想到他似乎并不介意周围的一切，很快地点了单子让服务员好早早地上菜。

“两大盆特选羊肉，你说会不会很好吃？”

宋逸浚做了吃肉的手势，逗起苏悦悦，只是女孩儿的笑容总好似有点迟滞。她该是有什么心事，或者对自己突然的转变有些怀疑。宋逸浚在情场中游刃有余，自然知道这个时候更多的不是回避，而是该问她，只有这样，女孩儿才能对自己更放心。

“说说，小羊是在担忧我吃你呢，还是别的什么心事？这羊眉毛都要拧一起了。”

“讨厌，什么时候给我起这么个怪异的绰号？”

“好像很久了。”

“很久是多久？”

“其实呢，这个秘密藏了很久，上辈子，你就是羊，而我，就是那只大灰狼。”宋逸浚大笑起来，即便如此，唇角扬起笑容的弧度总是完美极致。

“拿我寻开心呢。”苏悦悦咕哝了一句，服务员则将锅底放到了桌中间的灶子上，生鲜的菜也悉数端到了一旁的推车。

“好了，我还是在等水沸腾前听听你的心事。”宋逸浚再次回到之前的话题，苏悦悦见他很是坦诚，自然便放下了心里的疑虑，问道：“你是不是认识林子文？”

“伟杰设计院的老板林子文么？认识。”宋逸浚立刻接了话，苏悦悦好生奇怪地看他，没想过他连一点回避都没有，直接地就告诉了自己。

“怎么了？他是我们公司指定的设计院之一，这几年一直都有生意往来，和我关系很好。”宋逸浚补充道，理由说得恰如其分。

“那你和茹安心是不是早就认识？茹安心是不是林子文的情人？”苏悦悦追问道。

宋逸浚微微一怔，没想到苏悦悦会问这样的问题，不知道她究竟是如何知道自己和茹安心认识，或许是Shelly，或许是人事，不过，关于泄密的渠道已经不再重要。清了清嗓子，宋逸浚用漏勺舀了下火锅汤，说道：“茹安心是我朋友，她也确实是林子文的情人。不过，我用我上辈子的狼心，这辈子的真心保证，她和我只是朋友关系。”

“嗨，又没怀疑你，我只是想说林子文是我最要好朋友的老公。林子文是我师兄，当时他和我好朋友之间的爱情那可是王子与灰姑娘，很多人羡慕的，我真的很希望他们能够一直这么爱下去，幸福下去。”

“没想到林子文和他妻子是大学校友。不过，茹安心她也是执著的女孩儿，虽然我劝过她，但感情的事，我是男人，并不方便说。”

宋逸浚心里暗自松了口气，苏悦悦的这些问题应该都是源于她的朋友，这么一来，自己的回答也就简单得多。只是，对面坐着的女孩儿并非完完全全地被他的话说服。记得在饰品店里，他与茹安心的对话并不是如此，他好似很想茹安心到林子文身边。究竟他为什么要说不同的话呢？

“汤滚了，吃羊肉吧。”宋逸浚刚放下两块羊肉，手机便响了起来，电话号码上显示的是“未知”，按着自己的习惯便直接掐断了。可没有想到，这通“未知”的电话竟执著地响了三次。

“怎么不接呢？”

“陌生来电。你不怕我被恐吓么？”虽是这般说，宋逸浚还是接起了电话，电话那端是女人的声音，尖锐，甚至有些撕心裂肺："宋逸浚你个小白脸！居然让人把我在行业里拉黑！不让我活是吧！我也不会让你好过！"

"不好意思，我根本听不懂你在讲什么。"这歇斯底里的声音正是他之前的下属Emma，宋逸浚冷冰的回答激怒起对方更尖锐的叫骂："你等着瞧！凤凰男！我就等着看你和你老女人的好戏！"

电话一下没了声音，宋逸浚眉头紧锁，虽然脑中已快速检索过自己并无任何把柄落在那个疯女人手上，但心里仍像添了块石头，有些难以喘息。然而，关于她口里提的行业黑名单，他是的的确确没有做过，至于究竟是谁做的，他不得而知。不过，有一点，他能肯定，朱歆绝对不会放下身段做这事的。

如果朱歆没有做，那究竟是谁做的？

Andrew？

他已经和那女人一刀两断，根本犯不着再和她有什么关系。那Andrew的老婆？说来也不可能将自己的手伸到北京行业内。

这人，究竟是谁呢？

是嬴绍杰么？

"怎么了？是谁的电话，出什么事了？"在如此嘈杂的环境中还能听到点电话里人的声音，虽然不清楚，但却好似很激动。宋逸浚摇摇头，说道："是一个女人，刚才劈头盖脸地骂，不知道是不是受了什么刺激？莫名其妙的。"

"是么？早知道就不劝你接了。"苏悦悦边说，边将羊肉放到滚着的锅里，宋逸浚也就随了她一起吃起火锅。火锅店的羊肉甚是鲜美，两人倒是吃得很快，尤其是苏悦悦，吃了两大捧的蔬菜。宋逸浚忍俊不禁，笑她果然是和只羊似的，这么爱吃草。两人在火锅店一下子近了很多，笑声亦融入了环境，无人因为他们释放的情感而侧目。一切都变得很自然，苏悦悦虽然还有这样那样的疑问，但她知道面前的男人真的很喜欢自己，有些话就隐在腹中，不再吐露。

从火锅店出来的时候，宋逸浚本打算与苏悦悦散下步，如此可以有助消化，只是才行了约莫十来步的样子，宋逸浚的手机突然响了起来，电话号码是市中心血站打来的，因为自己是登记过的RH阴性A型血，中心血站只有在血库告急的时候才会联系自己，宋逸浚便接起了电话。

“您好，我是市中心血站，请问是宋逸浚先生么？”

“我是。”

“不好意思打扰您，我们中心血站通过登记资料找到您，由于今天在AB高速公路D段发生重大交通事故，事故为一家五口，其中一名成人、两名儿童是RH阴性A型血，我市该血型特种血库告急，您如果在本市的话，请尽快到中心血站献血，谢谢您的理解。”

“好，我这就过来。”虽然这么答了中心血站工作人员的电话，但心里却是犹豫，绝非他想见死不救，只是他小时候就有晕血症。在中心血站登记，只是那一次JSCT体检的时候验血测出的，随后就有专门的人员负责备案，别人问他献血的事，他自然也点头应了。但真要轮上献血，他又有些恐惧。上次苏悦悦脚背被踩伤，他见着血便有些不太舒服，这一次，也不知自己究竟行还是不行。

“你有事么？有事的话，你先忙，不用管我，我自己回家好了。”

“傻小羊，难道我这车夫兼男友连送女朋友也要放在做事后头？”宋逸浚一把抓了小手往自己车那儿走去。苏悦悦惊得心慌，但心里却又有些喜滋滋的感觉。在如此的一个充满冷漠的大都市里，被一个爱自己的人关心，再冰冷的心也会渐渐融化。

四十分钟后，宋逸浚到了市中心血站，只是车才刚停下，一旁就来了辆黑色的车，车里的男人极其迅速地出了车门，说道：“你来献血？”

寒冷的夜，彼此间的对白更缺了丝温暖，宋逸浚瞥了眼对方，继续朝血站楼里走，然而，腥味混杂在酒精里飘散在里头，莫说是宋逸浚有晕血症的人，就是正常人，都会觉得有些难以忍受。

“别进去了，你又不是不知道自己的问题，我进去便好了，若是还缺，我就把你那份献了。”

男人一把拉住宋逸浚，关照他不要再逞强，任何的事都由他来扛。宋逸浚看着灯箱上红红的字，好似血一般，一滴滴地渗出来。惊惧的心如有蝼蚁噬咬，这滋味，好难受，好难受，喉咙里莫名地翻滚了酸味，眉宇亦因此紧紧蹙起。

“进去！”男人一把拉开车门将宋逸浚推了进去，自己则大步进了医院。宋逸浚远远地看着他的背影，眼前好似回到了曾经的童年。他的背影就是自己的保护盾，每每遇到困难都会冲在前面，不让自己有分毫损伤，哪怕自己惹了祸端，都是他替自己解决。记得那一次，他为了保护自己，被一群男孩儿打得满脸是血，彼时那景，他鼻子里汩汩冒出的血一滴滴地落在自己白色的衬衣上刺目无比。但他是铁打的，手一抹鼻子，用带血的手拉着自己回了家。

血，热热的，粘在手上，腥味随风入了鼻子，这一切让自己莫名地颤栗，接着的几宿都没有睡好，晚上总是惊醒，随后，就害上了晕血的毛病。

中心血站陆陆续续来了些人，男人进去了好一会儿后回到停车场，见宋逸浚的车依旧停在原处，兀自地回到自己的车上，发动了引擎。这一刻，奥迪车里的宋逸浚好似突然想到了什么，从车里步出，拦在男人车前，说道：“停！”

隔着玻璃，两人互相望着对方，曾几何时，他们间没有任何间隙，就若他们身上流着的血一样，同根同源，同浓于水。

“你这算什么？”宋逸浚双手撑在黑色车盖上，厉声问道。

“让开！”车里的男人冷漠道。

“你要真为我好，就不该查我！你是我哥！你居然想尽方法查我！”一扫面容上仅存的温和，宋逸浚狠捶了下车盖，钢皮发出嗡嗡的声音，引得看管车子的保安过来看个究竟：“什么事呀？”

“没事。”

男人从车里出来与保安解释，保安奇怪地看两人，但当事人都道了无事，便就只能说道：“这儿是中心血站，如果没什么事，就别这么大声。”

“不好意思。”

男人与保安道歉后，站到宋逸浚的身旁，压低声道：“我弟弟绝不会像你一样为了上位出卖自己。”

“呵呵。”宋逸浚冷冷一笑，说道：“社会和职场只有污秽，没有不沾淤泥的清莲，朱歆如此，Wagner如此，我不过是用了自己的方法而已，争取的也是我应得的。你呢？想要逼Emma上绝路，让她狗急跳墙地抖资料整死我！”

“我没这么做。”

“你以为我信你？”

“我没有必要向你解释。”

“好，你查吧，反正，你就是要把我这个弟弟整死最快乐！反正你姓嬴，我姓宋！”

“啪——”

冰冷的空气里传来脆响，巴掌落下的时候，他猝不及防，脸上乍的热烫起来。宋逸浚没有想过面前的男人会打自己，过去，他是如此保护自己，哪怕是爸妈和姐姐打骂自己，他都会替自己挡。可是今天，这巴掌不带半分的犹豫。

“这是替妈打的！”

嬴绍杰推开愣怔的宋逸浚，开车离了市中心血站，后视镜里清楚地映着宋逸浚的身影，握着方向盘的手掌依旧有些疼，然而，这都比不上心里的疼痛。掌心打在他脸上，可却撕裂了自己的心。

宋逸浚是自己亲弟弟，这是他们彼此的秘密。当年，父母离婚的时候，宋逸浚随了父亲，而他与姐姐就跟了母亲，姓也改了母亲的姓氏。宋逸浚刚才一句“你姓嬴，我姓宋”若是让他九泉之下的母亲听见了，那该有多痛心。嬴绍杰记得，当年母亲生宋逸浚的时候已经是高龄产妇，加之又是难产，当宋逸浚呱呱落地，母亲被推出产房的时候，脸上沾了多少泪。虽然他当时还小，但却知道这个调皮的弟弟如何折磨了自己母亲，而母亲又是如何地疼爱这个弟弟，每每见到自己对小不点儿看，总会说“绍杰，以后多让着弟弟”。

只是，他，母亲最疼的小幺却跟着负心的父亲去了“第三者”那儿。这也便罢了，没有想到他们在多年之后进了一个公司，他没有靠自己的能力去认真工作，反而学了当初父亲的样子，出卖自己与身处高位的女人狼狈为奸，甚至还有了肉体上的关系，更令他看不起的，便是这弟弟几年来在JSCT用各种手段为朱歆和他自己将大量JS集团的钱中饱私囊。不过，即便是这样，嬴绍杰都没有打过他一次，只是用查他、查朱歆的机会早早地结束他的念想。在企业内部查出事，总比最后落入司法的途径要强得多。然而，嬴绍杰没想到，宋逸浚竟已经无耻到忘记了母亲，如此大逆不道的话，他绝不容许！

渐渐的，他的身影变成了一点，距离，这便是他们的距离。宋逸浚站在原处，任由风吹乱了额前的发，热烫的脸没有因为空气中冰凝的因子冷却半分，颤抖的拳在袖中瑟缩。自己的今天，房子，车子，高薪的工作，难道真的没有自己真正的汗水么？为什么所有人，包括嬴绍杰，都要因为自己和朱歆之间的关系而将自己所有的努力抹杀？甚至，还要置他于死地。

从小到大，他没有属于自己的成功，所以，看不起他的人比比皆是，而看得起他的亦不过是佯装罢了。

他自卑，但又不屈服。

手机铃声迭起，他并不去接，因为这特殊的铃声属于朱歆。她是用私人手机打给他的，JS集团管理层的手机均是运营商托收的，所以朱歆会选择自己私密的手机号和他通电话。他知道这两天朱歆都在A都市，只是她的出现于他而言是种从心底作呕的恶心，尤其是苏悦悦出现在自己的生活后，这种感觉愈发的浓。在如霾天一样的社会和职场上，他能看到她小小眼睛中难得的明亮。想到此，手不由取出手机准备给她发条短信，却见上头是苏悦悦先留与他的短信：肚子吃得和青蛙一样了，和小浴缸散步出去走走，外头很冷，回家后告诉我哟。

他喜欢被真正关心的感觉，平实，但却又温馨。夜风中，烧疼的脸与冰冷的手衬过自己凉却的心，唯有这条短信温暖了自己。不知何时起，他已把她真正放在追求“妻子”的角度来与她相处，就好似刚才在火锅店里，即使羊的膻味如此重，但看到她这么容易满足的笑容，自己心里也便有了满足。

有她在身边，真的很好，至少让他感觉到了生活尚存的乐趣。

周末只是四十八小时的日夜更替，很快就又迎来了新的一周。临近出去旅游，合同管理部门的人心都散了好些，一大早就在议论丽江游，尤其是于小佳更是把攻略一张张地打印了出来，正欢欢喜喜地要去拿，忽而闻到一阵魅惑的香水味，抬头一看竟是CFO朱歆，怕自己不工作好玩的心思被领导看得清楚，赶忙献了笑脸，朝其他部门走去。

朱歆并不在意这般角色的员工，她的眼里只有一个人，目光也只朝向一个方向。

“小吴，我把单子打出来给你看看。”苏悦悦并没有注意到朱歆的到来，只是如往常一样大步走到打印机前去拿打印的单子，顺手查看的时候，丽江游的资料也一同拿在了手上，刚要将资料放回打印机。朱歆已站到她身旁，说道：“工作的时候在看旅游资料。”

第三十六章/王子脸上的面具

“Joe，这些资料不是我的。”

苏悦悦这才发现朱歆竟然到了合同管理部，赶忙向她解释，然而朱歆并没有理会她，只是径直走向宋逸浚办公室，Shelly 刚回到合同管理部，一见朱歆顿然便想起之前宋逸浚的吩咐。倘若朱歆来找他，就说他去了客户那儿。作为一个旁人但又是局内人，Shelly尴尬道：“Joe，你来了。”

朱歆看了看Shelly，之前让她放一只眼睛看住宋逸浚，没想到最近从她嘴里拿到的消息是越来越少。今天是JS集团通信部华东区的会，本没有与宋逸浚约过会议，但周六就到了A都市的朱歆因几天都未见到宋逸浚，于是决定亲自过来看看。

“Kevin在哪儿？”

“哦，他去客户那儿了。”

“客户，现在JSCT最大的项目就是S项目，刚才我还在楼下见到Eric，可却没有见到Kevin。”

“哦，应该不是S项目，S项目合同管理部门的责任人是于小佳。”Shelly立刻补充道，朱歆目色紧紧一盯，Shelly躲闪的眸光告诉她，宋逸浚并不是真的去见什么客户，有意地回避自己才是真的。

S项目正在进行，老狐狸Wagner一直在利用嬴绍杰对付自己，或者说，是踢自己去个死胡同。她关照了多次宋逸浚不能轻敌，可似乎都只成了耳旁风，最近这个男人好似变了个人，总是心不在焉，归根结底，就是适才那个叫做苏悦悦的女人。

想到那个眼镜妹，朱歆就心里不甚爽气，别人见她都奴颜屈膝，唯独她，还装作没看见自己似的，目中无人到了极点。当然，朱歆又不能亲自干掉她，因为宋逸浚已经亲口发了话，这是他的私事，她没有权利去管。

女人，当面对同一个有千丝万缕关系的男人时，再多的理智也会消失。既然踢不走她，那就想个别的法子整她，折磨她，用职场中的方式来解决这个不知好歹的女人。

Shelly见迟滞在宋逸浚办公室门口的朱歆眼中露出一丝凶煞的眼光，不由微微一怔，试探道：“要不，我打个电话让Kevin回来？”

“不用了，我还有会要开先走了。等他回来的时候，告诉他，将我交代他的事情发一份进

程到我邮箱。”

朱歆交代完后便离开了合同管理部，部门里每一个员工都好似送走了瘟神一样舒了口气。听见朱歆走后，于小佳也不知何时回到了合同管理部，拍着胸说道：“幸好我跑得快，被她看到，我非被咔嚓了。”

“没那么夸张吧。”苏悦悦虽口上这么说，但对朱歆还是心有余悸。

“怎么没那么夸张？她当年还在JSCT的时候，不知道砍杀了多少人，哎呀呀，腥风血雨啊。”于小佳好像经历过这些一样，五官皱起地装作恶心。苏悦悦拍了拍她的肩说道：“你呀，可以去做影后了。”

“是嘛，是嘛。”

于小佳又再装起害怕的模样，却听见经过她们身旁的小吴低低说了句“恶心”。于小佳吐吐舌头，耸肩道：“不知道是说我还是说那人，反正，我不和大肚婆计较。”

苏悦悦忍俊不禁，不过，她也不知道为什么宋逸浚总是很神秘，她未问过，宋逸浚也未主动与她说过。或许，他有他的理由，更何况，虽然自己是他的女朋友，但限于公司制度，这恋情只能掩藏着。

“哎，我说你和某人的关系如何了？”

“什么某人，好好工作了。”

“呀，无趣，还装着呢，那啥，生生小气也就算了嘛。”于小佳所指，苏悦悦很清楚，只是，她不再想与他有什么瓜葛。周末的时候找了很多网络租房信息，美丽花园并没有房源，周围的小区也没有合适的房源，不知当时租到这房子是不是上天特意安排的圈套，这下进了其中竟就出不去了。心情烦躁的时候，苏悦悦下楼遛小浴缸碰巧遇到了张阿姨，方才知晓原来他们彼此的住所可以互望。夜晚，她有意无意地去看对面，那里的灯始终亮着，直到自己上床睡觉都未曾熄灭。

不知道，他是不是也有往这儿望过？

第三十七章 阴谋其中阳谋其外

咖啡厅里，香醇的味道恣意地扫过每个角落，温和动听的香颂反复吟唱，淌着水的玻璃将都市闹区的喧杂隔得静谧。

“听我夫人说，你找我是为了S项目？”东南角的一张咖啡桌前面对面地坐着两个男人，穿着白色毛衣的男人先开了口，对面的卡其色风衣的男人回道：“准确地说，对伟杰设计院拒掉我们的单子觉得很奇怪，所以想请林总好好谈下。”

“嬴绍杰，我知道你是个非常能干的人，而且对技术很精通，不过，这单子，我们不能接。”林子文微微一笑，喝了口拿铁，人往沙发靠背倚了下。

“没有利润？”

“这些年，我和JSCT合作一直很愉快，今天这么大的一个项目，我想主动还来不及，但是，最近设计院的单子特别多，特别是我父亲那儿的公司准备搞香港上市，忙得厉害，所以有心无力。这事儿，我和广明，还有你们项目组的人都说过了。其实，S项目真是个不错的项目。总部总包，给你们分包，以往这类项目，你们JSCT的净利润都有十几亿，我又怎么会没利润呢？说实话，你越找我，我就越埋怨自己。”林子文只字没有提到宋逸浚，更没有提到其他的事，只是一味地推说自己忙。打开门做生意，无非就是赚钱，放着钱不赚，个中原由，林子文并不说，但嬴绍杰却猜度与朱歆那伙人有关。换了个方式，嬴绍杰继续问道：“那林总的意思是，最近一段时间，我们JSCT的单子都不考虑了？”

林子文眼眸里闪过一丝不安，他没有想到嬴绍杰竟然顺着他的理由反将了一把，定了下神，说道：“快的话也快，慢的话，还真指不定到什么时候呢。”

“对了，前两天广明和我说他去澳大利亚了。”嬴绍杰突然将话题转到了张广明身上，据自己从行业渠道内得知的消息，张广明已经移民加拿大，故意放些错误的话出来，好把林子文知道的内情透出来。然而，林子文是个聪明人，听到嬴绍杰这么说，非但没有指出张广明是去了加拿大，反而与他说起澳大利亚的风景来，嬴绍杰不由得感叹他虽然年纪轻，但城府已是很深。这也就是为什么这么多年来，他能够和宋逸浚他们合作这么顺畅。看样子，要从这个坚韧的壁垒中开块小缺口都是非常困难。

两人聊了会儿儿，林子文坚持要买单，嬴绍杰只能由着他。原本以为这场对话没有半点收获，可在林子文买单打开钱夹的瞬间掉落了一张名片在桌上，这是“YG”公司的名片，华东区销售总监的名字“姚烈”赫然在目。嬴绍杰认识那个销售总监，记得很久之前，他也是JS集团的人，后来不知怎么回事突然辞职走了。没想到，竞业协议两年期满后，他在YG做起了A都市销售经理，抢了很多JS集团在华东区的生意，这会儿竟已成了华东区销售总监了。虽然林子文接触YG的人也是正常，但想到最近几年伟杰设计院为JSCT做的项目设计，总是莫名其妙地将YG公司产品替代JS集团的产品，这一违背JS集团总部大方针“不买竞争对手产品”的事屡屡发生，嬴绍杰又不由添了个心眼。

“你认识他？”

林子文付了钱，见嬴绍杰指了桌上的名片看，拿起来看了眼放入皮夹中，说道：“是啊，老朋友了，前几天吃饭的时候说是换了新名片，就非塞我一张，我这人从来都不带名片盒，于是就塞皮夹了。”

“你们设计的时候用YG产品也很多。”嬴绍杰继续试探道，林子文并不逃避这话题，回道：“是啊，工程师喜欢用YG的产品，说实话JS产品虽好，但是设计性却不如YG。”

“呵呵，营销也不如YG好。”

“说笑了。”林子文起身与嬴绍杰握了握手，说道：“什么时候和悦悦有进一步发展？”

嬴绍杰一怔，林子文的这个问题并没有划入他预先计划中，在个人情感问题上，他并不喜欢林子文，甚至还有厌恶感，因为那次在机场的时候，林子文与茹安心之间暧昧的举动已经让他感觉了面前的男人在家庭上并不是苏悦悦说的那么好，这也就是自己对林子文刚才所说每句话都需要斟酌的原因。

“悦悦是不错的女孩儿，很适合做妻子。”

这句话是真话，也是林子文今天所有话中最真实的一句，嬴绍杰与他道别后，回到车里。好多天了，她好像有好多天没有坐自己的车了，不知道什么时候他还能做她的车夫？手机突然响了起来，嬴绍杰看号码是华东区总部打来的，便立刻接了电话。不接这通电话都快忘了件重要的事，从周一到周四都是博览会，在进入JSCT前，他就是主要负责人，没想到进了JSCT尽想着这事儿，都忘了去博览会展台。

驱车前往，博览会虽地处城乡结合地带，但大片的停车场上早已停了大量的车，今日是博览会第一天，也是专业观众最多的一天。嬴绍杰对这博览会一点儿都不陌生，从第一次参加这博览会时充满好奇，到今时今日自己的设计理念放在其中，他在职场上的每一步都更加成熟。

JS集团华东区总部接应的人一见嬴绍杰，赶忙塞给他工作证就往里头走。每一年的博览会除了比拼各自的产品质量外，最重要的就是展台搭建，今年JS集团的博览会展台是“未来小屋”。

走近展台，嬴绍杰略显忐忑的心情一下欢愉了很多，诸多人士走到了未来小屋。JS集团华东区技术部的人一见嬴绍杰到来，立刻迎上去，兴奋道：“瞧瞧，你这小屋子吸引了多少人。我们JS集团一直中规中矩，这次还搞起了浪漫，哎呀呀，Eric，你可真是厉害。”

说到未来小屋，嬴绍杰暗自偷乐，其实未来小屋的概念是从自己家引申出来的。放到展台的话，他是用二十寸集装箱搭成，里头按照现代都市的模式，划成了若干区域，家具家电一应俱全。乍一看本没什么，但是这儿所有电器都可以用手机一键自动化，也便是说只需要打个电话，给个通讯信号，空调地暖、电饭煲、电视机就会全自动开启。除此之外，小屋还配备了特殊玻璃做的窗户，这种窗户装有自动感应系统，一旦阳光照射到屋内的热量达到一定程度就会自动变色，夏季的话，百叶窗会落下作二道防护。靠窗户收集到的阳光同样可以供给生活中的非饮用热水，同时生活废水通过自动化滤水系统又可直接冲厕。当然，被说作浪漫的事其实是指卧室飘窗的玻璃，玻璃在夜晚的时候可以将白天收集到的阳光反射成星光

打在卧室床的上方。

试想夜晚睡在床上，头顶上亦有美丽的星光月色，那是多么美妙的事！

“嬴帅哥，你家是不是也这么漂亮？”说话的是个女孩子，是JS华东区总部刚来不久做销售的女大学生，嬴绍杰点点头。女孩子羡慕地看未来小屋，感叹道：“要是我男朋友有这么浪漫就好了。”

“嗨，你以为谁都和我们Eric一样吗？”

众人一阵笑，又忙着引导客人进未来小屋，嬴绍杰正笑着，见一位自己熟识的销售站在一个角落，既不和人介绍产品，也不参与别人的讨论，好像有心事一般，魂不守舍地看着样本，便上前问道：“怎么了？”

“哦，Eric啊，你来了？未来小屋的创意很好，很多客人挺喜欢的。”那人见是嬴绍杰佯装起笑容夸赞起来，嬴绍杰却关心地问他道：“谢谢，好些日子没见到你了，怎么一个人在这儿？”

“哎，简直没法谈，最近在市场和YG价格战打得厉害，我们的价格一直高，怎么都下不去。我管的这条线斗得最厉害，都快被逼疯了。”

“是么？”又是YG，嬴绍杰在一天内第二次听到这个公司。

“说曹操，曹操到。”

话才刚刚落下，嬴绍杰顺着销售的目光望去，果然在约莫二三十步的地方，YG公司的人朝这儿走来，约有六七人，经过JS集团展台的时候，连瞥眼都不曾丢下，各个都显得自信十足。嬴绍杰看得清楚，走在最前面肚子微腆的正是YG公司华东区销售总监姚烈。

“嗨，Eric，很久不见。”

姚烈没等嬴绍杰开口已大笑着踱步而来，嬴绍杰立刻露出笑脸迎上：“姚总现在是意气风发，好大的气场。”

“是么？对了，你亲自操刀的未来小屋在……”说到此，姚烈往四周看了看，指着后面人头攒动的队伍说道：“真是不错，一会儿空闲的时候，我也去参观下，不知道你们放不放我去看。”

“这博览会是敞开式的，你若有兴趣，我们当然欢迎。”

“不过，光有技术也是不成的，有的时候技术超过需求就是浪费，价格，中国市场需要的是便宜的东西。”

姚烈先还是一笑，忽而压低了声音对嬴绍杰说道，嬴绍杰并不做声，任由他继续：“听说你最近调回JSCT做S项目了，哎，用你们JS自己产品价格太贵了，集成起来也不见得效果好，还不如用我们的产品，我们这么熟，给你个特扣？”

“呵呵，我怕被人笑话了去，不过，有时间的话，真得和你好好聊聊。”

“给你，我的新名片。”

姚烈塞了新名片给嬴绍杰，带着后面的销售离开了JS集团展台，本就十分气愤的销售憋了好久，待得他们一走，便与嬴绍杰埋怨起来。嬴绍杰不由深思，销售业绩下滑最直接影响的就是JS集团销售部门的业绩，而这些都是归Wagner管的。虽然，YG公司的价格战才刚打，偶尔有些片区领域损伤严重，但真正的战争怕是还在后面。

嬴绍杰心里突然有些极不祥的想法，只是这想法又出奇怪异地让自己都无法说服自己。他总觉得姚烈与朱歆之间有着莫名的联系，而朱歆会不会是借外围势力来反击Wagner对她的排斥？

似乎事情变得更复杂了，在博览会又待了好一会儿，嬴绍杰回到JSCT的时候已经四点多。正巧在电梯里遇着于小佳，与她打了个招呼，没料到于小佳靠近他压低声说道：“我们周四去丽江了，苏悦悦正巧那两天要买春节回老家的火车票。咳……，Eric，你懂的。”

火车票？嬴绍杰先是愣了下，没摸着头脑，随后才豁然开朗，于小佳告诉自己的意思是让他为苏悦悦买上火车票，这样一来，自己就可以与那女孩儿修补关系。心里头蓦地一乐，脸上挂了许久未见的笑容，只是才踏出电梯，便听到有人在谈论苏悦悦被服务部Edward扔了一脸文件的事，现在宋逸浚，Edward，苏悦悦，人事部的人正在会议室里。

Edward自恃在服务部是老臣，总是做事出格越界。嬴绍杰故意转道去了会议室，却听见宋逸浚在办公室里凌厉地斥责：“我要你立刻对她道歉！”

“道歉？你们合同管理部门就是个支持部门，为我们服务的！我们辛辛苦苦在外面为公司赚钱，她却好，以新客户为由要客户填表格！填什么表格！！”

“Edward，这是我们合同管理部门的职责，她做得很正确！”

会议室里硝烟弥漫，只听Edward又是一句骂声“什么新客户，我这儿有签字特批的，知道吗？上头有Joe的签名！”

“有特批也得过流程，而且Joe是我们商务这儿的领导，你就是找最高层，也得找Wagner特批，更何况，这样的客户，你只需要找Roger批，根本不需要拿到总部去批！”

看样子这是朱歆设的一次槛，嬴绍杰站在外头已经听出了端倪，一直以来这个四十多岁的女人就对她的情人看得极牢，如今这个情人追求了别人，她又如何会放过苏悦悦？然而，这事，他不能管，也管不了。

于公，他是Wagner的人，不便参与他们之间的事。

于私，她与宋逸浚是情侣，自己横插一足，宋逸浚不会领情，而悦悦则会更误会自己。倒不如，还是遂了于小佳的好意去替苏悦悦买火车票。

夜晚的时候，于枫找嬴绍杰吃了饭，滔滔自从回来后，于枫爱护有加，又请了心理医生辅导，性格也开朗了很多，对女性也少了很多攻击性。于枫于是决定让滔滔去幼儿园多接触些同龄人，尽早地从阴影中走出来。

嬴绍杰很是欣慰，摸着滔滔的脑袋，心里的愧疚终于淡却了不少。

“还没有与苏悦悦和好？”

“她和逸浚交往，我劝得越多，自己就越被她误会，现在只能随她。”

“傻小伙儿，做别的事情都胆子很大，追女孩儿畏首畏尾。”于枫一说，嬴绍杰便低下头，有些不好意思地光吃起菜。一旁的滔滔说道：“舅舅，什么叫追女孩儿？”

“这，这个，滔滔，你还小，不懂的，以后说给你听。”

“哼，我不小了。”

滔滔皱起鼻子哼哼了两声，于枫接着说道：“现在的小孩儿可比我们厉害多了，你就不说，改明儿，他也追个回来给你看看。哈哈哈。”

嬴绍杰尴尬地红了脸，忙又吃了两口菜，于枫不再多言这事儿，不过看嬴绍杰的表情，应该还是有所打算的。虽然他知道宋逸浚是他弟弟，换言之，也是妻弟，但对这个男人的印象并不好，这倒让他想起另外一人，于是说道：“绍杰，茹安心那个情人是家公司的老板，前几天，我还见到过他们。”

“是伟杰设计院的老板林子文。”

“他有三家公司，这不过是其中一家罢了。那天我见到他们的时候，还看到了宋逸浚。绍杰，凭我的经验来看，宋逸浚与林子文之间有不寻常的金钱交易。”

“我也这么想，但是没证据，不过，真的不希望逸浚他走得太远。”

“你若真想知道，我可以帮你查，反正什么都经历过了，也不怕做次恶人。”于枫示意嬴绍杰吃饭，他知道所谓的查，其实是一种保护，如果宋逸浚真的在歪路上越走越远，他也会觉得对不住他已过世的妻子。

嬴绍杰欣然应允，因为若是于枫去查的话，自然与JS集团扯不上关系，最重要的是于枫归根到底是自己家人，与宋逸浚之间虽不熟，但并不会害他。同时，按他现在的理解，伟杰公司背后可能是更为巨大的阴谋，每深入一步，都要步步为营。

就在嬴绍杰与于枫交流的时候，A都市临江香格里拉行政楼层里，穿着睡袍的女人一边拍着脸上的面膜躺在贵妃榻上，一边说道：“你舍得来了？”

“这几天很忙，没时间。”刚进入房间的男人并未脱下外套，只是走到女人面前淡淡地回答她的问题。

“忙着约会？”

“我在工作。”

“呵，你好像忘了我的身份？”女人并不满意他的答案，直起身子将脸上的面膜取下，说道：“穿这么多干什么？”

“不太舒服。”男人极不情愿地脱下外套，女人眸色里迅速掠过夹杂贪婪的莫辨神色，说道：“心里不舒服，还是身体？”

“身体不舒服。”

“逸浚，替我揉下肩，我有事和你说。”女人继续拍打了下沾着精华液的脸，示意宋逸浚替自己揉肩。说实话，面前这个女人虽然风韵犹存，但行事话语总给人压迫感，就好似高高在上的女王，任何人都不能忤逆她。

“什么事？”宋逸浚极不情愿地坐下伺候面前的女人问道。

“姚烈最近嚣张过头了，你什么时候和他谈下，让他记得，这个位子，我可以让他坐上，

也可以让他随时下来。”

姚烈这枚棋子是他们早已安排在YG公司的，目的有两个，一是姚烈给伟杰公司等JS集团常用设计公司好处，让设计院大量设计YG公司产品，倘若JS集团中标，那么中间返点就自然而然流入得益者的口袋。二是通过自己这儿的信息，姚烈可以探底价格助YG公司中标，以此钳制JS集团销售势力的扩大，因为集团市场发展的快慢直接关系Wagner权力大小。同时，这些年来朱歆利用商务合同审核控制分出了销售在招投标上的掌控性，张弛有度，不落把柄。这也便是Wagner这些年来最不满意朱歆的地方。朱歆这么做，不管YG公司还是JS公司得益，她都能从经济或是政治中获益。当然，她在这个行业里并不只有姚烈一枚棋子，在同行业以及客户、供货商处，培育了多名心腹。

范围之大，涉及的人之多，就好似利益链一般交缠难辨，除了朱歆之外，宋逸浚是唯一知道的人。

她真的很喜欢这个男人，他捏肩时的温柔能让自己一身的疲惫消失殆尽，职场这么多年，心变得冷血无情，遇上他之前，她觉得自己仿佛荷尔蒙失调得和个男人似的，遇到他之后，身心一下变得愉悦，久未与丈夫有夫妻之事的她很快地坠入与他的痴缠中。虽然她很清楚这个男人只是为了上位才与她一起，但她甘心情愿地以这作为交换，甚至将自己所有的秘密告诉他。

“我知道了。”

“累了，就休假几天，Roger向来都睁一眼闭一只眼，当年欧洲那儿是没了他的位子才踢他过来的，混着混着，倒也还算好。”说着，她伸手搭上肩头他的手背，顺势倒靠在他怀里，每每能够呼吸他身上的味道，就有一种眷恋感。

“前些天，Emma打电话给我。”

“Emma？”朱歆搜索了自己的记忆，这才记起是先前在北京的那个Emma。不知是不是因为自己年纪上去了，见到年轻的女人，她心里总有份妒忌，鄙夷地说道：“那个女人。”

“我们要小心她。”

朱歆一笑，每每听到他用“我们”来形容彼此的关系，她打心眼里觉得舒服。只是区区一个Emma怎么会威胁到他们呢？

“她说不会放过我，总觉得会发生什么事，不知道为什么，JSCT好像有她的眼睛似的，但又抓不着头绪。”

“你想多了。”

“她说我在行业里黑了她，但我怎么可能去做这样的事，我相信，你也不会这么做。”宋逸浚始终琢磨不透，朱歆却没有心思讨论这些事，在她看来，一个小小的角色怎么能动得了他们呢?

转过身子，朱歆凑上他俊逸的面容，主动地向他索取，封住了他的话语，将他发自心底的抗拒吞噬在吻中……

拼拼拼爱

第三十八章 丽江夜空下的艳照门

周四，合同管理部门除了怀孕的小吴之外集体出发去往丽江，苏悦悦担忧小浴缸，宋逸浚帮忙解决了这件难事，只是在运送小浴缸去宠物店的时候，手被它咬了个伤口，为此，两人又不得不趁了黑夜去医院挂急诊打狂犬病疫苗。虽说自己晕血，但在看到苏悦悦紧张自己的样子，心里犹是温暖，什么腥涩的味道好似都被抽走了。

摸着她白皙染霞的面庞，他真的很快乐，在她的面前，自己是如此卑微，在这一刻，他甚至想要收手，与她建立一个属于自己的小窝。只是，到这一步，他还能收手么？不能了吧，或许，真的不能了。

在去往丽江的飞机上，于小佳和苏悦悦坐在前头，宋逸浚与Shelly坐在后面，每每听到她的声音，自己就很舒心。Shelly非常注意他的神情，只是在一旁坐着不语，说实话，她是绝对不愿意夹在宋逸浚和朱歆之间的。听说Wagner最近与朱歆斗得很厉害，自己这个位子究竟能不能保得牢还是个问题，本应轻松的心，却显得很沉重。

丽江的美在于它的纯净，那是A都市永远无法企及的，宋逸浚每年都会来丽江，每回来，都特别想在这地方久久地待着，等待在这号称中国两大情域之一的地方遇上属于自己的女孩儿。没想到，舍近求远的自己终在A都市里找到了一株清莲。除了这儿，宋逸浚最喜欢的便是德国的新天鹅堡，偶尔去德国出差的时候，就会去新天鹅堡。那是一个与众不同且有争议的主人为了一段追寻不到的爱情而造的童话城堡，然而，城堡的主人却在完工前离世。一百多年后，新天鹅堡留与人们的只剩了对那浪漫故事的猜想。每回，宋逸浚都忍不住去听一次故事，虽然听得都能背了出来，但那种抽动心的疼痛感给予自己的是莫名的快乐。

今日的景点只是木府，随后便是自由活动，宋逸浚约了大家晚饭的时候在“小巴黎”吃饭，这是家饭店兼酒吧。苏悦悦从未来过云南，虽说是自己家的邻近省，但风格却是迥异，于小佳拉着她跑这儿跑那儿地逛，出了银饰店，就入了东巴手工包店，脚下总没个停歇，一不小心，两人便走散了。

苏悦悦接连打了几个电话，于小佳都没接，这也罢，反正是在中国丢不了。苏悦悦顺着石板路走了好一会儿，看到一处临水的地方挂了好些红色灯笼，“一米阳光”的字样赫然在上。

“悦悦。”

“你不是在客栈里么？”记得他与大家说晚上吃饭地点的时候，明明说是要在房间工作的，没想到人竟偷溜了出来。

“怕你被这儿的色狼诱惑走了，所以就在后面看着。”

“哼，哪儿那么夸张，我听说这儿很安全的。”

苏悦悦回头朝他哼了声，冷不防拿着手机的手已被一下裹在温暖的掌心间，颊上还被他偷吻。宋逸浚就爱看她被偷吻后脸上泛红的模样，这不是那些心怀城府的女人可以装出来的，她越是羞赧，他就越心里暗乐。

“去喝点东西吧。”

“不行，我还要找于小佳呢。”

“你不用找她了，她这会儿肯定还在那儿研究买这个包好，还是那个包好，犹豫不决，举棋不定中。”

“你还真了解她。”

宋逸浚拉着苏悦悦到了“一米阳光”临水的椅子前坐下，点了两杯咖啡，深深地吸了口气，说道：“很高兴这些日子以来看到你第一次吃醋。”

“吃醋？”

苏悦悦突然意识到刚才的话语怕是让宋逸浚误会了，想要解释，却琢磨自己好像真的从来没有吃过醋。都说恋爱该是十分珍惜对方，在意对方，如果有异性介入，心里总会有些疙瘩，可是，自己对宋逸浚并没有这种感觉。这一点儿，她自己都有些纳闷，或许是因为宋逸浚与她交往的日子太短，自己还把他定位在不可亲近的王子上。不过，那时候看到嬴绍杰车后座上的杜蕾斯时，自己可是酸溜溜的，心里难受得很。

“怎么？还想狡辩？”

苏悦悦正欲回答，手机突然响了起来，原以为是于小佳，没想到是小猫，不过她带给自己的是坏消息：回家的火车票没买到。小猫埋怨说排队买回家火车票的人太多太多，她没能挤进去，所以只能折道回家。苏悦悦知道小猫不是真的挤不进去，而是形形色色排队的人让她不安。不过，小猫也满口答应苏悦悦，无论刀山火海，她都会想办法。说着，一下挂了电话。苏悦悦拿这朋友没有办法，谁让她们是死党呢。

“你买火车票？”

“是啊，马上过年了嘛。”苏悦悦说完，宋逸浚才记起那日她发过短消息给自己，只是碍于朱歆在身旁，自己并没有在意，之后便又忘了回这消息。此刻一提，宋逸浚赶忙说道：“今年和我去见家里人吧。”

这是他一早计划的，然因时间的问题，忘了与她约好，现在她说要回家，自然就说了出来。苏悦悦并不情愿，她是个喜欢计划的人，这种突然的改变让自己很不舒服。自己才不过和宋逸浚不到一个月，对于之前他和茹安心、林子文之间的事还不甚清楚，贸贸然地与他去见家人，这并不好。

“怎么了？害怕？”

宋逸浚并不了解她，只是以为苏悦悦是心里害怕，苏悦悦摇摇头，手机却又响了起来，这一回，电话是于小佳打来的，声音压得很低，仿似有什么秘密般。

“喂，你手机有收到彩信没？”

苏悦悦皱了下眉头，不知所云，于小佳听她那儿没有反应，赶紧神秘兮兮道：“刚才我手机上收到一条彩信，上面还有链接，是微博链接。”

“那又怎么了？”苏悦悦不解地问，恰在这时宋逸浚的手机也响了起来，只是开口不过两三句，就见宋逸浚猛地站起身将手机狠狠砸到地上，周遭的人惊得停在原处，而送咖啡过来的服务生更是吓得险些将咖啡溅出。

“什么事儿？你在哪儿呢？这么混乱？！”于小佳听到手机里非常嘈杂便问苏悦悦，却不料对方已经将手机放到口袋里，急忙去问宋逸浚发生了什么事。平时谦和温柔的男人肾上腺素急聚胸口，脸泛着了红色，唇间牙齿切切，仿佛在吞咬胸中的怒火。

“逸浚。”

苏悦悦帮着宋逸浚捡起手机，虽然不知道发生了什么事，但手机对于宋逸浚是何其重要，且不说它的价值，就是其中的资料更是一条都不能丢弃。问服务生要来一杯热水，递于宋逸浚，说道：“喝些水。”

苏悦悦并未改变自己关切的语气，无论周围是如何看待他突然失控的举动，她知道这背后一定是发生了什么。宋逸浚很恼，肘撑着桌子，紧紧合着双目。刚才的电话是Emma打来的，电话里Emma在阴笑一阵后告诉他，所有JSCT的同事都会收到一条劲爆的消息，而这条消息会比起某些明星的艳照门更有吸引力，她甚至还告诉他未来的消息会更劲爆。未待宋逸浚追问谩骂她这个疯子，电话已被掐断。比明星艳照门更有吸引力，宋逸浚不需要用脑子都能想到这个女人究竟做了什么。他和朱歆之间的关系，虽然JS集团里有所传闻，但并没有真凭实据。靠女人上位，这是他作为男人的耻辱。如今，Emma话语中奸邪的声音告诉自己，他这掩藏在心里仅剩的自尊也将被拿出来肆意践踏。

宋逸浚想了很多，多到难以自持。苏悦悦静静地坐他身旁，犹似山涧的清泉通过细流浇灭他的怒火，虽然力薄，但却源源不断。

于小佳在一刻钟后再次打了苏悦悦的电话，铃声反复地响着，欢快励志的音乐与此刻的阴霾是如此不同，宋逸浚哽住的咽喉中挤出几字：“你接吧，不用管我。”

扔了张百元纸钞在桌上，宋逸浚将烂了的手机与卡紧握在掌中，沉重地离开位子往人流中走去，服务生慌忙走过来收拾，生怕这位看似俊雅的男人突然又做出与身份毫不相符的事来。苏悦悦边接电话，边追了上去，连同服务生追问找零的事也顾及不上。

“悦悦，你看到没啊？你到底看到没啊？前面那电话的时候你和Kevin在一起吗？我告诉你，出大事了。”

“不和你说了，我还有重要的事。”

“喂，有什么事情比我们的英俊老板和大老板开房博上位这样劲爆的事情更重要啊？”于小佳生怕苏悦悦再将她的电话随意地置于一旁，赶紧扯了嗓子抓住重点大声说道。苏悦悦一愣，这如惊雷的消息仿佛一锤子打了下来，挑眼看宋逸浚渐渐消失在人群中的背影。她迅速反应过来于小佳所说的并非玩笑话，他的失态完完全全是因为此。

“逸浚！”

苏悦悦又一次掐断了于小佳的电话，飞快地追了上去。脑子里嗡嗡一片，没有时间让她辨析自己该如何面对宋逸浚，所有的理智与情感都吞没在急促的步伐中。直到在宋逸浚面前站定，抓着他的胳膊，才发现原来他早已在百步的走动中想好了他们的关系。

“分手吧。”

分手？

或许这话该是由苏悦悦提出，因为受到伤害的人更该是苏悦悦，然而，出自他的口，话语的颤抖却含尽了他内心中无法放下的罪责，其实，他是替她说了而已。

这词于恋人是沉重的，听到它的时候，苏悦悦同所有“被告知分手”的人一样，内心被蓦地击起波澜，只是，她并不是这么难过，反而，对面前的男人有些同情。

宋逸浚见面前的女孩只是看他，没有泪水，亦没有如他心里的痛苦。他看出来了，从她的眸瞳里看出了她的心。她并不爱自己，甚至连喜欢都说不上。没想到自己连感情都会败得这么惨，或许，自己根本还不到资格去爱一个人，自始至终，他不过是一厢情愿罢了。

“逸浚，不管是不是真的，我想你都是有苦衷的，对么？”

是，他有自己的苦衷，苏悦悦是这些年来唯一一个对他说这话的人，宋逸浚毫不犹豫地一把将她的腰贴向自己，紧紧地吻住她的唇，任她在惊异中拒绝自己，阖着眼最后一次感受独属于她的芬芳。

“对不起，悦悦，如果可以一切重来，我希望我只是自己。”唇离开她的时候，他转身而去，微微落下睫，独白在心里念过，一切已经回不了头了。

宋逸浚，你根本不配爱她。

人群熙攘，宋逸浚的耳边始终响着一个声音，那声音说得对，自己如何能够配得上她？

第三十八章/丽江夜空下的艳照门

放手吧，或许放手这本就不该开始的爱情能够封印住他们彼此间曾经有过的快乐回忆……

夜晚，合同管理部门的人悉数到了小巴黎，每个人都已经收到了那条彩信，虽然微博链接在短短的二十分钟后悉数被删除，但是关于消息的讨论却是绵绵不绝。大家原以为事情的主角宋逸浚不会出现，就连Shelly都心中忐忑得不知如何处理，但出人意料的是宋逸浚出现了。他点了菜，若无其事地与大家说话聊天，仿似什么事都没有发生，众人虽然亦附和地与他说话，但不知怎的聊天的话资却是贫乏。整一席中，宋逸浚都没有看过苏悦悦，甚至刻意地回避了她的目光。

他们分手了，在这顿晚饭前分手了，分得突然，可又是那么自然。发生在他们间的事好似一个回忆，就若那夜在北京一起堆砌的懒羊羊雪人一样，不知什么时候就已经化得见不着踪影。

晚饭之后，宋逸浚与大家说自己周五有事要先离开丽江，祝他们玩得尽兴，所有的额外开销回头找他报销。明白人都知道宋逸浚应该是去找朱歆解决问题了，也不知JSCT是不是已经兴起轩然大波，好事的于小佳又从自己的八卦线上寻了好些消息回来，只是想要和苏悦悦分享，她却丝毫没有兴趣，也不知她整天在想什么，想回家的火车票，还是别的什么？于小佳憋得难受，只能将事情以自言自语的方式说了出来。

“一切都会好的。”

站在丽江的客栈内庭，可以清楚地看到玉龙雪山巍峨的山峰上缀着白色，蓝天无云，然而那白色竟做起了云的角色，与天混成一体，难分彼此。苏悦悦听到了遥远的地方传来隆隆声响，然而看过天际，并未发现飞机。他该走了，处理他的事情，希望他处理得好。

于小佳从昨晚叨叨到了早晨，她只是听着，却没有听进去。从昨夜到今晨，她一宿未眠。在分手之后，她醒悟了很多，知道嬴绍杰并没有骗自己，也知道自己并不爱宋逸浚，更知道，原来理想中的完美情人不一定就是自己爱的对象。不过，她希望宋逸浚能够走出这个阴影，她相信他，也会在背后支持他。

千里之外的北京，一如以往喧嚣得厉害，JS集团通讯部中国区CEO的办公室里，男人狡黠一笑，瞅着桌上的手机，与坐在自己面前的女人说道：“Joe，你们中国历史上出过不少有名的女人，譬如武则天，非常厉害，养了很多面首。哦，这个词，我是不懂，后来问询了好多人才知道这是什么意思的。”

朱歆的唇角不由抽搐了下，Wagner是只老狐狸，这隐喻的话无非是在揶揄自己。然而，自己并不是不经风雨的人，调整了坐姿，说道：“你的中文是越来越好，都已经到博古通今的地步了。”

Wagner听着，大笑了起来，指了指一旁的文件，说道：“Joe，你得教教年轻人，下次做事的时候做得干净利落点。你知道，在中国和人谈交情是要有条件的。”

“谢谢，这次是他疏忽。”

“他疏忽不要紧，只要你不疏忽，这就好了。”Wagner压低声诡秘一笑，朱歆附和地点头，离开他办公室的时候则腹诽Wagner这只老狐狸在这一战上又占了上风。不过，这一次，他们的的确确是疏忽了Emma。

下午约莫三点的时候，宋逸浚到了她的办公室，在如此风口浪尖的时刻，他去了朱歆办公室，JS集团通讯总部的人虽然没有直接收到彩信，但也有部分的人收到了转发，见到这一情景，自然欷歔不已，猜度不少。

不过，在宋逸浚进入没多久后，JS集团通讯总部CEO办公室就发了文，将这一事件称作是“恶意中伤集团中高层，总部会保留对谣言发起人进一步法律追究的权利。”顿时，又是一片暗涌惊涛反复在JS集团通讯部。

“累不累？”

见到宋逸浚，朱歆第一句话便是问他，他憔悴了，虽然衣服依旧一丝不苟，香水味也如平时一般优雅，但他的眼神却是恹恹。

“我，我要辞职。”

“辞职？呵，辞职？我没有听错吧？就这点事，你就要辞职？”朱歆永远无法站在他的角度去想问题，她也不会站在他的角度去想问题。他无处安放被自己践踏得一文不值的尊严，他眷恋权位，也眷恋物质，但他知道自己要及早地抽离给予他这些的深渊。

“辞职信已经发给了Roger，我想很快就会到你这儿。”

“这件事很快就会过去，而我也不会批准你离开公司。”朱歆一口回绝，宋逸浚看了她一眼，继续道："对不起，我已经决定了。"

"Emma是个小角色而已，她在北京没有出路，行业里不要她，那是谁做的？不是我，不是你，你该清楚是谁做的。哼，一方面逼人疯狂，拿我们做替罪羊，一方面又让人删了微博，让我们欠他人情也借机挑衅我们。我真是低估了他，此时此刻，正是我缺人的时候，你竟然提出离开。"

朱歆极不满意宋逸浚提出的辞职，而面前的男人对她的话亦是一怔。Wagner果然比他们想的要更奸猾，一方面他利用嬴绍杰对JSCT内部工作暗中掣肘，另一方面他又在外围或是说其他地方采取各种行动逼得朱歆慢慢失势。或许，从一开始，Wagner要的就不是朱歆痛快地输给自己。复杂的局势，繁复的斗争，他好累，真的好累。

"我帮不了你。"

"为了苏悦悦？"

"不，我们分手了！"他显得有些激动，朱歆则步步紧逼他道："分手了？不适合你吧？看不得那些照片？"

朱歆暗笑，没想到这次的"照片门"事件替自己扫除了一个眼中钉。然而，宋逸浚的话却有些出乎意料："是我提出的。"

"噢。"这一声长叹拖在口中，朱歆站起身，说道："她本来也不适合你。早早地断了就好，不用辞职来消愁的。"

她是不懂自己的。

宋逸浚丢下话"你批不批，我都已经决定了"正要开门，却被朱歆一句厉声的"忘恩负义"震住了。

忘恩负义？是，是朱歆把他捧上了这个位置，如今他要辞职，自然是忘恩负义。风姿绰约的女人，手里拿着一张纸到了宋逸浚跟前，说道："这是你新职位JS集团通讯部中国区商务部经理的任命书，外加JS集团无固定期合同。"

"你在威胁我？"

这一切看似是挽留，但更如暗藏袖中的铁钩要生生地勾取他的欲望。彼时的他，并不是现在的他，一张纸，一个升职弥补不了陷落的尊严。爱情，是对苏悦悦的爱让他感到了自己的卑微与不齿，在心爱的女人面前，自己很想用她心里期待的完美来表现自己，可是在演绎的过程中，他发现原来要去演个被她爱的人是如此吃力。他好恨，真的好恨自己。

“你可以不要，但离开我，你会一无所有。”

一无所有。

手搭在门把上，刀刻的面容微侧过，张翕的唇欲言又止，几秒的停留，人终是离开了办公室。

女人紧攥手中的纸，黑色的字已混同红色的JS集团Logo变得扭曲……

第三十九章 每个人的圈套

丽江之行很快结束了，回到办公室的人早已知晓总部发的指令，除此之外，关于宋逸浚的小道消息也是风传于耳。有说要升迁的，有说要辞职的，也有说要换岗的，总之，合同管理部门的大部分人都心怀忐忑。

苏悦悦到办公室的时候，往宋逸浚的办公室望去，那里的门敞开着，空空的，并没有他的影子。刚放下包，就见桌上放了只信封，上头既无邮戳，更没有寄件或是收件的地址，想来该是同事放下的。打开自己一看，竟是A都市到自己家的火车票，苏悦悦一惊，自己这几天在丽江总在担心宋逸浚，就连雪山古镇都没有好好留意，这回家的事早已抛掷脑后，没想到竟然有人替自己买了。

难道是他？

拿着票，苏悦悦上了楼去寻他，也该和他道歉了，之前是自己误会了他的好心，虽然到今天为止她都不能苟同他对宋逸浚的评价，但她知道之前的责怪都是错的。然而，他的办公室亦是空空的。

难道他还在查宋逸浚吗？或是说，他出差了？

"你找Eric？"总经理秘书Ada经过嬴绍杰办公室，见到苏悦悦便问道。苏悦悦点头说"是"，Ada便说道："他请病假了。"

他病了？

花瓶鼻子的身体也是这么花瓶，这时候居然病了。苏悦悦谢了Ada，回到座位，拿起手机翻动通讯录，心莫名地紧张，手指落在键盘上不知写什么。

“花瓶鼻子。”苏悦悦暗自调皮地咒骂了声，不想于小佳在一旁看到桌上的火车票，于是凑弯下声：“哇，某人出击。”

“瞎说什么呢？”

“喂，我说呢，他那儿肯定还有一张票留给自己了，然后，你们就……咳咳，就那啥，他就跟着你上火车，然后呢，经过一夜火车，然后呢……”

于小佳越说越想笑，苏悦悦手肘推了下她，说道：“你可以做编剧去了。”

“本来就是么，我要做编剧，你请我？”

苏悦悦白了眼于小佳，于小佳捂嘴道：“我要做编剧，第一个就找你家帅哥出来和我混。”

“混你个头。”苏悦悦真想拍打于小佳，不过面前的女人早已溜之大吉了。小吴在身后不远处拿了文件过来，默然不语地将文件放她桌上。苏悦悦很寻常地和她说了两句话，未想小吴却不搭话。平日里小吴虽然打心眼里瞧不起她，但是多少还会与她说上两句，现在这个样子，好似有什么心事，或许怀孕的女人总会多愁善感些。

这一天，JSCT静得不起波澜，这让人不由想起暴风雨前的寂静，果然，在临近下班的时刻，一条人事任命书掀起了JSCT的大讨论。

宋逸浚被任命为JS集团通讯部中国区商务经理。

经历了这么大的事件居然还能平步青云到如此高的位置？全公司的人皆感哗然，苏悦悦望着那空空的办公室，升职是他的解决方案吗？不，不会的，他的眼神告诉自己，他不会再在这条路上继续下去。

只是，现实是虚缈的么？

回到美丽花园，苏悦悦去了嬴绍杰家，正要敲门，对面的张阿姨正巧开门，说道：“哟，小丫头你回来啦？”

“嗯。”苏悦悦点点头。

“他大概在里头闷头睡觉呢，那天说是去买火车票，半夜三更的，估计是着凉了，第二天早上回来脸就通红通红的，刚开始还以为他喝酒了，后来一看是病了，让他去医院，这小孩儿还拗得很，说上班回来睡睡就好了，这不，也睡了两天喽。”张阿姨还正说着，嬴绍杰的门突然打开了，苏悦悦愣怔地站在原处，脑子里思索了很久的开场白赶不上场景的变化，竟卡在喉咙里出不来。嬴绍杰亦同样一愣，只是短短的愣怔后，脸上不由透了欣喜：“悦悦。”

“你……”

苏悦悦还没说完，张阿姨笑着打趣道：“好了，小别胜新欢，你们慢慢聊，我得去散步了。”

说罢，张阿姨便就出门了。

“出去，出去聊吧。”嬴绍杰一见女人就口吃的毛病还是改不了，不知怎的，好些天没有听到，这会儿一听到很是亲切。边露出月牙的笑容，苏悦悦边将他往屋子里推，边说道：“你还嫌自己没冻坏么？”

“里头有细，有细菌。”

回到客厅， 嬴绍杰赶紧又拉着苏悦悦往外走，虽然他掌心的热度不高，烧该退了，但很明显缺了力气。苏悦悦轻轻甩开他，指着他，说道：“花瓶鼻子，你是冻到的感冒，不是被传染的，就算你被传染的，也等我说完后赶我走。”

“我，我没，我没赶你走。”嬴绍杰急着反驳，窘色布满了脸，苏悦悦不禁大笑了起来，他是这么真诚的一个人，为什么自己要误会他的好心呢？虽然，他们在看待宋逸浚的问题上还存了分歧，但她此刻真的明白了，他是为了自己好，只是不擅于表达罢了。更重要的是，见到他的这一刻，他们间不过两秒的凝视告诉对方，其实一直以来，自己都想着对方，想要听到对方的声音，看到对方的样子。

这种感觉，不需要说出来。

“谢谢你给我买票。”苏悦悦抿抿唇，赶紧从包里找皮夹，嬴绍杰赶忙道：“不，不用给我钱，你上次的钱……对不起，我……”

“是我错怪你了，花瓶鼻子，你能大方一次原谅我么？”

“大方？噢，嗯，悦悦，错的人是，是我。”

“是我。”

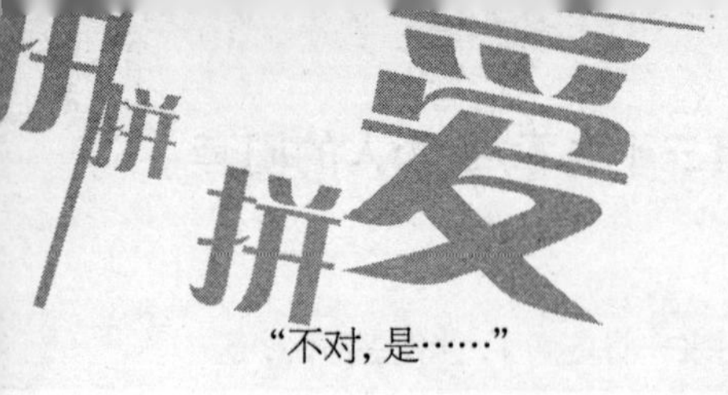

“不对，是……”

两人的话语一下落了静，彼此只是望着对方，其实，他或是她都没有错，他们之间缺的只是勇气，一份互相说出心里感觉的勇气。嬴绍杰抬手将她落在眼镜旁的一缕发放到耳后，掌心贴在她的脸庞，人跟着俯下身凑近她。

一尺，半尺，三寸……她微微地阖上睫毛，等待着他。其实，一直以来自己都是喜欢这个花瓶鼻子的不是么？涌动在心里的感觉惹得泪不由自主地从眼角滑落，内心在经历了这么多次的曲折后才发现原来爱情是很简单的一件事，它不需要完美，因为它是一种不由控制的情感。

“对，对不起，我……”

忽而，他止了自己的行为，不管怎么说，她都是宋逸浚的女朋友。跨过这条线本是容易，可当他们之间多了一个人，事情变得不再简单。他是宋逸浚的哥哥，他不能逾越这堵情感的城墙。

“我和他分手了。”她知道他在想什么，于是便主动开了口。

“你们……分手了？”嬴绍杰惊愕地问道，苏悦悦点点头。嬴绍杰忍不住地露出笑意，说实话，他真的很期待他们分手。他不是一个擅于表达的人，甚至在心爱的女人面前都不知道安慰上两句，反而喜形于色地笑了起来

“我现在失恋，有你这么高兴的吗？”苏悦悦鼓起嘴瞪嬴绍杰，嬴绍杰不管不顾地抱住女孩，紧紧拥在怀里，说道：“以后，以后还坐我车吧。”

苏悦悦真想使劲地锤他几下，明明喜欢自己说出来就好了，非还要把坐车的事情扯上，保不准一会儿还得说房子的事。正要用自己的伶牙俐齿去教育他，没想到却被手机铃声占了先机。

电话是姚烈打来的，这是他第三次打电话给嬴绍杰，苏悦悦并不认识姚烈，嬴绍杰告诉她，姚烈的老板也就是YG集团中国区总经理请他去酒吧喝酒。当然，这个请客是假，挖人是真。之前的两次，他都推了，这一次，他决定应邀。苏悦悦问既然他不想去YG集团，为什么要赴约？嬴绍杰解释道大家都是一个圈子里的人，太驳了人家面子，对自己并不好。苏悦悦初涉职场，从来没有考虑到原来除却公司内部，集团内部、竞争对手之间其实关系也不仅仅只

是斗争。

顾不得苏悦悦担忧自己身体的劝阻，嬴绍杰换了衣服便要出门，临走前关照女孩儿早点回家休息。苏悦悦见劝解无效，只能用赖在他家的说辞来“威胁”他早点回来。嬴绍杰这才幸福满满地离开了家。

嬴绍杰的家是简约型的，但设计却是极其考究，苏悦悦发现屋子里所有的电器都是用一个触屏控制的，而这个触屏竟还有手机设置的功能。原来，他是这么聪明。苏悦悦在这屋子里多待一秒，就多了解他一分。为他煲粥的时候，看到厨房里放着一个温雅的女人相片，那该就是他的姐姐吧？如母般地拉扯他长大，这个姐姐真的很不容易，想起滔滔与于枫，苏悦悦不觉感到惋惜，一个好好的家庭猝然分崩离析，这种打击对他而言可是极重。再入卧房整理睡得凌乱的床铺时，她发现这个角度看自己的卧房也是这么清楚，不知道他是不是会经常看着那头的自己？

床头柜上放了药与杯子，除此之外是张皱起的白纸，上头写满了车次，苏悦悦的鼻子不由发酸，为了自己，他真的做了很多。

傻瓜。

他是傻瓜。

自己也是傻瓜。

百感交集地望着模糊在视线中的纸，手机响了起来，接电话的时候忍不住抽了下鼻子，电话那头的人敏锐地听了出来：“悦悦，你哭啦？”

“没有，尽胡扯。”电话是小猫打来的，苏悦悦立刻否认。

“哦。”小猫应了声，赶紧问她：“你有拿到火车票吗？我那天想来想去不知道叫谁买票好，就打电话给绍杰了，结果，你说可真巧了，他就在买火车票，还是在给你买。哎哟，我就一晚上合不拢嘴地笑，谁知道你那天都没有理我，后来，我就忘了。”

“嗯，他给我了。”

“下文，我要听下文，他吻你没，抱你没，然后你们还有没有那个啥？”小猫肆无忌惮地说着，虽然隔着手机，但苏悦悦脸亦倏然红了起来，嘴里赶忙回她道：“喂，我们是朋友。”

“哼，骗吧，你吧，继续自己骗自己，他吧，也自己骗自己，明明就是一对儿，你骗你的，他骗他的，还害我在那儿苦这愁那儿的。”

“好了，我拿到票就是了。”

苏悦悦的反应告诉小猫，这事儿八成是有着落了，忍不住“嘿嘿”两声，赶紧挂了电话好让两人好好增进感情。电话这头的苏悦悦想着小猫说的话，自己和嬴绍杰两人都在欺骗自己，两人都是情感上的“小骗子”，只不过他们骗的不是对方，而是自己。

坐在地板上，苏悦悦看着玻璃那头自己的住处，他们真的好近，好近……

另一边，嬴绍杰应了邀请去往酒吧，姚烈并没有出现，而YG集团中国区总经理Philips却单独地出现在了酒吧里。他是个带有贵族血统的中年荷兰人，嬴绍杰只见过他一次，那还是两年前的一次展览会。

“Eric，很久不见。”

“是，很久了。”

“我听说你生病了，把你喊出来真是不好意思。”Philips的中文很好，就如很多中国通一样，遣词造句已经颇见功底。

“基本好了。”

“我找你是想谈合作的事。”

合作？这就是挖墙角的别称。Philips招呼嬴绍杰去了一处偏僻的座位，那儿能够不费劲地听到对方的话语。待到两人坐下，Philips要了两瓶啤酒与嬴绍杰继续自己的话题：“我想请你加入YG集团。”

“对不起，我并没有离开JS集团的想法。”

“年轻人，万事需慢慢考虑，不要这么快就下结论。”Philips笑着与嬴绍杰谈起话来，酒吧服务员很快地拿来啤酒，两人小碰了下酒瓶，直接饮了两口。

“我知道YG集团是个大公司，发展也很快，但是，我在JS集团已经做了很久，无论是工作上，还是人脉都比较熟悉，换个环境，我怕自己干不来。”嬴绍杰先是肯定了对方公司，继而，又假托自己能力有限推辞，Philips并不着急，只是继续说道：“姚烈也是你们公司出来的。”

“我知道。他在YG集团做得不错。”

“呵呵，能力是不错，不过……”Philips指了指自己的脑袋，继续道：“太会耍小聪明了。”

嬴绍杰不知Philips所指，只是又饮了口酒，听他细说：“Eric，你们中国历史上有个三国，里头那个吕布，你知道吧？”

嬴绍杰蹙眉点头，Philips见他应了，便再次继续：“姚烈就和那吕布似的，一个人侍了那么多的主。我怕他忙不过来，想找人替代他。而你，正是我的第一选择。”

“对不起，Philips先生，我想您搞错了，我是做技术经理的，对销售并不了解。”

“你的未来小屋概念，我非常喜欢，未来我们会在中国开发预置小屋新领域供给全球，所以，我想你会非常感兴趣。”Philips抛出的诱惑很大，他已经做足了功课，想要拉嬴绍杰入伙。他知道面前的男人并不是一个追求金钱与地位的人，但有一样东西，他一定非常地想要实现，那就是理想，技术上的理想。

“YG集团的想法很好。”

“谢谢，我们很需要你这样的人才，有能力且忠诚。怎么说呢？姚烈虽然来我们公司有很长时间了，但很不幸，我了解到，他一直与你们CFO朱歆有金钱交易，另外，他还与你的直接老板Wagner有密切往来。你该知道，为什么我会把他比作吕布了吧？”

姚烈与朱歆有金钱交易？而姚烈又与Wagner有密切往来？嬴绍杰愣愣地听着，当然，他知道Philips告诉他这件事，或许是个陷阱，也或许真实发生。

“我说的话都是真话。在这行当里做得久了，也非常清楚竞争对手都有什么样的人，最近发生了什么事，将来会发生什么事。譬如，我和Wagner的私交就不错，而朱歆这个女人，呵呵，不用我多说，她的为人处世向来都不是秘密。不过，这些都不是关键，关键在于JS集团通讯部会与CE集团整合。”

“什么？”嬴绍杰还是忍不住地抖了下手中的啤酒瓶，Philips对他的反应很满意，至少让对方感到公司的不稳定性，当然，这件事情是绝对高度机密的事情，Philips的话语也极是谨慎：“如果我没有猜错，JSCT的S项目是JSCT公司最后一个大项目。JS集团通讯部此次与CE集团整合只涉及中国区，而且双方话语权也是极其微妙。JS集团通讯部的项目公司JSCT归入CE集团，而其他以产品为导向的公司则继续维持原状。”

“可JSCT是个盈利公司，为什么我们要把它归入CE集团？”嬴绍杰质疑道。

“你应该知道，不是每个盈利公司都会被留下的。记得JS集团的医疗部么？当年不还是卖给了SE集团？”

Philips说的是事实，一个航母级的五百强企业，买来卖去的事情实在是太过频繁。

“Eric，其实我们YG是你最好的选择，Wagner虽然很看重你，让你做S项目，但实际上，只不过借你的手削弱朱歆的势力，而你，也不过是他众多棋子的一枚。对不起，我这么说并不好，其实，我也是集团总部的一个棋子嘛。”Philips自我解嘲道，只是职场当中，谁又能说一句自己不是棋子呢？Philips的话极具感染性，嬴绍杰寻不到半点疑问的地方。Philips告诉嬴绍杰像几天前发生在朱歆身上的事就是鲜活的例子。嬴绍杰也收到了彩信，当时就十分震惊这件事情，虽然知道朱歆与宋逸浚一直都暧昧，但被人拍下照片借机抹黑，这也是出乎他的意料。

嬴绍杰曾经打过电话给Wagner，但他却只称自己不知晓事情，碍于上下级的关系，他并未多问。之后，Jason给自己打电话的时候，不经意八卦起这件事，说是这件事完全是场内部政治“恶作剧”。嬴绍杰方才感触，这事应该也是出自Wagner的手笔，又听闻与之前JSCT北京办事处的Emma有关，这就不难猜出Wagner用了某个方式借Emma的手与朱歆开了个政治玩笑。当然，对于这种高层之间的玩笑，最受伤的便是夹杂其中的人，而宋逸浚就是这个人。可奇怪的是，他收到别人的消息说宋逸浚又被任命成“全国商务经理”，这不合逻辑的升迁再次让他对自己这个弟弟嗤之以鼻。

“怎么？想到什么了？”Philips见嬴绍杰不作声，估摸对方在自己适才说的话语中找寻什么线索，便试探地问道。嬴绍杰淡淡一笑，摇摇头与对方碰了啤酒瓶，将这话题搪塞了过去。

接着，Philips与嬴绍杰又谈了很多关于预置小屋的技术事宜以作些交流，两人一直聊到夜深才走。回家后，嬴绍杰看到苏悦悦已趴在自己铺着羊皮的软凳上睡得正香，电视机还开着，手机却掉在了地上。

傻丫头。

嬴绍杰拾起地上的手机，冷不丁地看到屏幕上正显示着“《国王的演讲》，送花瓶鼻子的，得记住买”，字句虽然毫无逻辑可言，但他却被这简短的话语感动。《国王的演讲》是关于英国女王伊丽莎白父亲乔治六世如何克服自己口吃缺陷的故事。如果他没有记错，开着的电视机应该刚刚放过《国王的演讲》评析，自己原打算看的，没想到她一人看了。

“唔……，你回来了？”

他紧紧握着手机，心里的涟漪阵阵涌起，趴在椅子上的苏悦悦好像感觉到他回来，睁开模糊的眼睛朝他看了下，又揉了好一会儿，方才开口问他。嬴绍杰将手机放在一旁的床头柜上，弯下身，把半梦半醒的人儿从地上抱到了床上，温柔道：“傻丫头，要不是我设计了自动，自动的感温器促动地暖打开，这么睡着，非，非得病了不，不可。”

“知道你很聪明，嘿嘿。”苏悦悦只是模模糊糊地听着，并未意识到自己睡在了嬴绍杰的床上，随意地一滚，卷起柔软的被子睡了起来，嬴绍杰唯有一脸幸福却又无奈地将被子塞好，静静地看她睡着的模样。

她睡觉的时候并不乖，总是这儿滚到那儿，那儿滚到这儿，就如那次在北京酒店里一样，最后越过了界，还非说是他嬴绍杰的责任。想到那会儿，嬴绍杰不觉一笑，洗漱了番，吃药后睡在客厅。

第二天一早，苏悦悦发现自己竟睡在了嬴绍杰的床上，咋咋呼呼了好会儿，而嬴绍杰却已早早地起来为自己做好早餐。苏悦悦故作镇静地吃了一口又一口，结果被鸡蛋哽住喉咙，若不是一杯恰到好处的牛奶，怕是气也接不上了。说来也真是惭愧，本来是来探望生病的嬴绍杰，没想到却是对方来关心自己。不过，看他气色不错，病痛应该远离了他吧。

“拼车协议？”

早餐完毕后，苏悦悦看到嬴绍杰将当初的拼车协议放到了桌上，眼睛一眨，不知他想做什么，只见他坐到跟前，指着合同与自己说道：“改一下。”

“改什么？”

“改成免费，还有，还有协议期限必须写成无限期。”嬴绍杰郑重其事地说出自己的想法，眉目间不带半点玩笑之意。他喜欢她，愿意带她上下班，更愿意一直让她坐在自己身旁，听她偶尔的唠叨，看她呼呼地睡觉。只要她在身旁，一切都是这般美好。苏悦悦心里一乐，自然而生的喜悦并非在乎钱，而是在于他们彼此间关系的变化，只是他还是没有说出口，必须给予小小的惩戒才是。

“先没收，等我想清楚后再告诉你吧。”说罢，苏悦悦将协议抽走，只留下嬴绍杰愣怔的目色。

周二一早，关于宋逸浚升职的事再次成了焦点，就在大家讨论的时候，Shelly喊小吴出去，合同管理部门的人并未在意这事，直到她们离开后半小时，IT部突然派两人下来带走了小吴的电脑，大伙儿这才意识到好像出了大事。大凡公司要炒掉一个人，才会这样大费周章地将电话停了，把电脑取走。

小吴整个早上都没有回来，直到苏悦悦约了嬴绍杰在电梯里等他下来的时候，她才发现小吴也坐了电梯下来，只是她根本没有看自己一眼，从电梯一出来就低着头往办公室里去。苏悦悦看了看，回头见嬴绍杰朝自己使了个眼色，便就进了电梯。电梯里有JSCT别的同事，因为公司制度，所有的关系只能转到地下。这种让彼此束缚的方式极其难受，之前苏悦悦与宋逸浚在一起的时候都没有感觉，现在与嬴绍杰极想说话，可却又瞻前顾后，怕被人看到。憋着，努力地憋着，偶尔写个邮件不痛不痒地说些话。楼上的男人亦觉得难受，虽然独自在办公室里待着，心却散得厉害，以致Ada倒咖啡时进来与他寒暄两句，他都好一会才有了反应。

Ada很喜欢嬴绍杰的模样，故而总寻机会与他说话，尤其是嬴绍杰在大老板Wagner那儿甚是得宠，她就更希望拉点关系。她告诉嬴绍杰合同管理部门的小吴要离开公司了，嬴绍杰觉得奇怪，一个孕妇怎么会要离开公司？不过，中午看到她的时候，面容倒是沮丧。

“我听说她是Emma的表姐，前些天Kevin的事情，她有份参与。怎么？这是不是个惊天秘闻啊？”Ada饶有兴致地说道。事不关己，高高挂起，嬴绍杰知道职场的冷漠与残酷，但是，或许Ada并不知道在她冷眼旁观别人的同时，自己所在的安乐窝也极有可能在未来的某个月消失。

“不，不太了解。”

Ada见嬴绍杰并不知情，又跟着说了好些事，每多说一些，嬴绍杰心便凉却很多。虽然自己与Emma没有什么交道，而与小吴也只是有过极少的接触，但为了一个政治目的，连孕妇也一起搭了进去，这不得不让人感觉寒心。

不过，下班的时候，苏悦悦问起嬴绍杰知不知道小吴为什么要离开JSCT？她看起来很惋惜，虽然小吴多次刁难她，可是见每天都与自己工作在同一环境中的同事离开自己，还是大着肚子离开的，心里就有说不出的酸楚。纵然于小佳说公司开除一个大肚子代价很高，小吴应该快乐才是，可苏悦悦觉得工作或许不仅仅只是赚钱吧？

嬴绍杰看到苏悦悦怀揣心事，自然就挑了其他话题与她相聊。好久没与她一起在夕阳洒落的道路上穿梭，这种感觉真的很好。

“你说职场是不是很污秽？人的思想不跟着污秽，是不是无法在这职场中生存？”

苏悦悦看着车窗外形形色色的人，问道。

“悦悦。”

“嗯？”

“做自己。”

做自己？在职场中做自己，短短的三个字，想要做到是何其的难？不过，他说得对，人在职场，如果连自己都做不了，那还有什么可以追求的？

回到美丽花园，嬴绍杰正准备停好车子与苏悦悦一起去买菜，两人不过说了两三句话，便听见车后侧传来茹安心的声音“苏悦悦！”

拼拼拼爱

终章 夜里，他的离去

两人同时侧脸，茹安心已大步至苏悦悦面前抬手一巴掌掴在了她的脸上，火辣辣的，苏悦悦被这突然袭来的掌掴惊得怔在原处。嬴绍杰本能地将她护住，愠怒道："你疯了！"

话语不带一个停顿，他眸子里的怒意直烧入茹安心的眼睛，像把火炭上烤过的刀一样深深地剜向她的心脏。他竟然为了苏悦悦对她这么吼？为什么？为什么要对自己吼？是她，对，是苏悦悦，是她的出现让自己失去了与嬴绍杰复合的机会。她要回到正常的生活，为什么她要阻挡在自己面前？自己走了那么多的弯路，情夫玩弄自己的身体后，并无半点娶她回去的愿望，钱，原来钱多到可以用来洗的时候，她发现身上的污浊早已洗不掉了。这一切是谁造成的？究竟是谁造成的？

是她——苏悦悦。

她恨她，切齿地恨。他越是护着这个女人，她便越恨这个女人。茹安心因痛变了的嗓音里挤出字来："嬴绍杰，我告诉你，我手上有大量关于宋逸浚与林子文之间灰色交易的资料。你若不想他一辈子毁了，就和她……"

茹安心手指着苏悦悦，红色指甲犹似蛇吐信一般甩过嗜血的光线，口中则继续道："分手！"

苏悦悦蓦地意识到原来茹安心就是嬴绍杰前女友，而宋逸浚与嬴绍杰似存在着一种能够牵绊他的关系，他们究竟有什么关系？这一切来得太突然，突然得让她不敢相信自己生活在一个布满蜘蛛网的现实中，她抬眼望向嬴绍杰寻求一份答案，他的眸色带过丝歉意，继而转向面前那个几近疯狂的女人，冷静地回她："你这么做只会让我更厌恶你。"

"呵，厌恶我？"冷笑在抽搐的唇间断续地发了出来，女人柔美的姿容早已因为仇恨而变得扭曲。曾经，他也如此刻护着苏悦悦一样护着自己不受任何伤害。过马路的时候，他会在外侧，挤地铁的时候，他会将自己拉入怀里，开车急刹的时候，他会将危险的角度留给自己……一幕一幕，好似空气中飘飘摇摇的肥皂泡在最美的时候破裂。现在，他竟对自己剩下厌恶。

"悦悦，我们去买菜。"

我们？买菜？

美丽花园的房子是他们的婚房，她——茹安心才是这儿的主人。苏悦悦，她有什么资格替代自己成为他身旁的女人？尖锐的声音划破苏悦悦的应声，刺入两人的耳膜，甚至让周围偶尔经过的路人都不禁吓得侧目："我才是他的妻子！"

什么颜面，什么尊严，她都不要，她只要他，扯过嬴绍杰的衣袖，泪水肆意地滑落。他心疼自己么？他该心疼自己的，不是吗？过去，她每次落泪，他都会用指腹小心翼翼地擦过眼角的泪水，轻轻挑起沾着水滴的唇角，帮她装出一个笑脸，告诉她，她的笑容是世界上最美丽的。她等着，等着他轻轻抚过自己的泪珠，告诉自己"你的笑容是世界上最美丽的"。

可是，泪眼中，他的手在抬起后冰冷无情地落在自己抓着他衣袖的手上，无情地推开，话语只是诉与苏悦悦："我们走。"

嬴绍杰带着苏悦悦往美丽花园小区门口走去，手紧紧地拉着她，彼此指间仿佛存着磁石，紧紧相吸，不分不离。

周围的人欷歔地看着适才迸发尖叫的女人，悲怆、落寞、一无所有，她，注定只能与这些为伴吗？

婆娑的泪眼中是他们远去的影子。

"我得不到，你也别想得到。"怒火吞噬过心里最后一隅冷静，奔回自己的车，因步急而崴脚的疼亦占据不了半点她愤怒的心，与自我的怜惜。耳边是不停的叫嚣"你别想得到！你别想得到！"

启动的车子卷带重重的马达声朝着美丽花园门口即将消失的一双影子飞驰而去……

“悦悦，其实，其实宋逸浚是我的……”身后犹如赛车场上的呼啸声奔涌而来，嬴绍杰的话语吞没其中。

刹那一刻，“嘭——”的一声巨响如落地惊雷般从两人身后传来，惨叫声、电动车声、报警声传来。

“救命啊！！！——”

“打120！！！——”

“快，110！！！——”

美丽花园门口，一辆朱鹭白奥迪TT撞在小区不远处石雕上，石雕的半段压在车上将完美的流线断成两半，破碎的玻璃与塑料部件散落一地，因重大撞击弹出的气囊鼓鼓地遮住了驾驶室内的惨烈，后座，一只雪纳瑞惊恐地抓弄玻璃。

在这辆车的不远处，一辆水晶银的奥迪TT车头机盖上翘，地上流大摊液体，黑色的轮胎痕迹分明地显示了极快的车速。

“亏得那辆车拦一拦，那女的疯了！”人们惊慌地打着电话，报着警。

是宋逸浚的车，苏悦悦惊惶地认出了车子，身旁的男人已先她一步冲了过去，推开一旁帮忙的人，使劲地拉着车门，喊道：“逸浚！”

“逸浚……”

嬴绍杰甩了外套发狂似地拉着门，手穿过碎了的窗从里头使着劲，挤压变形的门框将衣袖划开大道口子，可他手中的动作却未停下，口中大声地喊着：“逸浚！！”

鲜红的血成缕地从白色气囊上滑落，俊朗的面容缀着不知哪儿溢出的红花，轻轻滑动的喉咙里轻轻地发着声：“哥。”

“逸浚，不要怕，有哥在，你不会有事的！”嬴绍杰轻轻拍了下男人的脸庞，要他坚持下去。自己寻了铁器，一次次地想要撬开，然而，弯曲变形的门早已将宋逸浚的腿死死地卡住，血水早已浸湿了裤子。

没事的，没事的，他不会让自己的弟弟有事，他会想到办法，他真的会想到办法。无助，在这一刻，他是如此无助，使了万般力气，车子只是摇晃，门却丝毫没有半点动摇。

“哥。”宋逸浚轻轻摇了下头，颤抖道：“没用的。”

今日，他是来找苏悦悦的，他想借送小浴缸回家的机会与苏悦悦说，和她一起的日子是他最快乐的时光，他已经辞职，会重新开始真正属于自己的职场。希望她能给自己一次机会，重头再来。没想到，在美丽花园门口，他看到她重新坐上了自己哥哥的车子，而且从后座到了副驾。

心里的痛难以言喻，坐在车中，他望着小浴缸，泪，竟夺出了眼眶。CD机的音乐阴郁地诉着分手的离别，他真的好痛。这时，他看到了茹安心的车进了小区。不多会儿，嬴绍杰与苏悦悦十指相扣地出来，他知道无论是自己还是茹安心都无法拉走他们中的任何一个。刚发动车子，准备掉头离开，茹安心的车突然疯狂地从小区冲出，容不得半点犹豫，他开车冲了过去。巨响之后，他感觉整个人好似不再属于自己，四肢百骸好像已经脱离了身体，他知道或许所有的缘分，兄弟，爱情，都将在今天画上句号。

“哥，妈和，和姐会骂，会骂我吗？”

“不！哥会保护你！”

嬴绍杰额间的汗在瑟索的风里飘零，手里因不停地用力，早已划出了各种伤痕。记得小时候，他也这么对自己说。终于，现在又听到了这句话。

“逸浚，你不能有事。”苏悦悦终是知道了，原来他们是兄弟，亲兄弟。言语间，嬴绍杰让苏悦悦看着宋逸浚，人奔向美丽花园自己的车去取救生工具。

“小羊。”宋逸浚知道自己已经喊不了多少次这个“昵称”了，坚强的女孩儿早已如个泪人，抽噎地劝他坚持下去。

“小，小浴缸在后面。”

“我知道，我知道。逸浚，你别说了，120很快就来了。”

“我……”喉咙中发出的字愈加地困难，他努力地吞咽，艰难地呼吸着稀薄的氧气，继续道：“我，我不，不等了，你知道，知道为什么吗？”

泪，肆意地夺出眼眶，苏悦悦摇着头，说着：“别说话好么？别说话。”

“我怕，我怕哥不是……”胸口一热，血从菱唇中喷出，白色的气囊又复添一朵猩红的花，染满红色的齿间挤出几字：“我，对手。”

他笑了，笑得艰难。这是他的一个玩笑，他舍不得她的泪，尽管是为自己而流。他想离开这个世界的时候，能看到她的笑。

纯净的笑，独属于她的笑，因为她，他知道在这个世上不是只有金钱与权力。因为她，他想做回一次真正的自己。

“不……”

她哭得更伤心。

“我真没用，笑，笑话也，也不会讲。”

“逸浚，救护车很快就会来了，逸浚，你一定要坚持住，你还有好多事没有做……”

如果他能残存在这世上，他真的希望面前为自己落泪的女孩儿能够见证自己凭借努力，创出属于自己的那片天空。只是上天不再给予他机会，伴随自己的究竟还是让人嗤笑的过往。

眼眸孱弱地望向车外初上的路灯，黄色的灯下纷纷扬扬地落着雪，就如北京的那夜，雪好大，好大，她的笑好灿烂，好灿烂。

“小……小羊……下，下雪了……”

唇角扬起弧度，苏悦悦回头看周围，除却熙攘的人与初上的路灯，暗下的天空里并未飘起一片雪花。雪，那是落在他回忆的幻象中。

“真……真美，小羊，雪人……”

沾着血的手艰难抬起，苏悦悦双手紧紧地抓了上去，悲怆的泪经不起面前的折磨，肆意地打散着彼此手上的血，一滴，又一滴……

“下，下辈子再……再堆……”

笑，凝在他的脸庞，睫挣扎地想要再看她一眼，只是不行了，雪花太多了，他看不到她的容貌，看不到了……

“不要啊，逸浚，不要！——”

车前，拿着工具跑来的男人怔在原处，冰冷的大钳沉沉地落在地上，他救不了他，他保护不了他。

童年，他拉着自己衣角，喏喏地喊自己的模样依旧历历在目，声好脆，好脆，不像眼前的他，静静的，闭着眼睛不再说话。

“醒醒！”

救护车，警车，消防车呼啸而来，嘈杂的声响吞没了悲怆，忙碌的人阻挡了凄凉，夜，吞没了最后一丝光亮。

“如果世上真的有来世，我想和你再堆一次雪人。”

后 记

那夜，上天终是没有留与宋逸浚机会，俊逸的男子止步在重新开始的路口，缱绻的爱恋亦成了空气中浮动的虚影。当噩耗传至北京，繁华高楼中的落地玻璃倒映过一个骤然瘫坐在地的女人，不远处落着的手机依旧在说着话："Joe，你要来这儿吗？"

他走了。

彻彻底底地走了，拒绝了她的给予，亦残忍地断了她尚存的期冀。她的生活因为这个男人的出现而变得焕然一新，她真的喜欢这个男人，给予他的，亦算是她能留住他的一种手段。他太完美了，完美得让她感觉自己渐失的容颜挽留不住他的心，一次，又一次，她使尽了手段，钱，权，带着他一起步向属于他们的极乐园。

然而，一个并不起眼的女孩儿轻而易举将他带离了自己，一句"不能干涉我的生活"将自己隔离了他的生活。原来，自己从未真正进过他的心。

记得他来面试的那次，俊朗的脸上还透着一份青涩，见到她的时候，笑容是那么迷人，话语就似潺流在山涧的溪水。

"你好，我叫Kevin。"

这个源于爱尔兰的英文名，是善良、温柔、英俊的意思，初次见他，他就是这么做的自我介绍，如今，这句话似在耳边。

"我叫Kevin。"

婆娑的眼眸中依稀是他的模样，阳光的笑容，英挺的身姿……

那夜，茹安心因脊柱受到重创导致下身瘫痪，永远地只能与轮椅相伴。刺鼻的消毒水，苦涩的药丸像梦魇一般缠绕着她。

坐在镜前，望着里头苍白瘦削的脸，这是自己么？她轻歪下脖子，镜子里的人亦跟着歪了下脖子。是自己，原来里头不讨喜的女人就是自己，憔悴的脸庞，眼窝因为久躺在床上的缘故深陷了下去。

鞋声“笃，笃”响过，她欣喜地回头与服侍自己的阿姨说道：“他来了，他来了。”手，慌乱地在镜前搜罗唇膏，她不能这么丑的见他，他会不喜欢自己的。“你的笑容是世界上最美丽的”，他是这么和她说的。

“那支粉色的Bobbi Brown唇彩呢？在哪儿？在哪儿？！”她尖声地叫嚣向服侍自己的阿姨，阿姨惊得立刻去找寻，门却在这一刻打了开来。茹安心猛地拿起化妆包遮起自己的脸，害怕地别向一旁，说道：“别进来，别进来。”

然而，脚步却依旧靠近自己，男人的手越过她颤抖的身体，从她右手中取出紧攥的唇彩，说道：“是这支吗？”

顺着唇彩，她惊恐呆滞的目光慢慢移上说话人的面庞，堕入谷底的失落布上眼眸，原来不是他。

“林先生。”阿姨见林子文进门，赶紧打起招呼，林子文笑应了阿姨，人则推着轮椅进入花园，轮子滚过青青的草地，冬去春来，花香并着和煦的阳光扑面而来。太久了，她在屋子里待得太久了。

春夏秋冬，昼液交替，对她而言早已不再重要。天再蓝，阡陌再繁华，她都不再是那朵娇艳的玫瑰。

“为什么对我这么好？”到头来，出钱给自己看病的人竟是自己背叛的人。那日，她趁着他熟睡的时候盗取了关于JSCT与伟杰公司暗账以此威胁嬴绍杰，没想到阴霾却笼了自己一生。

“我来是告诉你，这是我们最后一次见面。”

最后一次见面？

轮椅前，他的影子转瞬消失，回头去看他，曾经给予她一切的男人已背过她走回屋子，背影即将消失的那刻，她绝望地问道："为什么？"

男人停了脚步，回头冲她一笑："人不能一错再错，我准备和妻子离开是非之地移民荷兰，她是我这辈子最爱的女人，错过一次，我不能再错。"

错？

她也错了吗？真的错了吗？

蝴蝶飞舞在她的周围，鲜花依旧浪漫，然而，她已不能穿着令自己备感骄傲的高跟鞋走向自己心爱的男人和他撒娇。

活着。

生不若死，上天给予她的惩罚。

三年后，A都市的天空依旧蓝中带灰，JS总部大楼傲然地屹立在繁华的CBD中心。总经理办公室内坐着一个俊朗的男人，浅古铜色的面容，枪色的眼镜架在鼻上添得一份沉稳。

"Eric，去德国的机票和当地的租车都已经订好了。"一名戴着眼镜的女孩儿进了办公室后向他汇报道。

"谢谢你，Sue。"

恍惚间，这个叫"Sue"的女孩儿让他想起一个人。桌旁的架子上，《国王的演讲》静静地放在上头。

三年前，苏悦悦将《国王的演讲》与房门钥匙放在了他的桌上后，默默离开了JSCT。他想要找她，可她却消失得无影无踪。

听于小佳说，她还在A都市，只是去了家民营企业，然而，小猫却告诉他，她已经回了老家。他去找过她，只是杳无音信。

或许，缘就是如此。

三年，转眼已过了三年，嬴绍杰看着桌子另一端的相框，那张阳光的面容好似在冲自己笑。

"逸浚，哥会带着你过新的生活。"

三年前，S项目顺利完结，JSCT并没有迎来Philips所说的合并，反而经历了人事震动。朱歆因失去宋逸浚，偏执地将所有的事归咎于那次艳照事件，誓要为宋逸浚报仇，在宋逸浚下葬那日，朱歆将Wagner与自己在华多年来行贿客户的信息一并交予了总部，Wagner或许到解除职务那一天都不曾知晓，中国还有句话叫做“宁为玉碎不为瓦全”。Roger由于任期已满，调到别处就任。Jason接替Wagner到中国就任中国区CEO，为了巩固自己的势力，将嬴绍杰升做JSCT总经理。

局与圈套，职场中永远不会消失的两个元素，做自己，才是最重要的。

忽而，嬴绍杰的手机响了起来，电话是滔滔打来的，稚气的声音告诉自己他今天拿了“双百分”，要舅舅好好奖赏自己。嬴绍杰满口答应他，这三年来，于枫活得很好，嬴绍杰曾经想过，当初绝症的借口是否也是个圈套，不过，这都不重要了，重要的是滔滔心理的创伤在他们的呵护下慢慢愈合。

自己的伤呢?

这三年，他不停地训练自己，终于克服了自己对异性口吃的毛病，只是，心却隐隐地总有痛。

“悦悦，你在哪儿？”

两周后，穿着风衣的女孩儿驻足在路上，眺望远处童话般的城堡，清澄的蓝天，壮阔的阿尔卑斯山交相衬托，更添了份宁谧美丽的色彩。它有一个特别的名字：新天鹅堡。

“真美。”

她不由赞叹，低头从包里拿出张照片，照片上是雪中的新天鹅堡。

“逸浚，我们一起来了。”

三年前，他离开自己去了很远的地方。收拾他遗物的时候，她看到了这张照片，照片的背面写了这么一段话：小羊，我一定会凭自己实力赚钱带你去看新天鹅堡。

他爱她，为了她，他愿意放弃曾经错走的路，选择做回自己。虽然自己与嬴绍杰相爱，可他们间却横着难以逾越的沟壑，那一夜，宋逸浚是为了阻止茹安心撞她与嬴绍杰而死的。她过不了自己这一关，选择离开嬴绍杰，更选择离开A都市。让所有的不快随着时间的推移而逝，这三年来，她努力地工作，只为存钱来这儿，替他还一个心愿。

新天鹅堡。

“滴……”一辆驰在道上的汽车停了下来，苏悦悦收起照片，往后退了两步，朝司机表示歉意。只见一个熟悉的面容出现在眼中，待不及她反应，他已出了车子，大步向她而来。

每一步都承载了这一千多夜的思念，男人走到她跟前，说道：“我们间还有未尽的协议，你就是走到天涯海角，老天都会让我再遇见你。”

“绍杰。”

“我是你这辈子的车夫。”

【完】